教養主義の残照

——*Kobe Miscellany* 終刊記念論集——

神戸大学英米文学会

開文社出版

目次

はしがき

本書は神戸大学英米文学会の長きにわたる活動の最後を飾る記念の文集として、またその同人誌*Kobe Miscellany*（通称『ミセラニ』）の最終号として刊行されるものである。本会は、その歴史の詳細については「あとがき」と「既刊号目次・会員名簿」に譲るが、神戸大学教養部の英語担当教員を中心に、文学部と教育学部所属の英語関連教員を加えて組織された同人会である。年に数回研究会を開催し、会誌として『ミセラニ』を年度末に出してきた。タイトルが示唆するように、どのような文章でも寄稿できる大変間口の広い媒体で、神戸大学教養部という自由闊達に意見交換ができる教育・研究者集団の性格をうまく表現するネーミングであったと言えるだろう。

このような何でも言える自由な会の存続が立ち行かなくなったことは、まず会長として、これまでの会員諸氏に対して大変申し訳ない気持ちでいっぱいである。振り返ってみると、解散の大きな原因は、新学部の設立に伴う教養部の解体であったように思う。英文科出身の教員補充ができなくなり、また物理的にも英語教員の共同研究室を失い、顔を合わせて会話をする機会が減ってしまったことも無視できない負の結果をもたらした。「専門」ができたことによる授業負担の増大も皮肉なことに他者との交流を難しくした。大げさに言えば異文化の中でコミュニケーション不全に陥ったということである。そしてこの大変化を中にいた者の視点から一言で表現するならば「自由」の喪失となるであろう。

ところで、ヨーロッパ中世に由来する大学は、「自由」を最大の価値にしてきた組織体であった。すべての学生はまず、「リベラルアーツ」（自由学芸）――文法、修辞、論理、算術、幾何、音楽、天文――の七科を学び、「隷属状態」から解放されてから、各自の専門課程――法学（教会法と世俗法）、医学、神学――に進むことになっていた。学士号のBA、修士号のMAのA（アーツ）は、まさしく人間を奴隷状態から解放する学芸を意味するのであり、MAは徒弟・ギルド制度の下で師匠となることができるという資格証明でもあった。さらにルネサンスとともに人間の本性の研究、ヒューマニズムが大学の教育目標であり実践となった。そうした組織であった大学は、社会から特別な処遇を受けてもいた。そのことは一昔も二昔も前のことになってしまった我が国の大学紛争時にも目撃されたことであった。大学は世俗法ではなく教会法の中に組み込まれていたため、キリスト教文化の影響をそれほど受けていない日本国においてすら、警察組織（国家の権力）といえども許可なくキャンパスに踏み込めないアジールだという認識があったのである。

ヨーロッパの伝統を基に、その高等教育制度の導入を曲がりなりにも目指したはずの日本の大学の、その根幹であるべき教養教育制度が崩壊したのは、日本社会が、グローバル化が進展する中で、こころの余裕をなくしたからであろう。小生が大学に入学した一九七〇年代半ばにはまだ読まれていた河合栄治郎の強調する、個々人の教育目的としての「人格の陶冶」が遺棄され、代わって社会に、より具体的には、給与をもらう会社にいかに貢献（サーヴィス）するかということと、競争相手に過ぎない他者を支配する権力をいかに獲得するかという、スキル伝授の教育に特化されたからであろう。今日の教育が「社会実装」を掲げ、技術、専門教育にのみ、量的に計測可能な自然科学、社会科学分野に重点を移行させたのもうなずける。崩壊の兆しは小生の見るところ、英語を教える教室にもうかがえるのではないか。誰も使い方を教えずに買わせる電子辞書が蔓延し、ＩＴ化が進行して以来、教育・研究分野に登場してきた各種のコーポラは、非個人化、非人間化を深化させる以外の何物でもないように思われるのである。
さて、本書のタイトルに見える「教養主義の残照」である。以上のような悪夢的状況から、日本における人文教育の中心的存在であった、旧制高校以来の「英語」の伝統は、フェニックスのようによみがえるのであろうか。その希望はまったくないのであろうか。サイエンスのみが重視され、人間を真に人間らしくするヒュマニティーズを軽んじる大学は、本来の大学とは言えず、別物と理解するしかない。ましてや今や人工知能、ＡＩの時代である。私自身、バベル以後の多言語世界において唯一のロゴスの声を聞くことを目的としてきたのだが、新時代で人々が耳を傾けるのが、人間の自由を奪う人工知能の声であるとするならば、恐ろしいディストピアの訪れと言わなければならない。ただそうであっても、Ｔ・Ｓ・エリオットが述べている通り、世に lost cause というものはないはずである。cause はそれを信じ、生きる者が残る限り存続するのである。ミセラニの会としてはこれをもって活動を停止するけれども、残されたメンバーを中心にたとえ小さな燈火であっても、最後まで火を燃やし続けていきたいと考えている。

野谷啓二

ディケンズとシェイクスピア三百年祭
――アンドリュー・ハリディの戯文から読み解く――

田中　雅男

はじめに

一八六四年、シェイクスピア生誕三百年祭が挙行された年、ディケンズの主幹する週刊誌『オール・ザ・イアー・ラウンド』の第二六一号（四月二十三日）と第二六五号（五月二十一日）に、その行事を素材にした戯文が掲載された。作者は、同年十月に著者名入りで出版された『エヴリデイ・ペイパー』に再録されたことで、アンドリュー・ハリディ（Andrew Halliday）と知れた。その内容は、いずれも、三百年祭に対して好意的なものではなかった。そもそも、ナショナル・シェイクスピア・コミッティーの副総裁の一員であるディケンズがそのような記事の掲載を許したのには、何か裏があるように思える。そこで、これらの小品を分析する中で[1]、ディケンズと生誕祭の関わりを振り返ってみよう。

（一）

端役のボイコット　第二六一号は生誕日に刊行された。こともあろうに、その号に『シェイクスピアは端役の人ではない』（*Shakespeare Not a Man of Parts*）という一文が掲載された。冒頭から宣戦布告である。

「誠にもって、シェイクスピア生誕を記念するのか。シェイクスピアについて、私と同様に周知しているか、彼にひどい目にあわされているなら、あなたは、きっと、彼の誕生日なんて糞食らえと思うだろう。いいか、シェイクスピアは、古今の劇作家の誰よりも、多くのひどい役を書いてきたのだ。私はその事をよく承知しておくべきなんだ、全生涯、少なくとも役者入りして以来、つまり、若くて阿呆の時代以来、ずっと彼の芝居に出ていたのに、よく分からなかったが。彼の記念碑に私の名前など載せたくない。」（XI, p.256）

ディケンズの代弁者　ハリディはスコットランド出身のジャーナリスト、晩年のディケンズに群がる「若者たち」の一人に数えられている。[2]同じ仲間のサラ（George Augustus Sala）が同紙に長編『全くひとりで』（*Quite Alone*）[3]を連載中渡米して未完の状態になったとき、それを引き継ぎ完結させるよう委嘱されるほど、ディケンズの信頼が厚かった。一方、サヴェジ・クラブの仲間、ブラフ（William Brough）と、劇場のためバーレスクの台本を共同制作していたが、一八五九年十一月には単独で書き上げた『戯作ロミオとジュリエット』（*Romeo and Juliet Travestie, or the Cup of Cold Poison*）[4]をストランド劇場で上演した。ついでながら、ディケンズ没後『ニコラス・ニックルビ』の上演用台本[5]を作成し、一八七五年三月にアデルフィ劇場で上演している。

鬱積した不満　というわけで、彼は劇場の内幕に精通しており、不満を託つことも出来ず、黙々勤めを果たす大部屋の端役役者の姿を目の当たりにしたことがあったろう。そこで、シェイクスピアを糾弾する方法として彼らの目線を借用したのである。プロットの展開上、端役の役割の重要さに着目した論文は散見するが[6]、それを担わされる端役役者の悲哀に着目した例はあまりない。舞台に同時に登場しない限り、何役もの掛け持ちを強いられるのが彼らの宿命である。その一端として『ジョン王』の一場面を取り上げている。

「繰り返すが、枢機卿は――敢えて言わしてもらうが、中傷誹謗の値打ちもない。アンジェの市民と一人二役をやらされたことがあるんだが、市民役ではブリキの鍋を頭にかぶりダンボール作りの城壁の天辺に、首の骨が折れるのを覚悟で、箱の上に立っていなければならなかった。今度はパンダルフ枢機卿になって、赤いフロックコートに円錐形の帽子で登場、すると、その格好は正確なのに、「やーい、予言者のマザー・シプトンだ」と、ほざく野郎がいた。その後、市民役に戻って城壁越しに頭を出すと、天井桟敷の腕白どもがブーイングだ。冗談じゃないよ。」(XI, p.259)

長台詞もさることながら、短い台詞も大変だ。ポローニアスの指示を受けて返事するレイノールド、僅か七十行ほどの間に「かしこまりました、御前様」(Ham, 2.1.2)、「御前様、そのつもりで御座いました」(5)、「はい、誠に結構で、御前様」(16)、「そうですが、御前様」(35)、「はい、御前様」(36)「誠に結構です、御前様」(73)、ハムレットに翻弄され懸命に言葉を継ぐオズリック、「殿下にはようこそデンマークへお戻りで。」(Ham, 5.2.81)、「忝う御座います、殿下、とても暑いので。」(98)、「成る程、殿下、結構寒いようで。」(100)、「今後ともよろしくお願いします、殿下。」(188)、これらを順序を間違えず、しかも間髪を入れず挟み込まねばならない。それなのに、一言間違えただけで次のように冷やかされる。

「シェイクスピアの役を演じるようになって三十年にもなるが、取り上げられたことなんてありゃしない。ただ一度だけ台詞を間違えて、(「二度」と言うべきところを)「三度」といった時のことだった。「早起きの村の鶏が三度暁を告げました」(R3, 5.3.209)その時、ある意地の悪い批評家が、不滅の詩聖に新しい読みを導入したと、私に祝意を示してくれたよ。」(XI, p.260)

このように、端役を主役の引き立て役として軽々しく扱うシェイクスピアの姿勢を振り返るにつれて、語り手の怒りは増幅してゆく。

「彼は一時代の人ではなく、総ての時代の人だと、諸君は言う。一層の不運だ。どうして彼の芝居が三百年を経て今日まで伝わってきたのか、私には謎だ。そして、なお一層謎なのは、その不滅の作者を巡って、大騒ぎしていることである。諸君は長期間掛けて漸く、彼の銅像を建立する決定を下したが、いよいよ、着工ということになると、最早、彼の芝居は時代遅れ、いくら命令を下しても人々は観に行こうとはしなくなってしまうだろう。」(XI, p.260)

そして、そのような者の生誕祭のためには一切の出費も御免だ、乾杯なんてとんでもない。「もし諸君が暖かく受け入れて下さる気になられるなら、そのときは、諸君の健康を祝して乾杯するつもりだ。」と締めくくる。

グローブ版出版　ディケンズは、この原稿を受け取った時点で、すでに生誕祭行事への不参加を決めていたと思われる。彼がストラットフォードでの主要行事への招待を断り[7]、コリンズら友人数人と共に、ロンドンの喧噪を離れ、「平安で静かな」生誕日を送ることにしたことは、彼の書翰から知れるが[8]、行き先は定かではない。ロンドン市内に顕彰碑を建立する計画はその時点で実現していなかった。ディケンズは、「シェイクスピアは自分の作品の中に自らの記念碑を残している」[9]と改めての記念碑建立には消極的であったが、副総裁として最低の付き合いの積もりからであろうか、遅ればせながら、三月半ば過ぎになって十ポンドの記念碑設立基金の申し込みを行っている[10]。その年、生誕祭を当て込んで、出版界は賑わったが、中でも、いわゆる「グローブ版」として呼び親しまれるようになる、一冊本の廉価版全集――目下刊行中の、本文批評を徹底させた『ケンブリッジ・シェイクスピア』を底本としたもの――の出版は、上演台本を下敷きにした版や家族向けに改竄された版（bowdlerized editions）などが混在する中、ディケンズの直接の関与は確認できないまでも、彼の意が時流となりつつある証として受け取ってよかろう。

（二）

狂人の回顧録　第二作、『シェイクスピアに狂って』（*Shakespeare-Mad*）（第二六五号に掲載）は、熱狂的な信奉者の生誕祭参加回顧録という形式となっている。まだ完全に狂気が治まっていない主人公の幻想と現実の交錯した語り口に仮託して、ハリディは生誕祭の喧噪を皮肉な目で活写して行く。原稿を受け取ったディケンズはその扱い方に快哉を叫んだであろう。併し、その面白さを堪能するためには、出来る限り実際の状況を復元しながら、読み進める必要がある。幸いなことに、生誕地とロンドンで出版された公式プログラム[11]が現存しているので、それを手懸かりに、読み返すことにしよう。

先ず、プログラムから見えてくるのは、生誕祭を主導してきたのは、ストラットフォード側であったということである。ロンドン側は二十一日から生誕日の二十三日までの三日間、ストラットフォード側は、それを受けて、生誕日から、二十九日迄の七日間、その後、約一週間、メイン会場のパビリオンを解放して、主要行事から退けられていた一般大衆のための行事を追加した。両側で行事が重なるのは、生誕日だけである。主人公の回想はその前日から始まる。

「私は熱病に取り憑かれたとき、詩聖自身の深遠な哲学に於いても、夢想だにしなかった二つの事を実行する決意をした。ロンドンで植樹祭に手を貸し、その日の内に、ストラットフォード・アポン・エイボンでの花火大会に参加すること。私はその決心を実行に移した。三時にはプリムローズ・ヒルに、九時にはストラットフォード・アポン・エイボンの橋の上にいた。しかし、私は、既にこの前から、全速力で狂気へと驀進していたのである。」（XI, p.345）

ギャリックの時代と違って、ロンドンとストラットフォードを結ぶグレート・ウェスタン鉄道（ＧＷＲ）が開通していた。ロンドン側の始発駅はパディントン、プリムローズ・ヒルからリージェンツ・パークを迂回して南下すれば、徒歩で三十分ほどのところにある。植樹祭の終了が若干遅れたとしても、そこから駅へ向かえば、六時十五分発の最終列車には間に合う。ストラットフォード着は九時前後である。このような交通機関の発達は、ロンドン・ウエストエンドで上演中の『ロミオとジュリエット』（ギャリック版）の一夜限りの引っ越し公演を成功させた一方、各地からの訪問客のとんぼ返りを許し、期待した経済効果上昇には繋がらなかった。

「火曜日（二十六日）の夜、ロンドンのプリンセス劇場で使用した『ロミオとジュリエット』の書き割り、大道具小道具一切は、水曜日にストラットフォードで使用され、再び木曜日の夕べにはロンドンで見られたのだ。祝祭は全体として期待通りの成功であったと私は思う。パビリオンが満員になることはなかったが、ロンドンでもあれほど大きな建物を満員にすることは難しかろう。近隣からの訪問客がやって来てその日にとんぼ返りで帰ってしまって、町に一銭も金を落としていかなかっとしても、責めらるべきは土地の人間だろう。ホテルは人で溢れ代金は高いという贋の情報が流れ、何千という人たちが逃げ帰ったのだ。」（XI, p.351）

（三）

ガリバルディ訪英歓迎　主人公を「全速力で狂気へと驀進」させる雰囲気がロンドンには充満していた。その最たるものは「赤シャツ隊」と称される千人の義勇軍を率いて、イタリアの国家統一を求めて八面六臂の活躍をした英雄ガリバルディが首都に姿を現したことである。足を負傷し故郷カプレラ島で療養中であったが、イギリスでは人気が高く、招聘委員会を組織し、首相の内諾を得て招聘活動を行った結果、彼は遂にその招聘を受諾した。早速、受入側は各種団体の代表らを糾合して、「労働者階級ガリバルディ委員会」を立ち上げ歓迎準備に入った。三月末カプレラ島を出航した一行は、四月三日、サザンプトン港に上陸、そこからワイト島に向かい、国会議員チャールズ・シーリーの別荘にしばし逗留、ロンドンへ向かったのは十一日である。ＬＳＷＲの特別列車で、ナイン・エルムズにある女王陛下御召列車発着場に、ガリバルディが降り立ったのは、午後二時三十分、詳細な行列の行程を知って、沿道に集まる歓迎の人並みは時間を追って膨れ上がり、行列がホスト役のサザーランド公爵邸のスタッフォード・ハウス（セント・ジェイムズ宮殿の西隣、現在のランカスター・ハウス）に到着するまで、約六時間かかったという。このときの情景を綴った記事は数多く残されているが、とりわけ、アーサー・Ｊ・マンビーの日記は臨場感に満ちていて面白い[12]。

労働者の逆襲　この一連の動きが、シェイクスピア生誕祭の有り様に大きな変化を与えることとなった。そもそも、ロンドン側の「ナショナル・シェイクスピア委員会」（National Shakespeare Committee［ＮＳＣ］）は生誕地側の「ストラットフード・三百年祭委員会」（Stratford Tercentenary Committee［ＳＴＣ］）の要請を受けて組織されたものである。ＳＴＣは、民族統合の象徴として、全国的に展開されたバーンズの生誕百年祭の成功を受けて、シェイクスピア生誕祭を、国家的事業として展開すべく結成されたが、一地方の小さな町を、詩人を生んだ聖地として活性化させていくための事業を推し進めてゆくためには、広く全国から基金を集める必要があった。そこで、折から「ニュー・プレイス」やその他の関連施設購入のための基金集めを主たる目標として結成された「ナショナル・シェイクスピア基金」（National Shakespeare Fund）の代表J・O・ハリウェル（James Orchard Halliwell）の仲介で、ロンドンに働きかけた結果、『アセニーアム』の編集長W・H・ディクソン（William Hepworth Dixon）が中心となって、総裁にマンチェスター公爵を迎え、NSCが結成されたのである。第一回万博の裏方として辣腕を振るったディクソンは、基金集めを期待して指名されたのだが、折悪しく、万博の時の最大の後ろ盾だったアルバート殿下は既にこの世になく、女王陛下も服喪中、基金集めは容易でなかった。副総裁として、テニソン、ブルワー＝リットンらと共にディケンズも加わったが、サッカレーについては議論が紛糾していた折から、彼の急死、副総裁として彼の名を残す事を巡って、女優ヘレン・フォーシットの夫セオドール・マーティンとディクソンが対立、組織の立ち上げに躓き、更に傘下のアーバン・クラブからはグリーン・パークに記念碑建立、ガリック・クラブからはウォーキングに演劇協会設立など、様々な意見を集約しきれず、ハリウェルに期待された生誕地への基金拠出の見込みも立たず、いたずらに時間を浪費していた。そして遂に、一八六四年三月になって、演劇部門担当のG・リーニアス・バンクス（George Linnaeus Banks）がロンドン労働組合協議会（London Trades Council）のウィティントン・クラブでの臨時会議に出席、彼らの協力を取り付けることに成功、「労働者シェイクスピア委員会」（Working Men's Shakespeare Committee［WSC］）が結成されるに至ったのだ。[13]

イズリントン　労働者を前面に押し立てた新しい計画の作成はバンクスが主導したことは明らかである。

大規模な参加者を収容できる祝祭空間として当時誰しも想定したのは、シドナムに移築されたクリスタル・パレスである。バーンズの百年祭のロンドン会場もそこで行われた。折から訪英予定のガリバルディの歓迎会場として予約（実際には四月十六、十八両日に使用）されていたので、相乗効果を期待するならそこを利用する事も考えられた。事実、パレスの運営会社は前庭に巨大なシェイクスピアの座像を据え、野外の催しを展開しようとしていた。しかし、バンクスはガリバルディ歓迎と一線を画するために、敢えてそれを選ばず、「イズリントン王立農業会館」を主会場に選定した。一八六二年に開場された新しい会館[14]で、スミスフィールド・マーケットへ通じる畜産物の集散地として賑わったところ、リバプール街道を南下してペントンヴィル通りと交差する手前にある（現在のビジネス・デザイン・センター）、彼の住居はその東隣の地区クラウズリー・スクェアにあった[15]。更にペントンヴィル通りを渡って南下すれば、サミュエル・フェルプス（Samuel Phelps）がシェイクスピアを精力的に上演したサドラーズ・ウェルズ劇場がある。彼は、更に、この日に備えて、『シェイクスピアのすべて』（*All about Shakespeare*）と題する絵入りの啓蒙書を執筆した。

農業会館での公式プログラムが公表された。表紙には、「ナショナル委員会の認可を得て刊行」とあるが、次の頁の組織委員会名簿には副総裁の名が列挙されているのに、筆頭に来るべき総裁名マンチェスター公爵の名が省かれて、実行委員の一員に回されている。これは旧組織からの不満を反映するものなのか。そういえば、第一日目二十一日は、巨大なシェイクスピアの胸像をバックにして、バンクス作詞、マックファーレン作曲による讃歌「イングランドの吟遊詩人の王」（'England's Minstrel King'）とフェルプスによる『テンペスト』第一幕の朗読を含む歌曲、付随音楽で構成された音楽会が開かれたが、翌二十二日には、そこから結構離れたピカデリーにあるセント・ジェイムズ・ホールで、前夜、農業会館に出演した歌手若干名も加わっての音楽会が開催されている。音楽は正装して聞きに出かける音楽専用のホールでというわけか。目玉は、マックリーディ夫人による朗読であった。『ヴェニスの商人』(4・1)と『夏の夜の夢』(2・2)の予定であったが、ハー・マジェスティズ・シアターとの掛け持ちの出演者が多く、プログラムどおり進行せず、予定の前半だけで終わったという。[16] 同日、農業会館では、二日目「仮装饗宴会」(Ball & Masque)と題して、エリザベス女王のケニルワース巡幸ページェントの再現や会場内にシェイクスピア時代の旅籠「ザ・ボアズ・ヘッド」、「ザ・ファルコン」、「ザ・デヴィル」、「ザ・マーメイド」、「ザ・タバード・イン」を復元して当時の衣装で飲食を供するエンターテイメントが行われた。更にその日深夜になって、入場料を払えば一般人も参加できる舞台人の晩餐会がフリーメイソンズ・ホールで開催された。[17] 明らかに、参加者は分断された。

(四)

祝祭空間に溺れる主人公　さて、以上のような生誕日前夜のロンドン、正真正銘の役者と仮装した素人の渾然と入り交じった空間が現出されたことを確認すれば、ハリディの描出する夢覚めやらぬ主人公の回想がにわかに現実味を帯びてくる。

「誕生日の前夜、時計が十二の最後の音を響かせ、いよいよその到来を告げる魅惑の時、私はある有名な旅籠に赴き、彼の作品を生き生きと例証している連中に混じって、詩聖を讃えながら食事をしていた。……悪意に満ちたひそひそ話は沈黙させ、川向こうの体現者(イラストレーター)の振る舞いを是としようではないか。シャツの胸当ての清潔さ、エナメル革の長靴の光沢の華麗さ、白ネクタイの寸法のバランスの良さ、流行の先端を行くカットの黒燕尾服とパンタロンの洒落っ気、上質かなきんのハンカチの白さにおいて、他を凌駕する者がいるとすれば、それは川向こうからの体現者たちである。髪の毛を油でこってり固めたり、シャツの胸当てに多くのひだを取ったりすることに関しては、ウエストエンドの体現者たちを恥じ入らせ困惑させることになるとまでは言える。

己が技を統率する司祭長を讃えんがため、我等はみな仲間なりと、あらゆる階層身分の者たちが、渾然と押し合いへし合い旅籠の広い階段を昇っていたが、気がつくと私もそこに居た。そのとき私は狂気の振る舞いをしているという思いはなかった。みんな昇っていく。奇妙に入り交じった主役級の悲劇役者、喜劇役者の群れ、肩を寄せ合い最大多数の最大幸福とばかりに親しみを込めた挨拶を交わしながら。端役もいる、パントマイム役者もいる、プロンプターもいる、呼び出し役もいる、受付係さえもいる。ああ、誠に彼の人は偉大なる魔術師、その名は三世紀後も斯かる魔力を発揮できるのだ」（XI, p.346）

入場券を持つ者持たぬ者が入り口で混乱を引き起こす。「入場券の提示を求められるなんて、まるで一般大衆じゃないか」と怒号が聞こえてくる。漸く、全員着席、式典が始まる。詩聖の胸像の除幕、詩聖を讃える歓声、役者の演技、空砲の炸裂音等々、いよいよ、饗宴は盛り上がり、「逆巻く風に翻弄されている大海原を鎮めるには、シェイクスピアの杖をおいて外にない」状態の内に夜が白み始めた。

ディケンズと植樹祭　二十三日、生誕日、植樹祭の当日である。農業会館では、植樹祭終了後、三々五々集まってくる民衆のために、「お楽しみ玉手箱・労働者階級の巨大デモンストレーション」（'Grand

Miscellaneous Entertainment & Monster Demonstration of the Working Class'）と銘打った労働者参加型音楽会を賑やかに繰り広げる予定であった。一日目とほぼ同じプログラムで、バンクスの「イングランドの吟遊詩人の王」の外に、イライザ・クック（Eliza Cook）の三百年祭のための「オード」、新たに喜劇役者ジョン・ローレンス・トゥール（John Lawrence Toole）とポール・ベッドフォード（Paul Bedford）の珍芸が加わっている。しかし、後述するような植樹祭の予期せぬ結末にすっかり客足が遠のいてしまった。

植樹祭は、ＷＳＣが主催するメイン行事で、ウィンザーの王室御料林から拝領した樫の木を、プリムローズ・ヒルに移植しようというものである。一番に鍬入れをする祭主はフェルプス、その根元に、生誕地から取り寄せたエイボン川の水を注ぐ役はバンクス夫人、ラッセル・スクェアからプリムローズ・ヒルまで参集者の行列を先導するのは、ハヴェロックス・オウン義勇軍団を率いる漫画家クルックシャンク（George Cruikshank）、いずれもイズリントン在住の著名人でバンクスの人脈が透けて見える。そこにサザックの方から駆けつけることになっていたイライザ・クックが病気で参加できなくなって、彼女の「オード」をヘンリー・マーストン（Henry Marston）が代読した。当初、委員会は祭主にディケンズを立てようと交渉したが、彼は「余りに遅すぎる」[18]と多忙を理由に断ったので、フェルプスに引き受けて貰ったという経緯がある。ディケンズとしてはこの性急な労働者委員会の立ち上げには一切相談に預からず面白く思っていなかったが、祭主をフェルプスが勤めることを知って、これまでの行きがかりもあり、ボイコットの腹を決めたと思われる。

ガリバルディ帰国　ＷＳＣの委員の多くはガリバルディ委員会の委員と重なっていた。彼らの要請で農業会館での最後の日、つまり生誕日の夕べの催しにガリバルディを招くことになっていた[19]。「労働階級の巨大デモンストレーション」とあるのはその含みであったろう。ガリバルディは、十六、十八両日のクリスタル・パレスでの歓迎会、二十日のギルドホールでのロンドン名誉市民権授与式、連日のように各方面からの要請に応じての面会、一七日にはゲルツェン宅で亡命中のマッチーニとの再会と忙しい日程をこなし、生誕日前日の二十二日にはスタフォード・ハウスに皇太子の訪問を受けている。ところがその日の午後になって、突然、ロンドンを去るに当たっての声明文を発表し、第二代サザーランド公爵未亡人の別邸バークシャーのクリヴデン・ハウスへ向かう。そして、生誕日当日は、未亡人の摂待で、ウィンザー訪問後、テムズ川での船上パーティーを楽しんだが、それは明らかにロンドンから隔離する意図によるものであった。その後、要請を受けていた地方への訪問全てをキャンセル、かつての戦友ピアード大佐のプリマス近郊の屋敷で一泊したのを最後に、二十八日、サザーランド公爵のヨットでイギリスを去った。この突然の帰国の背後に如何なる力学が作用したのかいろいろ詮索されているが[20]、WSC委員の一部には挫折感が広まったことは間違いない。治安当局は、到着時を上回るような混乱を回避できたことで、ほっとした反面、それだけに一層、不満分子への警備を怠らないようにしなければならなくなった。

抗議集会　当日ラッセル・スクェアから出発した行列行進は種々の団体から動員された五百名弱で、ベッドフォード・スクェアからトッテナム・コート・ロードを北上、ハムステッド・ロード、キャムデン・ハイロードを経てチョーク・ファームで南下、さしたる混乱もなくプリムローズ・ヒルに到着、現地に直接参集した者は、新聞発表で一万五千乃至二万人、主催者発表七万乃至十万人だったという。植樹祭の進行を取り仕切ったのはWSC議長リチャード・ムア（Richard Moore）、やや遅れて開始された行事もその後は万端滞りなく進み、最後は国歌斉唱で締めくくられた。すると程なく、丘の頂上に七、八十人の若者と共に労働者階級ガリバルディ委員会の議長で辯護士であるエドマンド・ビールズ（Edmund Beales）が現れ、ガリバルディを追い出した当局への抗議演説を始めた。四千人ほどの聴衆が集まった[21]。そこへ、ストークス警部が手勢を従え駆けつけ、演説を中止させ彼を拘留した。聴衆は暴徒化する前に解散させられてしまった。それから一年後、ビールズは労働者の権利拡大を求めて、改革連盟（Reform League）を立ち上げ、一八六六年七月ハイド・パーク事件を主導することになるのである。

このような次第で、労働者、一般大衆のための農業会館での催しは、予想を遙かに下回る不入りに終わってしまった。一方、WSCに封じ込められてしまったNSCの一部を構成していたアーバン・クラブは独自にセイント・ジョンズ・ゲートのクラブハウスで、祝宴を開いた。その席で、カーペンター（J. E. Carpenter）は自ら書き上げた「オード」を読み上げた[22]。

（五）

遅かりし主人公　ハリディの主人公は、第一墓堀人と一緒に朝食を済ませると、うとうとし始める。するとハムレットの父の亡霊が現れ、「もっと、シェイクスピアを」との大声にびっくり目を覚まし、急いで、樫の木の植樹祭へ馳せ参じることになった。どうやら、公開されていた行列行進予定コースの先回りをしてプリムローズ・ヒルへ向かったらしい。

「そこで、私たちはゲートをくぐり抜け、瀟洒な御屋敷町を通り過ぎ、山の麓まで進んだ。そこでは、慌ただしい商人たちや散策を楽しむ見物人たちの大群が、既にチョーク・ファームの青空市（フェア）の誉れを取り戻す機会を掴んでいた。大衆（ホイ・ポロイ）が大挙し、民の声（ヴォクス・ポプリ）が耳障りなだみ声で、オレンジ喰らわんか、と誘いかけてくる——もっとも、買いさえすれば、それ以上は特に強要されるわけでないのだが——シャーベット飲んでいけ、椰子の実落とし三本で一ペニーだよ、電気ショックを体験してみな、体重量りを試したらどうだ、ショウガ入りクッキーいかが。この祭典に関しては見解に若干の混乱があることは明らかだ。シェイクスピアとガリバルディが滅茶苦茶に入り組んでいるんだ。少年たちは明らかに課題をしっかり手中に収める事が出来ず、一斉に感情を爆発させて大声を上げた。「ワーイ、シェイクスピア！」賞讃の歓声を意図したものなのか、そうではないのか。植樹は既に終わったのだなと気付いたが、直ぐ隣の人々からはいかなる感動も湧いてこない。

慌ただしい商人たちや散策を楽しむ見物人たちは、詩聖が何か彼らに勝るアトラクションをやっていると不平を申し立てるわけにはいかない。彼は何もしていないのだ。民衆は木の周辺に入りたければ一シリングを支払えと言われているわけではない。当座ではなく常時、考えられることがあるとすれば、それは一ペニーで三本投げられるゲームである。一寸した響めき、そんなに大きくない響めきが起こった。フェルプス氏が両脇から二人の男に腕をがっちり掴まれて連れてこられたのだ。ふと私の脳裏にある思いがよぎった。フェルプス氏は拘禁されている。二人の男が私服警官——まさしく私服だと思う——で、彼を署まで連行しようとしているのだ。私は保釈保証人になろうと後を追い、かの悲劇役者の悲しげな眼をとらえようとするが、彼は明らかに自らを恥じて、本人だと知れることを厭がっている。だから、私は彼の気持ちを斟酌し、追うのを止め行列を見送った。六人の大人に一人の少年が続く、最後列の者が茶色の紙の小包を抱えているが、表に記載されている文字を逆さになりながら懸命に読み取ろうとしている詮索好きの若者が私に教えてくれたところによると、そこには「ずきん」

が入っているとのことである。」（XI, p.347）

植樹祭の式場で何が起こったのか到着が後れたのでよく分からない。民衆は「樫の木の見えるところから丘を越えて散ってゆき、頌歌も聞こえなくなっていった」様子からすると植樹は終わったのか、そこへ軍楽隊の旋律が響き、森林警備隊が近づいてくる。巨大な「エイボンの詩聖団」の支部旗を風にあおられながら、「大帆（メインスル）に見立てれば、さながら陸を行く船舶のひとつのごとく思える集団となって、ゆっくり行進」してきたのだ。それにしても、作者ハリディがかくも異常な姿でフェルプスを登場させた真意はどこにあるのであろうか。

（六）

バーンズに負けるな　さて、ハリディの主人公がストラットフォードへ着く前に、時の歯車を巻き戻して、ストラットフォード側の展開を整理しておこう。生誕三百年祭への言及の発端は、一八五九年四月二十三日、ストラットフォードのシェイクスピア・クラブの晩餐会での喜劇役者ティルベリ（Harries Tilbury）の議長演説であった。彼は「時が忍び足で速やかに一八六四年を諸君の元に運んでくる」[23]、去る一月二十五日、スコットランド人はバーンズ百年祭を成功させたが、今度はイングランド人、いや、英国人（British）全体がシェイクスピアの生誕三百年祭を成功させねばならぬと呼びかけた。その後、クラブの会長である地元の医者キングスリー博士（Dr. Kingsley）や醸造所の経営者で市長のエドワード・F・フラワー（Edward

Fordham Flower）親子らの尽力で、アイルランド総督カーライル伯爵（Earl of Carlisle）を総裁に迎え、STCを発足させたのは、一八六一年七月二十一日のことである。しかし、その後、ハートレー炭鉱の落盤事故や南北戦争のあおりで生じたランカシャーの綿花不足などで経済不況表面化し、具体的な計画が動き始めるのは、一八六三年秋になってからである。ハリディの主人公がストラットフォードに着いて、生家を探しているときに遭遇した光景は、そのあたりを皮肉ったものである。

「時折、遠くの方から突如現れ来る建物を見て、あっ、これかなと思い、感動を覚えるが、違ったと意気消沈。取り返しのつかない程落ち込んでいると、突然、黄色いキャラバンの正面に出くわした。そこでは蝋細工とスコットランドの巨人の展示が行われていた。これが、私の思いを変えた。トゥイード川以北の人々の出世欲の強い性格について考え始めたのだ。イギリスの巨人の土地に、しかも、当人の誕生日に、わざわざ、競わせるようにスコットランドの巨人を送り込んできたのだ。慥かに、そのスコットランドの巨人はある点においては最善のものを備えていた。元気溌剌。そう元気溌剌だった。」（XI, p. 347）

パビリオン　三百年祭のメイン会場として、パビリオンを建設することになった。場所はオールド・タウンとサザーン・レーンが折れ曲がる内側、しばらく前までそれを取り巻くように植えられたポプラ並木の一部が残っていたらしいが[24]、現在のジ・アザー・スペース付近である。全蓋十二角形、収容人数五千人、間口七十四フィート、奥行五十六フィートの舞台、ギャリックのときのロタンダとは比較にならないほどの規模である。ハリディは主人公に「自然（ネイチャー）が近隣の地を静謐の美の楽園に作り上げ、人間業（アート）の代表者である市長と委員会が町の歓喜するものであれば、力の及ぶ限りのことをなしたことは慥かだ。立派なパビリオンの建設は大偉業だと私は思うし、出費を一切いとわず催しを用意された委員会の精神と活力には、いくら賞讃の気持ちを表しても表し過ぎることはない」（XI, p. 351）と素直に敬意を表させている。

事務局長の勇み足　器が固まれば、次はそこに盛り込むプログラムの編成である。ギャリックの先例を踏襲して、音楽会、仮装饗宴会、野外行事などの大枠は容易に固まった。問題は、詩聖を顕彰する最高の行事は、彼の作品の上演である。ギャリックの場合は、『ジュビリー』と題して主要作品の登場人物によるページェントでお茶を濁したが、今回はロンドンから役者を呼んで、本格的な上演を目玉に据えることになった。しかし事務局長のハンター（Robert E. Hunter）はその方面には疎いので、シェイクスピア・クラブの会員の中の地方役者の誰かと相談したと思われる。そして、声が掛かったのは、ロンドン生まれのクレスウィック（William Creswick）であった。彼は一八六二年までサリー劇場の支配人であったが、その後はフリーでいた。基金集めのため事務局長名で呼びかけた一八六三年十月付の回状には行事の目玉として『お気に召すまま』の上演があげられていて、[25]最終的に固まったプログラムによると、六日目（二十八日）、彼の監督で彼自身ジェイキーズ役で登場することになっているし、大衆向けに開放した追加の五月三日、「悲劇の夕べ」、五日、「喜劇の夕べ」の総監督も彼である。さらに初日の午後三時から始まった正餐会で、彼はただ一人役者代表として挨拶している。彼がプログラム作成に当初から係わっていたことは間違いない。その彼がロンドンからフェルプスを招聘するよう事務局長に勧めたのであろう。一八六三年十二月七日付で委員会の議を経て事務局長名でフェルプスに招聘状が送付された。フェルプスも先のクリスタル・パレスで行われたバーンズ百年祭で懸賞応募の入賞作品の朗読に抜擢されたこともあって、今回も声がかかると期待していた。それが躓きの石となった。

演劇界の現状　当時のロンドンの演劇界には世代交代の波が押し寄せていた。勅許劇場時代のチャールズ・ケンブル（Charles Kemble）、エドマンド・キーン（Edmund Kean）は今やなく、マックリーディ（W. C. Macready）も引退、次の世代の代表格フェルプスとチャールズ・キーン（Charles Kean）も相次いで劇場支配人の座を降りた。二人は座頭中心主義を排し、アンサンブルを重視した点では共通していたが、目指す方向は対照的であった。

チャールズ・キーンは、稀代の鬼才として知られるエドマンド・キーンの息子、イートンで学んだ後、演劇界に入ったが、父親のような強烈な個性がなく、短身で身体的にも魅力に乏しく苦労していたが、エレン・トリー（Ellen Tree）と結婚後、一八五〇年プリンセス劇場の貸借人となって、歴史的考証の行き届いた舞台装置や衣装、端役を多く登場させるチャイルズ・ケンブル（Charles Kemble）の路線を踏襲した。場面転換に時間が掛かるため、原作の大幅なカット上演を余儀なくされたが、オックスフォード通りという地の利もあって、その上演は富裕層の支持を集めた。彼は又、チャールズ・ケンブルが行っていたシェイクスピア朗読会を引き継ぎ、原作へのこだわりの姿勢も示していた。

上流階級や富裕層との交流を深めていく中で、彼は引退した役者の養老施設に若手養成機関を付属させた「王立演劇協会」（Royal Dramatic College）をウォーキングに建設する会の設立の発起メンバーとして、一八五八年七月二十一日、プリンセス劇場での、設立会合の議長を勤めた。その会にはギャリック・クラブの面々やディケンズ、サッカレーら文壇人も参加していた。ギャリック・クラブは後に結成されるＮＳＣの一翼として三百年祭の企画に係わってゆくことになる。彼も当然それに協力することになる筈だった。ところが、舞台制作費の高騰と興行成績不良のため、プリンセス劇場との契約が一八五九年八月末をもって打ち切られることになり、妻を伴って地方巡業に出る羽目となり、遂に一八六三年七月六日長期の海外公演に出発してしまったのである。彼は三百年祭をメルボルンで迎えた。蛇足ながら「王立演劇協会」は、アルバート殿下をパトロンに戴き、着工に取りかかったが、殿下の逝去により、皇太子に引き継がれ、一八六五年開所に漕ぎつけることが出来たが、残念ながら、財政破綻により一八七七年閉鎖されてしまった。

フェルプスは、劇場改正法が施行された翌年一八四四年に、サドラーズ・ウェルズの共同貸借人となって、以来十八年間で、様々な作品を混じえながら、三十四編のシェイクスピア作品を上演してきた。[26] 彼はマックリーディの相方を勤め、彼の弟子と目されて来たが、その師匠を反面教師とし、主役中心主義を排し、アンサンブルを重視する中で、原作の台詞を大切にして出来る限りノーカット上演に近づけようとした。入場料を低めに設定し庶民にも広く開放したので、テキストを持ち込んで聞き入る若い観客も多かったという。[27] しかし、長年のうちに収益の悪化が嵩み、共同貸借人のグリーンウッドに去られ、一八六二年十一月契約を打ち切ったのである。クレスウィックは、その初期、フェルプスの舞台に立ち、色々指導を受けたことで現在の自分があると考えていた形跡がある。現在シェイクスピア・センター・ライブラリにクレスウィックのプロンプト・ブックが若干冊収納されているが、フェルプスのコピーと思われるものが大半である。

一方、若手の筆頭は、フェルプスより二十歳年少のフェクター（Charles Albert Fechter）である。父はドイツ系、母はイタリア系のフランス人、ロンドン生まれ、少年期をイギリスとフランスで過ごし、演劇界デビューは十六歳でサール・ド・モリエール、二十歳でコメディー・フランセーズの舞台に上がる。ロンドン・デビューは一八四七年二十五歳、セント・ジェームズ劇場で、ソフォクレスの『アンティゴネ』、この時プリンセス劇場の支配人マドックスから三年契約の提案がなされたが、他との契約もあり帰国、その提案はその後断ち切れとなっていたが、今度はフェクターの方からの申し入れで、一八六〇年になってユーゴの『ルビー・ブラス』でライシアムの舞台に立つことになった。その舞台は好評であったが、翌年三月の『ハムレット』はそれを上回る高評を博した。自己陶酔型のハムレット役は、まさに彼ぴったりの役柄で、その後、『オセロー』など不評の舞台もあったけれども、[28] 彼の人気は不動のものとなり、一八六三年一月、遂にライシアアム劇場の貸借権を手中にした。

フェルプスのハムレットを見て、役者になる決心をしたというヘンリー・アーヴィング（Henry Irving）は、フェクターより十四歳年少で、その頃はまだ地方の劇場で修行中であったが、やがてロンドンに進出、後にライシアアム劇場で、チャールズ・キーンの歴史主義の豪華な舞台の路線を更に発展させて行くことになる。

（七）

英国人か外国人か　ＳＴＣ事務局長ハンターは、フェルプスの受諾の返事を受け取って、一八六三年十二月十二日付の書翰で、その後の段取りについては副総裁の一人で地方実施委員であるベリュー師（Rev. J. C. M. Bellew）が尋ねていくから、面談の上、詰めて欲しい旨返事した。ところが、ベリュー師からの連絡はないまま、年が明けてしまった。そして漸く受け取った、一月十六日付の書翰にはフェルプスの予期せざる内容が記されてあった。四月二十六日公演予定の『シムベリン』でのイアッキーモ役の出演依頼である。上演題目の相談も受けぬまま、予想外の演目でしかも脇役である。やがて、明らかになるが、ベリュー師はフェクターの『ハムレット』を公演の目玉に据える積もりだったのだ。

ベリュー師はオックスフォード出身、弁論術に長け役者顔負けの表現力を備えていた聖職者である。シェイクスピアの愛好家で、ストラットフォード教区付司祭グランヴィル師（Rev. G. Granville）とは親交があり、近著『シェイクスピアのふるさと』（*Shakespeare's Home*, 1863）を献呈している。フェクターはリージェンツ・パークの西、セント・ジョンズ・ウッドに住居を定めたが、近隣には、ディケンズの「若者たち」の一人、批評家エドモンド・イェイツ（Edmund Yates）の住居が在り、ベリュー師が教会司祭を勤めるセント・マークス・ハミルトン・テラスも近くにあり、三人は親しい隣人になった。[29] ベリュー師は一八六二年、ブルームベリのベッドフォード・チャペルに移るが、フェクターとの親交は続いていた。彼がグランヴィル師の協力を取り付け、フェクターの招聘を画策したのは間違いない。治まらないのは、フェルプスである。シェイクスピア全編上演を目指し、然も観客層の裾野を中、下層階級にまで広げ、十八年かけてシェイクスピア普及に貢献してきた自負がある。その手柄を狡猾な外国人が横から掠めようというのである。

ディケンズ調停不調　ディケンズにとって二人は直接衝突を起こさない限りは良き友人であった。フェルプスとの付き合いは、勅許劇場廃止後に、いち早くサドラーズ・ウェルズの支配人として、着実に劇場改革に取り組み始めた頃からである。「アクア・シアター」の異名で知れていた娯楽本位の劇場で、シェイクスピアをはじめ、所謂「正劇」の上演を成功させ、観客の意識改革を推進した手腕を、ディケンズは高く評価していた。しかし、フェルプスは温厚な性格ではあるが、役者としての矜恃を傷つけられるのを嫌ってか、役者が多く加入していたギャリック・クラブに誘われても中々入ろうとはしなかった。その点では、さっさと海外巡業に出かけたチャールズ・キーンに比べると社交下手だった。一方、フェクターはパリで『椿姫』のアルマンを演じていたのが、ディケンズの目にとまり、彼の働き掛けもあって、ロンドンの舞台に立つようになり、以来家族ぐるみの付き合いをする仲となった。

しかし、残念なことに、既に二人の間に深刻な衝突が起こっていたのだ。フェクターはフェルプスがサドラーズ・ウェルズの貸借権を失ったことを知って、彼を誘い、一八六三年一月より十二ヶ月、週給四十ポンドで週三回ライシアムの舞台に立つ契約を彼との間で交わした。フェルプスは初めのうちは感謝していたが、三ヶ月経っても舞台に立つ機会を与えられず、この契約が自分を他の劇場の舞台に立たせないための方便だと気づき、無断でクリスタル・パレスでの演劇朗読会に出演し、フェクターとの契約を無視する行動に出たのである。それに対し、フェクターは、契約を盾に、自分の「ハムレット」に対し「父の亡霊」で出演するよう強要した。[30] 誇りを傷つけられて激怒したフェルプスはディケンズに直訴したが、二度にわたるディケンズの書翰には、如何にもフェルプス側に非があるような口調で、積極的な仲裁の姿勢が伝わってこない。[31] 今度は、そのときにも増して深刻な事態となった。ディケンズは『ハムレット』で角突き合わせるのを避けるため、フェクターの「オセロー」は不評だったが、「イアーゴ」ははまり役だとして評判が良かったので、この際『オセロー』の舞台で、フェルプスの「オセロー」、フェクターの「イアーゴ」で共演してはどうかと提案した。[32] しかし、フェクターはこの提案を拒絶した。

内幕暴露のパンフレット　フェルプスも、最終的にSTCへの全ての協力を断り、それまでの折衝の経緯を、関係者との間で交わされた九通の書翰と共に、『シェイクスピア生誕三百年祭——サミュエル・フェルプス氏とストラットフォード・アポン・エイヴォン』(*Tercentenary Celebration of the Birth of Shakespeare: Mr Samuel Phelps and the Stratford-upon-Avon*) と題するパンフレット[33]で公開した。掲載されている最終書翰の日付が一八六四年一月二十六日、二月八日付モーニング・ヘラルドは、その内容を報道しているところから、発刊日は二月上旬であったと思われる。最早、生誕日まで三ヶ月を切っていたのである。
ジャーナリストのチャールズ・ラム・ケニー（Charles Lamb Kenney）はフェルプスの態度を擁護するため、『フェルプス氏と彼の書簡を批判する人たち』と題するショヴィニスチックなパンフレットを公刊した。彼は、「劇場と教会の間を長きにわたって隔てていた湾に」[34]、法衣姿で飛び込んできたベリュー師を非難し、国を挙げての祝祭に、英国最大の詩人の「主作品」（chef d'œuvre）を、事もあろうに、ひどい訛りの外国人にやらせ、英国随一のシェイクスピア役者に、「大劇作家のやや軽んじられている作品の二流の役柄」[35]に押し込んでしまうことを唯々諾々と認めている関係者に憤りをぶつけた。

フラワーの英断　ＳＴＣは、混乱を招いたハンターとベリュー師を外し、フラワー市長とそれを補佐するキングスリー博士という体制を再構築し収拾を図ることになった。フェルプスの辞退で、『シムベリン』の計画は消滅、ヘイマーケット劇場の支配人バックストーン（J. B. Buckstone）の協力によって『十二夜』でその穴を埋めることになったが、ＳＴＣとしては、フェクターの『ハムレット』の実現にはこだわった。しかし、フェクター自身は自分に対する演劇人からの反発が強まるにつれ、パビリオンの舞台に注文をつけたり、ベリュー師の処遇に不満を申し立てたりしていたが、結局ＳＴＣとの交渉を一方的に打ち切ってしまう。急遽プリンセス劇場のヴァイニング（George Vining）の協力を得て、ロンドンで上演中の『ロミオとジュリエット』の一日限りの引っ越し公演で帳尻を合わせることになった。そこで主役のジュリエットを演じるのが、二十二歳のフランス女優ステラ・カラス（Stella Colas）である。フェクターに対する強烈な当てつけとなった。しかも、ＳＴＣは既に『ハムレット』の前売券発売を開始していたので、払い戻し、或いは、振り替えの公示をする必要が生じたため、公式プログラムに、次のような演目変更の弁解を掲載したのである。

《第五日目、四月二十七日　水曜日
……夜の部は、ロイヤル・ライシアム・シアター劇団による、シェイクスピアの悲劇『ハムレット』を上演致す予定にて準備万端進めて参りました。然るに、委員会としては不本意なお知らせを致す事に相成りましたが、フェクター氏が当委員会に『ハムレット』の上演を繰り返し誓っておきながら、土壇場になって、契約を破棄して参りました。以来、プリンセス劇場のヴァイニング氏との交渉が成功裡に終わり、氏の好意により次の作品を上演する運びと相成りました。
『ロミオとジュリエット』及び『間違いの喜劇』
この取り決め変更により、当初予告したシェイクスピア一作品に代わり二作品を御目に供する段取りと相成りましたのでお楽しみ下さい。》

ディケンズの調停の努力は、フェルプスのパンフレットの公表で、先方から打ち切られることになった。フラワー市長がフェクターの『ハムレット』出演実現のために協力を依頼したときには、ディケンズは自分にはそんな権限はないのでと断っている。[36] しかし、フェクターが横暴な夷狄としてショウヴィニズムの対象にされつつあることに反発する気持ちからか、ディケンズのフェクターに寄せる気持ちは一層強くなって行った。フェクターはその心労に感謝してか、その年のクリスマスに、スイス風山小屋の組み立てユニット一式をディケンズに贈り、一方、ディケンズは彼がロンドンを追われアメリカへ向かったとき、「フェクター氏の演技について」と題する小論を『アトランティック・マンスリー』（一八六九年八月号）に投稿して、彼への餞とした。

フェルプスは、ストラットフォード側の計画を混乱させながら、ロンドンではドゥルアリ・レーンに『ヘンリー四世』第一部でフォルスタフで出演し、植樹祭の祭主を得意そうに勤めた。ハリディは『シェイクスピアに狂って』の中で、騒動の元凶で在りながら、意に介さないその態度を公務執行妨害で拘引されていく姿で、皮肉ったのである。

（八）

花火に映える生家　ハリディの主人公は、午後九時頃ストラットフォードの駅に降り立った。昼間からの興奮を持ち越しながら、早速生家を探し回る。こちらの公式行事は正午から始まった。タウン・ホールでの開会式市内行列を終え、午後三時から始まったパビリオンでの大饗宴会も果て――ディケンズは欠席届を出していた――、人々は花火見物に河原に集まっていて、生家付近は閑散としていた。

「突然、燦めく閃光が、空を照らし、激しい音響が空中に轟いた。私は、瞬間、何が起こったか分からず、その場に立ち尽くした。見上げると打ち上げ花火だ。近くの草むらから花火を打ち上げているのだ。更に数歩、私は生家の正面に立った。**初めて目にしたそれは、花火に照らし出された姿だった。**感動は覚えなかった。花火の赤、青、緑のけばけばしい光に照らし出されて、太古から蘇った生家を見た。それはきちんと整い、角張り、てかてか輝いている。打ち上げ花火が炸裂し、色とりどりの光の雨が降り注ぎ、歓声が草むらから沸き起こる様子は、ヴォクスホール遊園地かと思い惑わせる。生

家の茶店風の景観にはがっかりした。」(XI, p.348)

翌日の日曜の朝、教会での説教が始まる前、彼は生家を再び訪れた、もっと好ましい状況の下でそこを見たいと望んだからだ。改装により、家の外壁にはめこまれた新しい梁や木舞は、自然光線の下では、そんなにけばけばしく輝いてはいなかった。幸いなことに改装の仕事は、誕生の部屋にまでは及んでいなかった。

「シェイクスピアが踏みしめたであろう、古びて虫の喰った床板には、私は深い感銘を受けた。しかし、聖地といえども、二人の警察官が、肘をついて、不敬にも壁に凭れ掛かり、赤いキャラコ染めの大きなシーツで、雷のような音を立てて、鼻をかんでいるようじゃあ、誰が崇め奉られるか。そんな奴と一緒に留まってじっくり思索を巡らすなんて出来るわけはない。そこで、大急ぎで見て回ったが、壁と言わず天井と言わず至る所に、数え切れないほど名前が嬲り書きされていた。菱形窓のひとつには、「ウォルター・スコット」と不器用に刻み込まれているが、ブラウンとかジョーンズとかロビンソンとかという名前が、重なるように、あるいは上に、あるいは下に、幾重にも重なって、ほとんど判読不明になっているが目にとまった。そして又、手の届く一番近い所の天井には、鉛筆のきれいな字でサッカレーという名前が見えた、大きな文字で、よく目立つ場所に書かれた名前は、概して、アメリカ合衆国からの紳士淑女のものとみうけられる。」(XI, pp.348–9)

ディケンズと生家　この部分を読んだとき、ディケンズは若い頃初めて生家を訪れたときの記憶が甦ったことだろう。一八三八年十月、彼は挿絵作家ハブロット・ブラウンと共に、ストラットフォードとケニルワースを旅したが、その時シェイクスピアの生家に初めて立ち寄った。その頃の生家は、シェイクスピアとは無縁の他人の手に渡り、肉屋と「白鳥と乙女亭」という居酒屋になっていたが、それなりに遺物を蒐集し、シェイクスピアの生家を売り物に客を集めていた。建物の管理は不十分で、来客は壁や窓に平気で自分に名前を書き残していった。[37] ディケンズが妻に宛てた書簡に、「署名した」[38] とあるが、彼も「落書き」したのかも知れない。

その後、一八四六年、アメリカの興行師バーナムがそれを買収、解体してアメリカに運び出すという話が漏れ伝わってきた。ディケンズは早速仲間を募りアマチュア劇団を編成し地方巡業で金を稼ぎそれを拠出金として、買収を差し止め、財政破綻で困窮していたノウルズ（Sheridan Knowles）を管理人として、その保全に成功した。そしてその翌年、シェイクスピア関連の資産を管理する「シェイクスピア・バースプレイス・トラスト」が発足したのである。その後一八五〇年代に入って、ギャリックス・ジュビリーを特集した『ジェントルマンズ・マガジン』（一七六九年七月号）に掲載されたグリーン（Richard Greene）の図版[39]を参考に、生家の改修が進められ、外見はチューダー朝の瀟洒な佇まいを取り戻した。ハリディの主人公が見たのはこの姿である。

ボイコットの動機　ハリディの主人公のその後の行動を追跡する紙面の余裕はなくなった。教会でのシェイクスピア像との対面、聞き取れない説教、アン・ハサウェイの実家訪問、密猟の伝説を生んだチャールコートへの遠足、ワシントン・アーヴィングの部屋として知られる「赤馬亭」など省略するには惜しい場面が続く。然し乍ら、ディケンズとの関わりから読み解くには此所までで充分だろう。

ディケンズがハリディから『シェイクスピアに狂って』の原稿を受け取ったのは、生誕祭の喧噪を避けて、コリンズらとの旅から戻って暫くしてからであろう。ハリディに書かせたのか、ハリディが自発的に書いたのか定かではないが、ディケンズは満足してその原稿を受け取ったであろう。彼が全ての行事のボイコットを決めたのは、一方的にパンフレットを出版したフェルプスの態度に憤りを覚え、フラワー市長の懇願にも拘わらずフェクターの説得を断ったときであるのは間違いない。しかし、もっと深いところで、彼を消極的にさせたのは、彼がこの企画の初めの段階で、直接ストラットフォード側からの働き掛けを受けなかったことにあるのではなかろうか。生家の買収で重要な役割を果たした彼は、当然三百年祭の企画に声が掛かってしかるべきと思っていただろう。ところが今度は「ニュー・プレイス」購入が喫緊の課題で、更に記念碑の建立やパビリオン建設など基金集めレールを敷くためには、ナショナル・シェイクスピア基金の代表ハリウェルをロンドンとの連絡役としてSTCが重用したのである。おまけに、ディクソンの不首尾で、NSCの副総裁に任じられたのも一年前のことで、その後も取り立てて相談されたことはなかった。しかし、彼は全てのわだかまりを旅先に捨ててきた。彼は、五月十一日、アデルフィ劇場で、三百年祭を機に、「王立演劇協会」の建設を急ぎ、そこを単なる養老施設に留めず、折角の老練役者の力を活用して、若手養成の機関として、シェイクスピア普及に貢献すべしと、声高に演説を始めたのである。[40]

注

1 使用したテキストは次の合本である。Charles Dickens, ed., *All the Year Round, a Weekly Journal*, Vol.XI (London: Messrs. Chapman and Hall, 1864).

2 P. D. Edwards, *Dickens's 'Young Men'* (Aldershot: Ashgate,1997), p.1.

3 George Augustus Sala, *Quite Alone*, 3 Vols (London: Chapman and Hall, 1864). 著者は巻頭に「第三巻一八五頁以降は自

分の筆でない」という断りを入れている。

4 Stanley Wells, ed., *Nineteenth-Century Shakespeare Burlesques*, 5 Vols (London: Diploma Press, 1977) の第三巻に収録。

5 Andrew Halliday, *Nicholas Nickleby, The 1875 Theatrical Adaptation* (USA: Theatre Arts Press, 2015).

6 Cf. M. M. Mahood, *Playing Bit Parts in Shakespeare* (Cambridge, 1992).

7 以下ディケンズの書翰の引用は、Charles Dickens, *The Letters of Charles Dickens* [Pilgrim Edition. General editors: Madeline House, Graham Storey, Kathleen Tillotson], 12 Vols (Oxford: Clarendon Press, 1965–2002) による。ibid., X, p.379 (To Dr Kingsley, 2 Apr., 1864).

8 ibid., X, p.381 (To W. P. Frith, 13 Apr.,1864).

9 ibid., X, p.341 (To W. H. Dixon, 15 Jan., 1864).

10 ibid., X, p.372 (To W. H. Dixon, 18 Mar., 1864). Cf. p.426 (To John Bainbridge, 6 Sep., 1864).

11 "Royal Agricultural Hall, Islington/ Grand Shakespeare Tercentenary Festival/…Issued by Authority of the National Committee/…/London: Printed at the Regent Steam Press 55, King Street/ Regent Street. 1864"（「ロンドン・プログラム」）"The/ Official Programme/ of/ The Tercentenary Festival/ of the Birth of/ Shakespeare,/ to be held at Stratford-upon-Avon/…/at London/ Imprinted for Cassell, Petter, & Galpin, at the Belle/ Sauvage, in Ludgate-hill, near Paules Church-yard"（「ストラットフォード・プログラム」）

12 Derek Hudson, *Munby: Man of Two Worlds* (Boston: Gambit, 1972), p.186.

13 Richard Foulkes, *The Shakespeare Tercentenary of 1864* (London: The Society for Theatre Research, 1984), p.20.

14 John Timbs, *Curiosities of London* (London: John Camden Hotten, 1867), p.424.

15 E. L. Burney, *Mrs G. Linnaeus Banks* (Manchester: E. J. Morten, 1969), p.84.

16 Foulkes, op. cit., p.42.

17 *The Morning Post*, April 25, 1864 (quoted from Foulkes, op. cit., p.44).

18 Dickens, op. cit., X, p.382 (To F. G. Tomlins, 12 April).

19 *The Illustrated London News*, April 23, 1864 (XLIV, p.387).

20 Derek Beales,“Garibaldi in England” in J. A. Davis and Paul Ginsborg, ed., *Society and Politics in the Age of the Risorgimento* (Cambridge, 1991), p.119–.

21 Foulkes, op. cit., p.43.

22 J. E. Carpenter, *Shakespeare: An Ode for the Tercentenery of Shakespeare's Birth* (London: Routledge, 1864).

23 Robert E. Hunter, *Shakespeare and Stratford-upon-Avon* (London: Whittaker and C., 1864), p.88.

24 J. C. Trewin, *The Night Has Been Unruly* (London: Robert Hale, 1957).

25 Hunter, op.cit., p.107.

26 ibid., p.127 (Phelps's Letter, No.5). Allen の上演表では三十一編。 Cf. Shirley S. Allen, *Samuel Phelps and Sadler's Wells Theatre* (Connecticut: Wesleyan U., 1971), pp.314–5.

27 Allen, op.cit., p.250.

28 G. H. Lewes, *On Actors and the Art of Acting* (London: Smith, Elder, and Com., 1875, 2nd ed.) p.131.

29 Kate Field, *Charles Albert Fechter* (Boston, James R. Osgood, 1882), p.147.

30 Leslie C. Staples, “The Ghost of a French *Hamlet*”, *The Dickensian*, LII, No.315 (1956), pp.74–76.

31 Dicken, op. cit., X, p.247 (21 May 1863), p.248 (22 May 1863).

32 Trewin, op.cit., p.166.

33 Hunter, op.cit., pp.123–131（単独で出版されたパンフレットの再録）。

34 Charles Lamb Kenney, *Mr. Phelps and the Critics of His Correspondence with the Stratford Committee* (London: T. H. Lacy, 1864), p.3.

35 ibid., p.5.

36 ibid., p.379 (To E. F. Flower, 2 April 1864).

37 Ivor Brown and George Fearon, *Amazing Monument* (London: Heinemann, 1939), p.155.

38 Dickens op.cit. Vol I, pp.447–8 (To Mrs Charles Dickens, 1 November 1838).

39 Julia Thomas, *Shakespeare's Shrine* (Philadelphia: U. of Pennsylvania P., 2012), p.69.

40 R. H. Shepherd, ed., *The Speeches of Charles Dickens* (London: Michael Joseph, [Forgotten books edition]), p.237–.

参考文献

Bellew, J. C. M., *Shakespeare's Home at New Place, Stratford-upon-Avon* (London: Virtue Brothers and Co., 1863)

Davis, Jim and Victor Emeljanow, *Reflecting the Audience* (Iowa: U. of Iowa Press, 2001)

Diamond, Michael, *Victorian Sensation* (London: Anthem Press, 2003)

Foulkes, Richard, *The Shakespeare Tercentenary of 1864* (London: The Society for Theatre Research, 1984)

———. *Church and Stage in Victorian England* (Cambridge UP, 1997)

———. *Performing Shakespeare in the Age of Empire* (Cambridge UP, 2002)

Halliday, F. E., *The Cult of Shakespeare* (London: Gerald Duckworth & Co., 1957)

Hunter, Robert E., *Shakespeare and Stratford-upon-Avon* (London: Whittaker and Co., 1864)

Jansohn, Christa, Dieter Mehl (ed.), *Shakespeare Jubilees: 1769–2014* (Wien: LIT Verlag, 2015)

Marshall, Gail (ed.), *Shakespeare in the Nineteenth Century* (Cambridge UP., 2012)

McEvoy Sean, *Theatrical Unrest* (New York: Routledge, 2016)

Murphy, Andrew, *Shakespeare in Print* (Cambridge UP., 2003)

———. *Shakespeare for the People* (Cambridge UP.,2008)

Schoch, Richard W. *Shakespeare's Victorian Stage* (Cambridge UP., 1998)

———. *Not Shakespeare* (Cambridge UP., 2002)

———. *Queen Victoria and the Theatre of Her Age* (New York: Parglave Macmillan, 2004)

Trewin, I. C., *The Night Has Been Unruly* (London: Robert Hale, 1957)

Young, Alan R., *Punch and Shakespeare in the Victorian Era* (Bern: Peter Lang, 2007)

不在の詩人の肖像

――テネシー・ウィリアムズ『この夏突然に』――

植田　和文

身を生贄（いけにえ）に捧げるのを愛するわが夢想……
――マラルメ

1

一九六〇年代半ばの夏の午後、たまたまつけたテレビがモノクロの異様な映画を放映していた。病院での脳手術に始まり、狂人たちのたむろする大部屋、原始林を模した不気味な庭が映し出される。最近死んだ詩人について、二人の女性が奇怪な話を語って聞かせる。最終場面では、語り手の回想（フラッシュバック）の中で、顔の見えない白い服の男が、黒い少年たちの集団に襲われ殺されるというショッキングな事件が起る。注射で心理的抵抗を取り除いて自白させたり、壁に映る影を見てロールシャッハ・テストめいた試験をしたりといった精神分析的場面もある。探偵役の医師が、関係者一同を集めて真相を明らかにするという推理小説仕立てもある。夏の午後、私はカーテンの隙間からもれるまぶしい日射しが気になって初め映画に集中できなかったが、やがて画面にくぎ付けになり、いつしか暑さを忘れ、背筋に薄ら寒さを感じるほどだった。とりわけ語り手の女性が「わからないの？　私たちは彼に囮（おとり）に利用されたのよ！」と叫んだのはショックだった。

　テネシー・ウィリアムズといえば、当時『ガラスの動物園』はすでに読んでいた。そこに描かれた、過去の栄光を引きずった母親、内気でガラス細工のように繊細な娘、家族への愛と苛立たしさで屈折する息子のドラマは、哀切な抒情を漂わせていて感動的であった。『この夏突然に』はそれとは様子が違っていて、よく理解できなかった。少年たちによる襲撃が起った場所は、人身御供の儀式で有名なアステカ民族の地メキシコ辺りであろうと思いこんでいた。それから数年後、原作の戯曲を読んでかなり内容が明らかになった。映画版には、原作にない煽情的なシーンがたくさんつけ加えられていることもわかった。セリフにも多くの修正・追加があった。また、おどろおどろしい内容のわりに、原作のセリフのスタイルは明晰で、所どころ詩的な表現が見られるのが興味深かった。

　『この夏突然に』のストーリーは比較的単純である。ニューオーリンズの大富豪の御曹司セバスチャン・ヴェナブルは、母親と毎年夏にヨーロッパに出かけ、社交界の花形であった。彼は魅力的な若者で、仲間内では詩人として知られていた。しかし母親が脳卒中の発作を起こした年、セバスチャンは母親の代わりに従妹のキャサリンを伴ってヨーロッパに出かけた。彼はスペインの海辺の町で不可解な死をとげ、それがもとでキャサリンは精神に異常をきたし、送還されていまニューオーリンズの私立精神病院に入っている。彼女の異常な言動を封じて息子の名誉を守るため、母親のヴァイオレット・ヴェナブルは、州立病院の医師ククロヴィッツに、研究資金提供と引き換えに、キャサリンに前頭葉切除手術（ロボトミー）をさせようと企む。キャサリンの母と弟は、遺産欲しさにヴァイオレットの意向に沿うのを望んでいる。医師はキャサリンから事件の一部始終を聞くが、それは驚くべきものであった。

私はこの作品は完全なフィクションだと思っていたが、実際はかなり作者の経験に基づいていることがわかった。この戯曲の時代は一九三七年に設定されているが、それは作者の姉ローズがロボトミーを受けさせられた年であり、それを防げなかったことにウィリアムズは一生罪意識を持っていた。そしてこの戯曲(一九五八年一月初演)が書かれた一九五七年頃彼は精神分析治療を受けていた。治療に当たった医師ローレンス・キュービーは、同性愛治療を専門にしていて、軍隊内の同性愛を問題視した人である。ウィリアムズの受けた治療は効果がなく、かえって彼の内部のデーモンを目覚めさせる結果になったという。また罪意識にとりつかれた詩人セバスチャンの姿には、詩人である作者自身が投影されているだろう。セバスチャンと母親の緊密な関係には、ウィリアムズの詩的英雄であったハート・クレインとその母親の関係が反映されているといわれる。ウィリアムズは、芸術家の真の作品はすべて私的なものに由来すると考えていた。一見作り話に思えた多くのことがじつは事実の反映なのであった。

その後私はさまざまな詩や詩論を読むにつれ、この劇に描かれた詩人の運命といったものに関心を持つようになった。この劇の魅力の大半は不在の主人公が詩人であることによる。セバスチャンは舞台に登場しないが、ドラマは終始彼をめぐって進行する。劇の前半で母親ヴァイオレットが彼の人物像を語り、後半では従妹のキャサリンが彼の言動を回想する。二人は真実を語っていると思っているが、立場が違えば「真実」も違ってくる。二人の女性の語りからうかがえる詩人セバスチャンとは何者なのか。そして彼女らの語りからうかがい知れない、彼が書いた『夏の詩』はどんな詩なのか。以下、セバスチャンという人物と彼の詩について考えてみる。

2

母親ヴァイオレットの語る息子の姿は、完全に理想化されている。彼女の描く息子は、まず何よりも詩人、純潔で純真な美の追求者である。と同時に、世界を支配する絶対的なるもの、神、を求める求道者である。第一場ではヴァイオレットが詩人である息子セバスチャンについて語るのだが、詩人でもあった作者ウィリアムズが、自ら親しんだロマン派・象徴派・世紀末の詩論の断片を彼女に語らせている感がある。例えば、セバスチャンは毎年夏に一編の詩を産み出すが、残りの九か月は「懐妊期間」だという。これは母と息子の強い絆を暗示するとともに、詩の誕生についてのロマン主義的有機体説を思わせる。また、「詩人はつねに見者（clairvoyant）です」というランボー流の主張があるし、「セバスチャンの人生も作品も、偶然は何一つなく、すべては計画され設計されていたのです」という、十九世紀末美学あるいは象徴派詩学の一面を思わせる意見もある。

セバスチャンはどんな仕事をしていたかと医師に聞かれて、彼女は次のように答える。

> ……詩人の仕事（work）は詩人の生活（life）で、また逆に、詩人の生活は詩人の仕事なのです。それは切り離せません。つまり、例えばセールスマンの仕事と生活はまったく別物であり得ます。同じことが医者、弁護士、商人、泥棒についても言えます。けれども詩人の場合は特別で、詩人の生活は詩人の仕事、詩人の仕事は詩人の生活なのです。（強調原文のまま）

普通の人にとって、仕事は生活の手段にすぎず、人生に意味を与える目的ではないというのだが、その例として医者を挙げ、続けて泥棒を挙げているところに、ヴェナブル夫人の意地の悪さが表れている。work は「仕事、職業」であるとともに「作品」であり、life は「生活」であるとともに「人生、命」でもある。このすべての意味で、詩人にとって work と life は一致すると彼女は言いたいのである。同じことを、彼女は比喩を用いて次のようにも述べている。「大抵の人の人生は、おびただしい瓦礫の跡以外の何ものでもない。それを片づけてくれるのは死あるのみである。しかし息子のセバスチャンと私とは、人生の毎日を彫刻作品のように刻んで、画廊に並んだ彫刻作品のように後に残した」。

人生の意味は日々の生活を美に変えることにある。これはオスカー・ワイルド流の世紀末美学の主張である。『ドリアン・グレイの肖像』の「美の探求こそが人生の秘密だ」、「人生そのものが第一の最も偉大な芸術である」という主張は、ワイルドの基本理念である。多くの詩人・芸術家が（ワイルドも含めて）悲惨な人生を送り、しばしば悲惨な人生から芸術が生まれることを思えば、この主張は事実に反するが、一つの美的理念としては魅力的である。そしてセバスチャンは美的生活を送るために、ドリアン・グレイと同じく永遠に年をとらない。ククロヴィッツ医師は、カンヌとヴェニスで写した仮装舞踏会の写真、いずれもルネサンス時代の小姓の衣装を着けたセバスチャンの二枚の写真を見せられるが、二十年の歳月を隔てているにもかかわらずセバスチャンは年をとっていない。ヴェナブル夫人もまた年をとらない。ただし彼らが永遠の若さを保つのは、『ドリアン・グレイの肖像』の、おとぎ話のような超自然現象によるのではなく、意志と摂生によるものである。

セバスチャンが見目麗しい人だけを周りに集めたというのも、ワイルドを思わせる。

あなたはうちの息子を気に入ったことでしょう。息子もあなたに魅惑されたことでしょう。私の息子セバスチャンは家柄や金銭についてはスノッブではありませんでした。が、彼はたしかにスノッブでした。彼は人々の個人的魅力についてはスノッブでした。彼の周りにいる人々は絶対美しくなければならないのです。だから、ほんとに彼がどこに行っても、周りにはいつも若くて美しい完璧な人々の仲間がいたのでした。

普通の俗物ではなく美の俗物(スノッブ)だと断るところに、彼女の俗物ぶりが見られる。大概の人の人生は瓦礫の集積だが、自分たちは人生の日々を彫刻のように刻み出したという傲慢で美しい比喩も、彼女のスノッブぶりを示している。しかし彼らの美的生活なるものも、実情は、成り上がり有閑階級の社交生活と芸術家気取りにすぎない。

ところで上の引用で、ヴェナブル夫人がククロヴィッツ医師に言う言葉、「あなたはうちの息子を気に入ったことでしょう。息子もあなたに魅惑されたことでしょう」には、ヴェナブル夫人が意識していないかもしれない意味が読み取れる。「ククロヴィッツ」はポーランド語で「砂糖」を意味するそうで、彼は「ドクター・シュガー」と呼ばれている。この甘い名前の医師は、美貌と輝く金髪の持主だとト書きで強調されている。彼はセバスチャンの周りに集まった若くて美しい人々と同じ傾向の人である可能性がある。

セバスチャンの詩作も美的生活の一環、すなわち、人生から美を彫り出す作業なのであろう。ヴァイオレット・ヴェナブルは、息子が詩人であることを非常に誇りにしている。彼女は息子が「懐妊期間」の後、苦しんで詩を産み出すのを助け、自分も同じように産みの苦しみを味わうという。第四場においても、「詩人の天職はクモの巣のように薄く細いものに支えられていて、それだけが彼を破滅から救っているのです……それを単独でできる者はほとんどなく、大いなる助けが必要なのです。私が助けを与えたのです」と述べている。彼女は詩が書けなくて怯えている息子を、何も言わずじっと見つめて息子の両手に触れた。すると翌朝彼はまた詩を書けるようになった。この母子はあまりにも親密すぎて第三者の介入する余地はない。二人はどこへ行っても、「セバスチャンとヴァイオレット、ヴァイオレットとセバスチャン」とペアーで呼ばれ、一心同体、まるで恋人のようである。従妹のキャサリンによると、二人は「へその緒」で結ばれていたという。ヴァイオレットはキャサリンに息子を取られたと思い込んで激しく恨んでいる。彼女は「私だけが彼を満足させることができたのよ」、「彼は私のもの！私だけが彼を助けることができたのよ！」と叫ぶ。ヴァイオレットはセバスチャンにとって、詩作を助け破滅から救うミューズの役割を果たすとともに、独占的に彼を支配・所有する「恐ろしい母（テリブル・マザー）」の気配も感じられる。

3

セバスチャンは美を追求する詩人であると同時に、世界の本質を探求する求道者でもあった。彼はこの世を創造し支配する神を見出したというのだが、それは残酷で恐ろしい神であった。しかもセバスチャンは、自分が残酷な神の犠牲になるという固定観念にとりつかれていた。この残酷な神という観念は、この戯曲にくり返し表れるテーマである。それは自然界・人間界における残酷さ、捕食と殺戮のイメージとなって表れる。

この戯曲の幕開けは、ニューオーリンズの上流階級の住む庭園地区（ガーデン・ディストリクト）にあるゴシック様式の邸宅の敷地内に、セバスチャンが太古の原生林に似せて作り上げた不気味な庭園である。まず話題になるのがハエジゴク

（英語名 Venus flytrap）で、この気味悪い姿の食虫植物に美の女神の名がついているのが不気味であり、ヴェナブル夫人はこの植物を lady と呼んでいる。セバスチャンはその餌となる生きたクダモノミバエ（fruit fly には「ホモの男」の意味あり）を、フロリダの遺伝学研究所から空輸で取り寄せていた。ハエジゴクの他に、樹々にはまだ乾かぬ血で光る裂かれた内臓のような巨大な花が咲いているという、原始的な儀式の生贄を思わせるイメージもある。

自然界の恐ろしい捕食・虐殺は、ヴェナブル夫人が切迫した口調で語って聞かせるガラパゴス島の話に最も明瞭に表れている。はるか昔の夏、セバスチャンはハーマン・メルヴィルの『魔の島（エンカンタダス）』を母に読み聞かせ、メルヴィルが乗ったと同じ型の帆船をチャーターして、ガラパゴス島へ出かけた。そこで彼らはメルヴィルが書いていない光景を目撃した。熱い砂浜で海亀たちは苦しんで産卵し、瀕死の状態で海に這い戻っていった。セバスチャンは海亀の卵が孵化する時期を正確に見計らって再び見に戻った。彼は浜辺で、無数の亀の子が海へ向かう途中、空を覆いつくす獰猛な黒い肉食鳥に襲われ、柔らかい腹を食い破られる殺戮の光景を見た。ここまで語ったヴェナブル夫人はふと言いよどみ、訝しく思った医師に次のように告白する。

そうです、いま私はためらうことなく言うことができます。私の息子は神を探していたのです。つまり、はっきりした神のイメージを。あの燃えるような熱帯のまる一日、彼は帆船の見張り台で過ごし、暗くて見えなくなるまで浜辺の出来事を観察していました。帆綱を伝って降りてくると彼は言いました、「いまぼくは彼を見た」と、つまり神を見たと。――その後数週間彼は熱にうなされて譫言（うわごと）を言っていました――。

メルヴィルが世界の滅んだ後のようだと形容した島で、セバスチャンは「神を見た」と言う。聞き手の医師が、そういう虐殺の光景を神と同一視するのは疑問だと言うのに対し、ヴェナブル夫人は「神は人間たちに野蛮な顔を見せ、恐ろしいことを叫ぶ。われわれが神を見たり聞いたりできるのは、そういう時だけだ」と言ったセバスチャンの言葉をいまではよく理解できると答える。ククロヴィッツは思索的な青年医師で、「医者もまた神を探している」と考えていて、自分は聖書の助けも教会の助けもなく神を求めて、孤独で困難な道を歩んでいると言う。ククロヴィッツのイメージする神は、セバスチャンの見た「恐ろしい神」とは違っている。

意味なく人間を慰みにものにする恐ろしい神という観念は古くからあった。英文学に限っても、次のような例が思い浮かぶ。「人間は神々にとって悪童に捕まった蝿みたいなものだ、神々は慰みのために人間を殺すのだ」(『リア王』)。「人間が蝿を払うように人間を払いのける盲目の手」(ウィリアム・ブレイク「蝿」)。「『正義』はなされ、神々の長(おさ)は(アイスキュロスの言葉によれば)テスをもてあそぶのを止めた」(つまり彼女は死ぬまで運命にもてあそばれた)(トマス・ハーディ『テス』)。無数の亀の子の腹を食い破る無数の猛禽のイメージは、これらの観念や比喩をしのぐ感覚的なまなましさで迫ってくる。

ところでセバスチャン自身もある意味で捕食者である。第二場で、キャサリンはセバスチャンが周りの若者たちを見て言った言葉を思い出す。「黒いのにはもう飽きた、白いのに飢えている。彼はこんなふうに人々について話していました、まるでメニューの料理のように、あいつはうまそうだ、あいつは食欲をそそる、あいつはそそらない、と」。ここでは人間関係が食人の比喩を用いて語られている。

セバスチャンがヒマラヤで仏教の托鉢僧になろうとしたのは、悟りを開いて、恐ろしい神の支配から逃れるためであっただろう。彼は頭を剃って筵に座り、木の椀から米を食べ、世を捨てすべての財産を寺院に寄進しようとした。ヴェナブル夫人はそれを必死に思いとどまらせた。そのとき夫のヴェナブル氏危篤の電報が届いたが、彼女は息子の大事を優先して帰国しなかった。母の説得でセバスチャンは「光と影の世界」(俗世)に戻ったが、恐るべき神の生贄になるという強迫観念は変わらなかった。彼はその運命を恐怖しつつも、むしろ運命の達成に進んで手を貸そうとしたふしがある。苦労してハエジゴクを飼育したり、子亀たちの殺戮をじっと眺め続けるのは、自分の運命を確認したいためのように思える。従妹のキャサリンはその運命から彼を救おうとした。

キャサリン　私は彼を救おうとしたのよ。
医師　何から？　何から彼を救おうとしたのですか？
キャサリン　彼が自分について持っていた——ある種の——イメージを——完成することからよ。彼は自分が何かの——生贄だと思っていました。ある種の恐ろしい——
医師　神？
キャサリン　そう、残酷な神。(強調原文のまま)

「彼が自分について持っていたイメージ」は、最後の場面で、自分が食いものにした少年たちに、生贄として食われることによって完成する。海辺に集まり不気味な楽器を鳴らしセバスチャンに襲いかかる黒い少年たちは、「毛を毟られた鳥の群」と形容され、奇声を発し子亀を襲う黒い肉食鳥の反復である。

この恐ろしい光景は、ディオニュソスの秘儀で踊り狂ったというバッコスの信女たちを思わせる。彼女たちはやかましく楽器を鳴らし、獣を八つ裂きにして血をすすり肉を食らった。また、詩人の原型であるオルフェウスの運命をも思い出させる。冥府から帰った後のオルフェウスは、男や動物たちを集めて儀式を行い、女たちを疎んじたため恨みを買い、女たちに八つ裂きにされた。ウィリアムズの作品は神話的連想を伴うものが多い。この作品では当然主人公のセバスチャンという名が意味を持ってくる。彼はスペインのカベサ・デ・ロボ（狼の頭）という恐ろしい地名の、聖セバスチャンという名の浜辺で犠牲にされる。古代ローマの殉教者セバスチアヌスは、体に矢を射られ、最後には撲殺された美青年であった。「セバスチャン――若い近衛兵の長（おさ）――が示した美は、殺される美ではなかったろうか」（三島由紀夫『仮面の告白』）。そして多くの画家が画題とした聖セバスチャンの画像は、「倒錯者の特に好む絵画彫刻類の第一位」（『仮面の告白』）であり、彼は同性愛者たちの守護聖人になった。同性愛はこの劇の主要テーマであり、それは劇の進行につれて明瞭になる。

4

セバスチャンの犠牲の感覚はどこから来るのだろうか。それは詩人であることと関係がある。実利の国アメリカでは、詩を書く者は社会的不適応者と見なされ、負い目を感じる傾向にある。詩人でもあったウィリアムズは、劇作品に詩人をよく登場させた。『ガラスの動物園』のトムは、商品の箱に詩を書いているのを見つかって首になる。『地獄のオルフェウス（地獄へ降るオルフェウス）』の主人公ヴァレンタイン・ザヴィエル（殉教者の名を二つ持つ）は、地域社会に災いをもたらすよそ者として焼き殺される。『イグアナの夜』の九十七歳の放浪詩人ノンノは、皆から一目置かれる仙人めいた人物だが、結局は社会の周辺の人間である。

セバスチャンは社交界の寵児で皆から好かれるとはいえ、無為徒食の無名詩人である。詩人は余計者として世間から疎外される。詩人は言葉を伝達の用から逸脱させて奇妙な言語構築物を作り上げ、それは虚であり無力と見えながら、時に社会秩序を揺るがせる。世間は詩人の想像力・創造力に不信感を持っている。

さらにセバスチャンは同性愛者でもある。『この夏突然に』が書かれたのは、ハリウッドにマッカーシズムの嵐が吹き荒れ、映画の倫理規定がやかましい時代であった。原作でも映画でもホモセクシャルやゲイという語は一度も出てこない。当時、同性愛者は世間から忌避された人たちであった。セバスチャンの同性愛はそれと名指されないが、キャサリンの語りによって徐々に明らかになる。例えば、新婚夫婦と思われた二人が別々の部屋を取ったこと、キャサリンが親愛の気持からセバスチャンの腕や肩に触れると彼が嫌がったこと、などが語られる。スキャンダラスな事件は、セバスチャンが彼女に水にぬれると透明になる水着を着せて、海中に引きずりこんだことである。キャサリンは「私は彼のために囮の役をしたのよ」と叫び、ヴェナブル夫人も同じ役割を果たしていたと暴露して、皆にショックを与える。これより前キャサリンが告白を始めるとき、医師が今回の事件を始めから話すよう促すと、「それは彼がこの家で生まれたとき始まったと思うわ」と言って、ヴェナブル夫人に「ほらごらん!」(突拍子もないことを言うこの娘は狂っている)と決めつけられるが、キャサリンのいう意味は、セバスチャンの性的志向は生まれつきのものだということであろう。セバスチャンは米国聖公会(Protestant Episcopal Church)の信者の家庭で育ったので、幼少のころから聖書の教えに反する自分に罪障感を感じたであろう。のちに米国聖公会はかなりリベラルな傾向を示すようになり、同性愛を公言する司教を輩出するまでになるが、それは二十世紀も終わり近くになってからである。

古代ギリシアでは、プラトンの作品に見られるように、男が美しい男を求めるのは、女を求めるのと同じく自然なことであった。男同士が精神的・肉体的に結びつくことによって、お互いを高めあうと信じられた。ヘブライ世界ではそれが一変した。聖書によると同性愛は不自然な行為であり悪徳である。神がモーゼに告げたところによると、同性愛者は「憎むべきことをしたので、必ず殺されなければならない」(「レビ記」二〇：一三)。新約聖書にも熾烈な言葉がある。「男もまた…女との自然の関係を捨てて、互いにその情欲の炎を燃やし、男は男に対して恥ずべきことをなし、そしてその乱行の当然の報いを、身に受けたのである」(「ローマ人への手紙」一：二七)。

現在では、人間の性的志向はどのような形であれ自然と見なす考え方が定着しつつある。しかし二千年にわたって西欧社会を支配してきたキリスト教倫理を覆すのは容易ではない。しかも悪徳として禁じられるとかえって背徳の魅惑を増すという、人間の邪悪な傾向もある。同性愛に限らず一般にエロスは、抑圧されるがゆえにかえって妖しい魅惑となった。「キリスト教はエロスに毒を飲ませた。エロスはそのために死にはしなかったけれど、頽廃して淫乱になった」(ニーチェ『善悪の彼岸』第四章 箴言と間奏曲 一六八)。エロスは古代ギリシア時代の自然な明るさを失い、暗く秘められたものになった。しかも人間の中には、「乱行の当然の報い」を進んで求める、自己処罰の衝動に駆られる者がいる。自らの行為を悪徳と見なし、神から断罪されその生贄になることによって神と結びつこうとする者がいる。セバスチャンはそういうタイプの人間であったと思われる。

作者ウィリアムズ自身、同性愛者として犠牲の感覚にとりつかれていた。しかし彼は一方で、同性愛者は疎外され苦しむがゆえに、かえって感受性が鋭く創造性にもすぐれた面があるという自負を持っていた。彼は『回想録』で次のように記している。

男女ともに「同性愛の人」は「通常の人」よりも感受性が豊かである、――ということは才能豊かであるというのと同じだ、と私は心の中で確信している。（なぜか？　彼らは償わねばならないことがあまりに多いからだ）。

ウィリアムズの作品の多くは彼の犠牲の感覚から生まれたものであり、『この夏突然に』では、犠牲の感覚そのものが作品のテーマでもある。

5

この劇の終幕、キャサリンのヒステリックな語りによると、セバスチャンは下層の少年たちに襲撃され、切り裂かれ、恐ろしいことに実際に食われてしまう。彼女の話をすべて信じてよいのか疑問がないわけではない。しかし不気味なハエジゴク、亀の子の腹を食い破る肉食鳥、「シベリア狼の群に追われるように」という比喩など、このドラマの流れから見て、最後の食人行為は実際に起ったのだと考えざるを得ない。

この行為は、虐げられた者、金で買われた者が、憎しみと復讐、貪欲と飢餓感に駆られて行なった行為であろう。彼らは「パン、パン、パン」と物乞いの言葉を呪文のように唱えて、セバスチャンを追跡する。しかし彼らの行為は倒錯した愛の行為でもある。彼らは続々と集まってきて「セレナーデ」を奏で始めたとキャサリンは言う。彼らは空き缶や紙袋で作ったぶざまな楽器で不気味な音を出す。これは狩の獲物を狩るための音楽のようであり、原始人の生贄の儀式の音楽のようでもある。自己の運命に従順なセバスチャンは、助けの得られる港の方へ逃げず、キャサリンの忠告を無視して、坂道を登り始める。丘を登る行為は犠牲の儀式を暗示する。映画版では、丘の上は寺院跡に設定されていた。獲物が逃げるとみれば追いかける習性の獣のように、少年たちはセバスチャンを追跡し襲いかかって食いちぎり、犠牲の儀式は完成する。

殺人以上に恐ろしいタブー、食人（カニバリズム）は、文明人を自称するわれわれの無意識の領域にひそむ恐怖の記憶である。それはすぐれて象徴的な行為であり、原始人類にとって多様な意味を持っていたであろう。敵に対する復讐、自己の優勢の誇示、相手の能力をわが身に帯びるための身振り、相手を自分に取りこんで同化するという愛あるいは崇拝の欲求などが考えられる。そして宗教的発想もこれと関係しているだろう。聖餐式では葡萄酒はイエスの血であり、パンはイエスの肉である。イエスはパンを物乞いする群衆に向かって、「わたしの肉を食べ、わたしの血を飲む者には永遠の命がある」と説いて、皆を驚かせる（「ヨハネによる福音書」六：五四）。セバスチャンは罪の贖いのため、文字通り自分の血肉を犠牲にした。ウィリアムズは米国聖公会の家庭に育ち、彼の祖父は牧師であったが、彼は信仰の持つ受難や犠牲の面に強く惹かれたといわれる。

人を食うのは人に食われるのと同じく、おぞましく恐ろしい。その恐ろしい記憶は旧約聖書にも残っている。それは神に背いた人間の受ける恐ろしい罰と見なされている。敵に囲まれ極端な窮乏に陥った人は、自分の息子、娘、友人の肉を食い（「エレミア書」一九：九）、「父はその子を食い、子はその父を食う」（「エゼキエル書」五：一〇）。さらに恐ろしい詳細な描写もある。「やさしい、柔和な女、……足の裏を土に付けようともしない者でも、自分のふところの夫や、むすこ、娘にもかくして、自分の足の間からでる後産（あとざん）や、自分の産む子をひそかに食べるであろう」（「申命記」二八：五六―五七）。

ウィリアムズは「欲望と黒人マッサージ師」という短編小説を書いている。主人公の未熟な白人青年は、映画館の暗闇で「巨大な熱い口の中で溶ける食物の一切れ」のようになりたいという欲望にとりつかれている。彼は巨漢の黒人マッサージ師に手荒に扱われて死に、欲望どおり黒い口の中に入る、つまり黒人マッサージ師に食われてしまう。そして二人の間には一種の愛情があったという。時は受難節（レント）に当たり、近くの教会から、十字架上のキリストにならって苦痛によって罪を贖えという説教が聞えてくる。この小説はきわめて不快な印象を与えるが、ここにいう「自己を他者による暴力的処置にゆだね、それによって自己の罪を清めるという贖いの原理」は、まさに『この夏突然に』のテーマである。

　キャサリンはカニバリズムについて、「恐ろしい話だと私にもわかってるわ。だけどそれは私たちの時代と私たちの生きているこの世界の真実の話なのよ」と述べる。これは現代文明社会も結局は弱肉強食の世界であるという事実を表すとともに、彼女の念頭には、男に裏切られ、セバスチャンに利用され、恐ろしい事件に遭遇したあげく、富豪の伯母の権力によって脳手術を受けさせられそうになっている自分の境遇があったであろう。さらに「この時代とこの世界の真実の話」として、ウィリアムズの生まれたミシシッピー州などアメリカ南部社会でよく起った黒人への凄惨なリンチを思い出すこともできる。リンチの見物人たちは、食人ではないにせよ、犠牲者の死体を切り裂いてその一部を記念に持ち帰ったという。カニバリズムは原始時代、神話時代で終わったわけではない。

6

　審美家、男色家、求道者である詩人、そして恐ろしい神の生贄になる運命を信じている詩人、そういう詩人はどんな詩を書いたのだろうか。セバスチャンは社会から隠れた孤高の詩人でありたいと望んでいた。しかし死後作品を公表するかどうかは母親に任せた。彼はリューマチ熱で心臓疾患にかかり、母親より早く死ぬと信じていた。彼女が「……ここに彼の作品があります。ここに彼は生きていますわ」と言って見せるのが、金色の小口、金文字の薄い詩集である。彼女はそれを祭壇の前の「聖体」（Host には「生贄」の意あり）のように、恭しく捧げ持つ。預言者、高揚した修道女のような表情を浮かべながら。セバスチャンは『夏の詩』（Poem of Summer）と題する二十五編の詩を、毎年夏に一編ずつ、母親の助けを借りて苦しんで産み出した。彼はその詩を、下町（フレンチ・クォーター）の自分のアトリエで、十八世紀の手動式印刷機で自ら印刷した。

これほど神秘化されると、観客／読者はぜひとも彼の詩を読んでみたくなるではないか。『ガラスの動物園』のトムや『地獄のオルフェウス』のヴァルも詩人であるが、彼らはおそらくギターに合わせて歌うポピュラー・ソングのような詩を書いたであろう。『イグアナの夜』に登場する老詩人は死ぬ直前に詩を完成し、その詩を実際に舞台で朗読する（あまり面白い詩ではないが）。ところが『この夏突然に』では、詩人セバスチャンの詩がつねに話題になるのに、彼の詩はタイトル以外一行も紹介されない。詩の特徴についての説明もなされない。母親のヴァイオレットも従妹のキャサリンも彼の詩を知っているし、ククロヴィッツ医師も目の前にある詩集を、読む気があれば読むことができる。観客／読者だけがそれを読むことができない。それと対応して、セバスチャンの風貌も示されない。登場人物は皆セバスチャンを知っており、医者もセバスチャンの写真を見ている。しかし観客は舞台に登場しないセバスチャンの顔を見ることはない。映画化されたとき、キャサリンの回想シーンの中のセバスチャンの姿はいつも後姿で、顔は一度も見せなかった。空白の顔は空白の詩に照応している。

詩人はその詩によって知られる。しかしその詩が空白であるところがこの劇のポイントである。彼の詩がどんなものであるか、読者／観客は想像するしかない。ギリシアの古い壺に描かれた笛吹きはどんな音楽を奏でているのだろうか。「耳に聞こえぬ音楽はさらに美しい」（キーツ「ギリシア壺によせるオード」）。読むことのできぬ詩はいっそう美しく、会うことのなかった人の面影はいっそう美しい。審美家、男色家、哲学者、受難者であった詩人が、約四十年の生涯で苦吟の末産み出した二十五編の詩はどんな詩だったのか。よく練られた定型詩で、戦慄的な美しさを備えた詩であっただろう、と私は想像する。

セバスチャンはどんな詩を書いたのか。手がかりとしてまずウィリアムズ自身の詩を見るのが順当だろう。彼はオルフェウスと聖セバスチャンをテーマに詩を書いているので、それを見てみよう。「ソドマの聖セバスチアーノ」（ソドマは十七紀イタリアの画家で、悪徳の町ソドムではない）という短い詩では、皇帝の寵愛を受けた美青年セバスチャンの喉や腿を矢が刺し貫いたとき、「聖母マリアでさえ天国の塔から身を下に乗り出し、雲の端を持ち上げてその隙間から覗いた」という。「冥府へ降るオルフェウス」（有名な劇作品と同題）という詩では、まず地獄が描かれ、その空気は「ルビーの塵」でできていて、そこでは何もかも重く、「どうして貝殻型の竪琴が弦の震えでその空気を切り裂くことができよう」という。最後にオルフェウスに呼びかけ、「さあオルフェウスよ、おお恥じ入った逃亡者よ、おまえ自身のもろく崩れた壁の下に這い戻るがよい、おまえは琴の形に空に嵌められた星ではなく、復讐の女神に八つ裂きにされた者たちの塵なのだから」と、オルフェウスの無力を歌う。概してウィリアムズの詩は、軽妙な綺想や屈折した抒情に見るべきものがあるが、インパクトに乏しい。セバスチャンが書いたであろう詩としては、もの足りない。

セバスチャンの「夏の詩」から私が恣意的に想像するのは、夏の輝きが死の暗さをいっそう際立たせるような詩である。あるいは、死の暗さを背景に夏の輝きがいっそう際立つような詩である。「夏の壮麗な支配下において、死はわれわれの心をひとしお深く動かす。『そのとき、外界の生の熱帯的な充実と墓のもつ暗い不毛性との間に、おそるべき対立が生まれる。眼は夏を見ているのに、念(おも)いは墓から離れない……』」

(ボードレール『人工の天国』)といった性質の詩である。あるいは次のような詩はどうだろうか。「きみの永遠の夏は色あせることはない。……きみが死の陰をさまよっていると死神が自慢することもない。永遠に残る詩の中できみが時間と合体するならば」。「夏の花はたとえ種を残さずおのれひとり　生きて死ぬにしても、夏には美しい姿を見せる。だがもしその花が卑しい疫病にとりつかれると、どんなに卑しい雑草にも劣る惨めな姿をさらす。……腐った百合は腐った雑草よりずっと臭い」。シェイクスピアの『ソネット集』の明暗・美醜・愛憎の世界が、ロマン派、象徴派、モダニズムを経た後のレトリックで表現されたならば、われわれは満足するだろう。

ウィリアムズ自身の詩はあまり参考にならないなら、彼が崇拝した詩人の詩はどうだろうか。彼は、画家が描いた恍惚感(エクスタシー)や狂気の美を言葉で表現できた詩人、つまり言語で表現できないものを言語化するという背理を実現した詩人として、ランボーとハート・クレインを挙げている。

これら二人の詩人は、生きながら彼らを焼く火(fire that burned them alive)に触れたのだ。おそらく、そういう性質の(火刑のごとき)自己犠牲(self-immolation)によってのみ、書物という制約の中で、われわれ人間は自分自身についての完全な真実を伝え得るのだ。(ウィリアムズ『回想録』)

言語化できない感覚や情念を言語で表現した詩は多くない。セバスチャンの詩もそういう種類の詩であってほしい、と私は妄想する。そこでランボーとクレインの詩から、夏の気配の漂う一節を引用しておく。

またそこでは　蒼海原がいきなり染めあげられて

太陽の紅の輝きのもとで錯乱し　かつゆるやかに身を揺すり
アルコールよりなお強く　また私たちの竪琴の音よりなお広大に
愛慾の苦い赤茶色の輝きが　発酵するのだった

……

私は見た　巨大な沼が魚簗（やな）となって醗酵し
藺草のなかに怪獣レヴィアタンがまるごと腐爛しているのを
べた凪のただなかで海水が崩れ落ちるのを
そしてはるかな遠景が滝となって深淵へと雪崩れてゆくのを

（ランボー「酔っぱらった船」宇佐美斉訳）

菖蒲（しょうぶ）、雑草。険しい林間の空地の追憶
小暗く茂る糸杉の木々も真昼の苦熱を
分け合っていた、私も地獄へ落ちるところだった。
そして硫黄色の夢をよじ登る巨大な亀たちも
諦めて消えた、太陽の沈泥（シルト）が波紋を描き
亀たちの夢も散っていった……

……

この夏と同じ、青玉（サファイア）の薄片を散らす風の音が聞えた……

（クレイン「河口のやすらぎ」東雄一郎訳）

これらの詩では、見者である語り手（詩人）と、さまよう船あるいは流れる川が一体となっている。ともに超現実的な感覚の詩であり、クレインの詩（ランボーの影響が顕著である）はとりわけ晦渋であるが、言葉の過剰と錯乱が高揚感をもたらす。

しかし苦しんで一年に一度だけ詩作したセバスチャンが、こういうイメージの奔流のような詩を書いたとも思われない。セバスチャンという人物と、「夏の詩」というタイトルから触発されて、「不在の詩」についてあれこれ想像の赴くまま記してきたが、それがどんな詩であったか、最終的には空白のままにしておくしかないだろう。

ウィリアムズの感嘆するランボーとクレインは、男色家であり、社会から疎外され若くして死んだ犠牲者である。ウィリアムズは彼らが「生きながら彼らを焼いた火」（fire that burnt them alive）に触れたと言う。この火とは外部にある過酷な運命というよりも、彼らの内部で燃えている火ではないだろうか。彼らが受難者であるのは、社会や他者によってそうなる前に、自らの内部の火によってそうなのでないか。つまり詩人であるということ自体が犠牲者・受難者であるということではないか。ヴェルレーヌの言葉を、やや意味を変えて用いるなら、彼らは「自らによって呪われている」。

「生きながら彼らを焼いた火」とは、詩人の心の中のエネルギーであり、内部のエロスの火と言ってもよい。それは創造的であると同時に破壊的である。一種の芸術論ともいえるトーマス・マンの短編小説『ヴェニスに死す』にはそれがよく表れている。アッシェンバッハは謹厳で克己的、勇敢で道徳的な作家であったが、美の化身である美少年に魅惑されて破滅する。彼は美少年を遠くから眺めるだけで口をきくことさえないが、別れ際に少年に向かって、詩人が美の道を歩むためにはエロスという案内人が必要なのだと、心の中で語りかける。この小説にも聖セバスチャンの姿が描かれていて、セバスチャンは剣と槍に刺し貫かれても誇らかな羞恥のうちに歯をくいしばって平然と立っている。聖セバスチャンの姿は、苦難に雄々しく耐えるアッシェンバッハの作風を評したものなのだが、ここに表われた官能と犠牲の結びつきはまぎれもない。また、主人公が迫りくる疫病の不安の夜に見る夢は、バッコスの信女の狂乱の儀式(オルギア)に似てじつに激しい。「異国の神」のための「犠牲の祭り」に集まった男女の群は、火を焚き楽器を鳴らし踊り狂い、果ては獣を裂いて生肉を食らい、「神への犠牲として果てしない交合を始め」、アッシェンバッハはその人々が自分自身なのだと感じる。ドリアン・グレイがアステカ族の奇怪な楽器を見た後、「自然と同様芸術にも、怪物が、野獣の姿とぞっとする声を持ったものが存在する」と言うのも同じことであろう。美しい芸術、美しい詩は野蛮の対極にあるかに見えるが、詩人の内部の創造的で破壊的なエネルギーから産み出される。

そしておそらく、詩を創造するという行為は、呪われた詩人の贖いの行為でもある。詩人は詩を作ることによって自らが神への捧げものであることを証明せねばならない。詩を書けなくなって急に老いたセバスチャンの絶望を、キャサリンは次のように述べている。

セバスチャンは孤独だったのです。そして青カケスのノート（彼が詩を書きつける青いカケスの商標のあるノート）の空白はますます大きくなっていきました。あまりにも大きい空白で、青い海や空のような空白でした。

セバスチャンはもともと詩想に乏しい詩人で、苦しんで詩を産み出した。そして詩人が贖いである詩を書けないならば、自分の身を生贄として捧げるしかない。最後に彼は、真夏の広大な白い空（広大な白紙のページを思わせる）の下、獣の巨大な白い骨が空で燃焼している（燔祭を思わせる）ような白い空の下で、犠牲にされる。

7

『この夏突然に』は、ククロヴィッツ医師が「考え込んで宙に向かって」つぶやく次のセリフで幕を閉じる。「この娘の話が本当であり得る可能性を少なくとも考えてみなければならない」。キャサリンの迸るような告白を聞いた後で、医師のこの言葉は何と慎重あるいは自信なげに響くことか。しかもキャサリンは自白剤らしきものを注射され、心理的抵抗をすべて失くすように暗示をかけられ、回想の中にイメージが次々浮かんでくると、「何があってももう止まらない」と叫んだ上での告白なのである。彼女は「真実は神でさえ変えることができない」とも述べている。だからキャサリンの話が真実だと信じて疑わない観客／読者は、医師のこのセリフを聞くと不安な気持になるだろう。映画版においては、病院長（原作には登場しない）が「この娘の話が本当だという可能性は十分にある」と断言して終わるので、観客が不安を感じることはない。

キャサリンが精神状態の不安定な女であることは確かである。ウィリアムズはそういう女を描くのが得意で、『欲望という名の電車』の主人公ブランチはそのみごとな例である。『この夏突然に』では、キャサリンが舞踏会で出会った男に誘惑される場面が印象的である。

彼が車から出るより先に私は降りたと思います。そして私たちはぬれた草の間を霧でかすんだ樫の大木のほうへ歩いて行きました。まるでそこで誰かが私たちに助けを求めているかのように。

彼女は男の誘惑を感づいている。いま「助けを求めている」のは彼女自身である。それなのに彼女は闇の中、「決闘する樫」（おそらく二本の樫の木が向かい合って立っているのであろう）という不吉な名の巨木の方へ、男とともに歩いてゆく。その後、裏切られた彼女は、舞踏会場に取って返して男に殴りかかり、そのスキャンダルがもとで社交界から締め出される。彼女は自己崩壊を防ぐため、自分を三人称にして日記をつけ始める。「今朝彼女はまだ生きている。彼女が次にどうなるのか。神のみぞ知る」というふうに。このとき救いの手を差し伸べたのがセバスチャンであるが、恐ろしい事件に遭遇して彼女は精神が狂ってしまう。「気が狂ったら死ぬより淋しい」と彼女は医師に告げ、助けを求めて医師を抱きしめキスする。彼女のこのような精神状態から見ると、彼女の語りは完全には信用できないであろう。最後の襲撃の場面で、彼女が現場に駆けつけたとき、惨劇はほとんど終わっていた（この部分のキャサリンの語りには過去完了形が多い）ので、食人行為はもしかすると彼女の妄想ではないかという疑惑が残る。キャサリン自身「真実は底なし井戸の底にある」という警句を述べている。本当の真実には到達できないという含みなのかもしれない。

ヴェナブル夫人の語るセバスチャン像は理想化・聖化されすぎていて、完全には信用できない。彼女が「セバスチャンは俗物ではない」、「気取り屋で変人の若造ではない」と強調するのは、予防線を張っているのであって、この母と息子の実際の姿は芸術家気取りの有閑階級にすぎない。セバスチャンの仏教への帰依や、神を求める探求者の姿勢も、皮肉な目で見ることができないわけではない。キャサリンは「私たちは皆、大きな幼稚園にいて、間違ったアルファベットの積み木で神の名を綴ろうとしている子供みたいなものだ」という警句を引用している。キャサリンの引用する警句も適切なものかどうかわからないが、セバスチャンが神を見たというのも、錯覚あるいは誤った観念であるという可能性もある。

さらにセバスチャンの詩さえ眉唾物で、彼は似非詩人かもしれないという可能性もある。彼の詩を崇拝しているのは母親だけで、本人が公表したがらず、狭い仲間うちでしか知られていない。そのためいっそう彼の詩への好奇心が高まるのだが、実際は彼の詩は公表する価値がない程度のものかもしれない。ウィリアムズは『パラダイス氏』という喜劇的寸劇を書いている。これは世に忘れられた詩人の薄い詩集が、不安定なテーブルの脚を固定する支えに使われていたのを、ある女子大学生が偶然発見して大感激し（それは見当違いの感激かもしれない）、作者を探し当てるが、無名の作者は冷静であったという話である。パラダイス氏が偉大な詩人であるのか凡庸な詩人であるのか判別しがたい。セバスチャンにも同じことが言えるかもしれない。

以上のような多くの曖昧さはこの作品の欠陥ではなく、作品の示す多義性として魅力の一部であるといえないこともない。だが私は基本的には、素朴な読者／観客と同じく、キャサリンの語ったことは真実であり、セバスチャンは審美家・求道者・受難者として、苦しみの中から偉大な詩を書いたと信じたい。

最後にこの作品の原作と映画版の相違について触れておこう。ゴア・ヴィダル（同性愛を描いた小説で有名になった）の手になる映画脚本は、原作にかなり変更・追加がなされていて、興味をひくものが多い。例えば、キャサリンの「私たちは皆セバスチャンを愛していました。女も男も子供も動物も鉱物も植物も」という過剰なセリフは、明らかに観客にオルフェウスを連想させようとしている。映画冒頭、原始林を模した庭にエレベーターから女帝のように「降臨」したヴェナブル夫人は、医師に向かって「あなたビザンティンはお好き？」と唐突に問いかける。原始の混沌と対比される精巧華美な意匠のビザンティン美術は、彼女の装飾的生活あるいはスノビズムを暗示しているのかもしれない。

映画で注目すべきは結末のシーンである。原作では、キャサリンの告白が終わった後、医師もヴェナブル夫人もキャサリンもその母と弟も、ばらばらにそれぞれの人生に分かれてしまう。しかし映画では、告白を終えたキャサリンは憑き物が落ちたように、「私はここにいます。ミス・キャサリンはここにいます」と答えて、医師の呼びかけに応じる。ヴェナブル夫人はセバスチャンの詩集をいとおしそうに撫でながら、医師をセバスチャンと錯覚して、ガラパゴス島への航海の追憶に耽って、故郷へ帰ろう、二人だけの世界に戻ろう、とやさしく呼びかける。一方は狂気から現実へ帰還して救われ、他方は現実から狂気へ逃避することによって、ある意味で救われる。このシナリオの変更はゴア・ヴィダルによるものかどうか知らないが、ハリウッド映画好みの終わり方である。人間は最終的には誰もが孤独で自分の外には出られない、というウィリアムズの基本的認識には合わないだろう。だが私は、暴力的な要素の多いこのドラマをやわらげる巧みな改変だと思う。

『この夏突然に』からの引用は次の版に拠った。引用文の翻訳は筆者による。
Williams, Tennessee. *Baby Doll, Something Unspoken, Suddenly Last Summer*. Harmondsworth: Penguin Books, 1968.（邦訳『この夏、突然に』菅原卓訳、『今日の英米演劇』白水社、一九六八）。

参考文献
Williams, Tennessee. *Memoirs*. New York: Bantam Books, 1976.（邦訳『テネシー・ウィリアムズ　回想録』鳴海四郎訳、白水社、一九七八）。
———. *The Collected Poems of Tennessee Williams*, ed. David Roessel and Nicholas Moschovakis. New York: New Directions,

2007.
———. *Collected Stories*, intro. by Gore Vidal. London:Vintage,1999.（邦訳『呪い』志村正雄・河野一郎訳、白水社、一九八四）。
———. *Mister Paradise and Other One-Act Plays*, ed. Nicholas Moschovakis and David Roessel. New York: New Directions, 2005.
Quirino, Leonard. "Tennessee Williams's Persistent *Battle of Angels*," *Tennessee Williams* (Modern Critical Views), ed. Harold Bloom. New York: Chelsea House Publishers, 1987.
Heilman, R. B. "The Middle Years," *Tennessee Williams* (Modern Critical Views).
Debusscher, Gilbert. "Minting Their Separate Wills: Tennessee Williams and Hart Crane," *Tennessee Williams* (Modern Critical Views).
Clum, John M. "The sacrificial stud and the fugitive female in *Suddenly Last Summer*, *Orpheus Descending*, and *Sweet Bird of Youth*," *The Cambridge Companion to Tennessee Williams*, ed. Matthew C. Roudané. Cambridge: Cambridge University Press, 1997.
Tischler, Nancy M. "Romantic textures in Tennessee Williams's plays and short stories," *The Cambridge Companion to Tennessee Williams*.
Klemm, Michael D. "Who's Afraid of Sebastian Venable?" 2008. <http://www.cinemaqueer.com/>
Pecorari, Marie. "Chaste or Chased? Interpreting Indiscretion in Tennessee Williams' *Suddenly Last Summer*." *Miranda* [Online] 8, 2013. <http://miranda.revues.org/5553>
Wilde, Oscar. *The Picture of Dorian Gray*, ed. Peter Ackroyd. Harmondsworth: Penguin Books, 1985.（邦訳『ドリアン・グレイの肖像』福田恆存訳、新潮社、一九六二）。
Crane, Hart. *The Complete Poems of Hart Crane*, ed. Waldo Frank. Garden City, New York: Doubleday Anchor, 1958.（邦訳『ハート・クレイン詩集』東雄一郎訳、南雲堂、一九九四）。
ボードレール『人工の天国』安東次男訳、『ボードレール全集第二巻』人文書院、一九六三。
ランボー『ランボー全詩集』宇佐美斉訳、筑摩書房、一九九六。

ヴェルレーヌ『呪はれた詩人達』鈴木信太郎・高畠正明訳、『世界文学大系43　マラルメ、ヴェルレーヌ、ランボオ』

　筑摩書房、一九六二。

ニーチェ『善悪の彼岸』信太正三訳、『ニーチェ全集第十巻』理想社、一九八〇。

トーマス・マン『ヴェニスに死す』関楠生訳、『世界の文学35』中央公論社、一九六五。

シェイクスピア『シェイクスピアのソネット』小田島雄志訳、文芸春秋、二〇〇七。

『聖書』日本聖書協会、一九六三。

三島由紀夫『仮面の告白』新潮社、一九五〇。

高橋睦郎「少年愛をかんがえる」『球体の息子――肉をめぐって』小沢書店、一九七八。

――「オルペウス」『青春を読む――日本の近代詩二十七人』小沢書店、一九九二。

市川節子「キャサリンの薔薇　『この夏突然に』」『ぼくがイグアナだったこと――テネシー・ウィリアムズの七つの作品』

　南雲堂、二〇〇一。

映画（ＤＶＤ）『去年の夏突然に』Sony Pictures, 2010.

翻訳家橋本福夫の戦中と戦後

――『危険な年齢』（*The Catcher in the Rye*）訳出まで――

井上　健

一　はじめに――占領期終結から一九六四年までの翻訳文学――

占領期終結から一九七〇年までの期間に、翻訳文学出版の様態がいかに変化したかについては、戦後翻訳出版界の現場を、編集者として、翻訳家として生きた人たちの貴重な証言がある。早川書房編集者としてポケット・ミステリの創刊に関わった、作家・翻訳家の宮田昇（一九二八―）は、『東は東、西は西』（早川書房、一九六八年）において、「ついこのあいだまで、フランスの作品が翻訳ものの主流をしめているように思われてきた日本の出版界である。（略）たしかに、一九六〇年の安保改定後の日本の思想文化界には、ぼくたちが思いもよらぬほど、急ピッチで大きな変動がおきていたのだ。それが、一九六四年に、またアメリカの翻訳小説がカムバックできた大きな理由なのではないかと思われる」（一五六―一五七頁）と述べている。戦後翻訳出版シーンの最前線に身を置いていた宮田のこの貴重な証言は、少し補足説明が必要だろう。

戦後日本において長らく「フランスの作品が翻訳ものの主流」を占めてきた点については、多言は要すまい。「サルトルを始めとする実存主義の文学は、文壇及び読書界に強い関心をもって迎えられ、流行的な現象を呈した。カミュもカフカもベスト・セラーとなり、文芸雑誌は実存主義の解説で賑わい、文学青年の会合では必ずと言っていいほど実存主義が話題にのぼった」[1]というような現実がしかと存在したのである。実存主義がなにゆえここまで広範な影響力を発揮し得たのかといえば、それは何よりも「八月一五日を突如として迎えた日本国民の全部が、多かれ少なかれ、この実存的体験の近辺に立たされた。それが戦後文学の実存的傾向に共鳴する共鳴函を形づくった」[2]からであろう。実存主義のブームは一九五〇年代日本を席巻するが、一九五〇年代末には、ロブ＝グリエ、ビュトール、サロートなど、フランス「アンチ・ロマン」作家のわが国における翻訳紹介が始まり、六〇年代前半にかけて、同時代日本文学の叙法に少なからぬ影響を及ぼしていく。このようにして、一九五〇年代から少なくとも六〇年代はじめにかけての日本において、フランス文学は現代世界文学の代名詞的存在であり続けたことになる。もちろん、現代フランス文学のみが読まれていたわけではない。一九五〇年代半ばから六〇年代にかけては、新潮社、河出書房、平凡社、三笠書房、筑摩書房、中央公論社、講談社などから、世界文学全集が百花繚乱のごとく次々に刊行された、昭和初めの円本ブームを数倍の規模で拡大再生産した文学全集の時代であり、その主役たる座を占めたのもフランス文学であった。

一方、アメリカ文学に関して言えば、一九五〇年代前半には、大正末から昭和初期にかけて、プロレタリア文学隆盛の波に乗って移入された、ドライサー、シンクレア・ルイス、アプトン・シンクレアなどリアリズム系の作家に加えて、ヘミングウェイ、フォークナー、ドス・パソスなど、モダニズムの系譜に属す作家が熱心に紹介された。この時期のアメリカ文学熱を支えたものとしては、国民全般に広く浸透していた、「占領国」アメリカをよく知りたいという素朴な思い、戦前から大衆に熱烈に支持され、終戦とともに解禁されたアメリカ映画人気の文学への波及、ジイド、サルトルなど、フランスの小説家、思想家が同時代アメリカ文学に高い評価を与えていたという事実が後押しした、[3] の三点をあげることができよう。

アメリカ小説翻訳紹介のブームが一九五〇年代半ばを過ぎて一段落する背景には、アメリカを知りたいという素朴な意欲の減退、反米意識の顕在化など様々な事情があっただろうが、そこにはもう一つ、中野好夫「アメリカ文学の影響」（一九五三）の指摘する、言語の壁という問題が横たわっていたのかもしれない。つまり、翻訳でどこまで原作の真髄が伝わるかという問題で、アメリカ文学の場合、英語（米語）対日本語間の言語の障壁が、他言語からの翻訳の場合に比してことに大きく作用したと中野は主張するのである。[4]

東京オリンピックの年である一九六四年に、「またアメリカの翻訳小説がカムバック」できた最大の理由としては、アメリカニゼイションの進行とその日常生活への定着をあげるべきだろうが、アメリカニゼイションを語るとき心しておくべきは、それがどこまで、アメリカという一国家の文化的固有性に基づいたアメリカニゼイションで、どこからが、近代化の極まった形としての、広義のアメリカニゼイションであるか、その境目がしばしば曖昧だという点である。「アメリカの翻訳小説がカムバックできた大きな理由」の基底をなす、東京オリンピック（一九六四年）の頃に著しく進展したアメリカニゼイションとは、かつて磯田光一が「「第三の新人」の世代が、文化の違和感や内心のドラマを媒介しながら接したヨーロッパとアメリカの文化は、しかし、それより下の世代にあってはほとんどドラマを形成しないかたちで実生活に侵入している」[5] と指摘したように、狭義のアメリカニゼイションの枠を大きく越えた、西欧近代文化そのものに向き合う根本姿勢に生じた変質と考えるべきものであろう。同様の事態について松本健一は、一九六〇年代に入ると「欧米はもはや日本にとっての理念型の意味をもたなくなって」[6]、生活的現実と化したと説明する。磯田や松本が指摘するように、高度経済成長期とはまさに、昭和日本の近代化の最終過程なのであった。

戦後史、戦後文学・文化史のターニングポイントである、占領期終結の一九五二年と、西欧モデルの理念型近代化が最終段階を迎えた一九六四年に、訳者と出版社を変えて刊行されたアメリカ小説がある。J・D・サリンジャー(J. D. Salinger, 1919–2010)の、『ライ麦畑でつかまえて』(以下、『ライ麦』と略す)という邦題でお馴染みの小説 *The Catcher in the Rye* (New York: Little, Brown, 1951) がそれである。この世界的ベストセラーの邦訳は、二一世紀になって村上訳が加わって、橋本福夫『危険な年齢』(ダヴィッド社、一九五二年一二月)、野崎孝訳『ライ麦畑でつかまえて』(白水社、一九六四年一二月)、村上春樹訳『キャッチャー・イン・ザ・ライ』(白水社、二〇〇三年四月)の三種となった。本稿は『ライ麦』初訳に至るまでの、翻訳家・アメリカ文学者橋本福夫の、戦中と占領期の訳業を考察することによって、占領期日本の翻訳文学の展開と可能性の一端に光を当てようとするものである。

二　橋本福夫とアメリカ文学と追分

橋本福夫(一九〇六—八七)は、一九〇六年三月、兵庫県宍粟郡の四方を山に囲まれた村に、田路家の次男として生まれ、一九〇八年、宍粟郡三方村村長で地主の橋本博行の養子となった。[7] 戸数五〇〇ほどの「文化的な伝統の皆無に近い」(「橋本先生に聞く」、六頁)山村で、孤独な幼少年時代を送る。橋本が「差別を通して文学を考え、また文学を通して差別を考えるようになった」(「「偏見と差別を考える会」への期待」、『偏見と差別』第二号、一九六九年七月、『著作集』第一巻、一九四頁)のは、橋本家に出入りする小作人たちの間に歴然とした差別があるのに気付いたのがそもそものきっかけだった。聖峰中学校第四学年に編入学する際に戸籍を見て、自分が養子であったことをはじめて知り、衝撃を受け、幼少期からの孤独感がいや増すのを覚える。

一九二四年四月、同志社大学予科に入学し、二七年四月、同志社大学文学部英文科に進学した。同志社でも講義を持っていた山本修二三高教授に奨められて、ジョイスの短篇「アラビー」を『同志社文学』に掲載したのが最初の訳業となる。アメリカ文学を専攻したのは、「今後の世界文学は資本主義国の代表であるアメリカの文学と、社会主義国の代表であるロシアの文学だと思っていた」（「橋本先生に聞く」、八頁）からである。昭和モダニズム期という時代の風潮を反映して、「アメリカの、当時の言葉で言えば、左翼的な作家に関心を抱き、卒業後も主としてナチュラリズム以後のアメリカ文学の研究を続けよう」（「カーキ色への重苦しい関心」『読書新聞』一九七四年九月二六日、『著作集』第一巻、一四三―四四頁）と考えていた。しかし当時の大学の英文科はイギリス文学中心で、そもそも英語教師養成機関なのであって、「望んでいたアメリカ文学に関する研究は独力でやるしかなかった」（「青春時代は生涯にわたる」、『早稲田文学』一九八一年六月号、『著作集』第一巻、一四九頁）。橋本の研究テーマ「ナチュラリズム以後のアメリカ文学」に関しては、一九一九年にシカゴに留学した日本アメリカ文学研究の草分け、立教大学の高垣松雄が『アメリカ文学』（研究社、一九二七年六月）を刊行していたのだが、橋本は「不思議なことに、高垣松雄氏のことは全然学校でも聞かされていず、知らなかった」（「橋本先生に聞く」、五頁）のだと言う。在学中に同人誌『無名時代』の創刊に関わり、創刊号にドライサーの短篇「ニガー・ジェフ」を訳出する。一方で、経済学者スコット・ニアリング（Scott Nearing）の黒人問題研究書『ブラック・アメリカ』（*Black America*, 1929）を読んで大いに触発され、在日朝鮮人問題を連想したりする（「橋本先生に聞く」、一四頁）。

一九三〇年二月、橋本が「英文科の卒業試験が終った日の夜に、夜行列車で東京へ逃げ出し」（「青春時代は生涯にわたる」、一五〇頁）たのは、ひとつには、「前から小地主などというようなまぬるい境遇から脱して、自分もできればどこかの工場にでも勤め、その体験に基づいてプロレタリア小説を書きたいなどと考えていた」（「青春時代は生涯にわたる」、一五〇頁）からである。といって生活のあてがあるわけではなく、東京外国語学校ロシア語科（夜間部）に通ったり、雑誌『プロレタリア科学』（一九二九年一一月―三三年一〇月）に参加し、「アメリカ文学研究会」にも関わったりする。石田幸太郎や木村毅の導きもあって、徐々に翻訳で生計を立てる展望を切り開いていった橋本は、一九四一年、再度上京して、山室静の紹介で初の翻訳書『マンスフィールドの手紙』（大観堂）を刊行した。

橋本福夫が晴耕雨読の生活を夢見て、信州追分に移り住んだのは一九四三年のことである。青山学院大学定年退官時（一九七四）の一文では、「英語などというものは使うことも教えることも排斥されていた時には、わたしも信州で百姓を始め、自分の作った物を食って暮せる身分になれて、ようやく所期の希望を実現できたと思い、貧しいながらも満ち足りたおもいで暮していた」（「文学と真実」、未発表、『著作集』第一巻、二〇五頁）と当時を回想している。かくして橋本は、翌一九四四年、追分に引っ越してきた堀辰雄（一九〇四―五三）と出会うこととなる。

「堀さんが油屋の横へ引越してこられてからは、堀さん宅の食料供給係りであると自認していた」[8]橋本であるが、食料以外にも届けるべきものはあったようで、堀辰雄は一九四六年三月四日の『日記』に「橋本君Time数冊を届けてくれる。そのなかにModiglianiの記事、及びJean-Paul Sartreとそのexistentialismの記事などを読む」[9]と記している。もちろん堀が橋本から得ていた書物や出版の情報は、Timeにとどまるものではなかっただろう。中村真一郎によれば、橋本福夫は「地域に文化的な芽を育てようという、理想主義的な生き方」を貫く人であると同時に、「黒人文学や、欧米の進歩的な文化活動のための、様々の小さなグループの機関誌など」[10]を中村らに教示してくれる存在でもあった。橋本は、戦況悪化とともに、軽井沢が避暑地から疎開地に模様替えすることにより生み出された「新しい型の「勤労的軽井沢人種」」(『火の山の物語――わが回想の軽井沢』、一七三頁)であるとともに、フランス文学、ヨーロッパ文学にその関心が集中しがちな堀辰雄周辺の文学者たちにとっては――おそらくは堀辰雄自身にとっても――、ヨーロッパ中心主義の弊害を是正するのに有効な知識や情報を提供してくれる、貴重な人材でもあったわけである。

同人誌『高原』(一九四六年八月―四九年五月)発刊の議が起きたのは、終戦後間もなくの一九四五年一一月であった。編輯同人は、堀辰雄に、軽井沢、追分周辺に疎開し、居住していた、英文学者田部重治、独文・仏文学者片山敏彦、文芸評論家山室静、それに橋本福夫を加えた計五人であった。堀辰雄以外の『高原』同人がみな外国文学者であり翻訳者であったことは、『高原』という同人誌の性格にも当然反映した。同人誌『高原』創刊に関わる一方で、橋本福夫は、農村青年の教育の場を作りたいという山室静の思いを受けて、浅間国民高等学校の開校に奔走する。浅間国民高等学校(通称高原学舎)は一九四六年四月、小諸に開校され、橋本はアメリカ文学などを講じた。一九四七年、追分区長に選ばれた橋本は、追分を進駐軍兵士の慰安所にしようとする町の案の実現を阻むとともに、賀川豊彦の影響を受けて、かねてより構想していた軽井沢購買利用組合を設立する。一九五〇年春、橋本福夫は追分の土地家屋を処分して上京。以後、山室静、佐々木基一の縁で、雑誌『近代文学』(一九四六年一月―六四年八月。同人＝本多秋五、平野謙、山室静、埴谷雄高、荒正人、佐々木基一、小田切秀雄)同人となり、アメリカ文学や黒人文学についての論を寄稿するとともに、いくつかの大学で講師を務め、一九五四年、専修大学の専任教員となる。一九五〇年、加島祥造を介して、早川書房と縁ができたこと、雑誌『時事英語研究』(研究社)の「新刊紹介」欄を担当したことが、橋本のその後の翻訳家・アメリカ文学者人生にとって大きな意味を持つ次第となる。橋本のライフワークとも言える『黒人文学全集』全十巻（早川書房）の企画、編集が始まるのは、上京後十年の一九六〇年のことである。

三　翻訳家橋本福夫の戦前と戦後

橋本福夫の最初の訳書『マンスフィールドの手紙』（大観堂、一九四一年六月）は、マンスフィールド（Katherine Mansfield, 1888–1923）がJ・M・マリに宛てた、第一次大戦中の手紙であったことも戦事体制下の読者の共感を呼んだのか、好評で再版になり、橋本は続いてマンスフィールド『日記と感想』（大観堂、一九四三年）も訳出することになる。戦後、『マンスフィールドの手紙』を三六年ぶりに再刊するにあたって、橋本福夫は当初、若さの産物でもある訳業に下手に手を加えないほうがよいと考えていた。そんな橋本の心境に変化が起きるのは、再校原稿を抱えて信濃追分の別荘に出向いたときのことである。旧稿を読み直した橋本は、とたんに「こんな訳文では堀辰雄さんに恥ずかしい」[11]と感じる。追分時代、生前の堀辰雄とマンスフィールドの手紙や日記を話題にしたことが想い出されたからである。没後四半世紀たった今もなお、橋本福夫の中で堀辰雄がいかに重きをなす存在であったかを物語って余りある逸話であり、橋本は結局戦前の旧稿に大幅に手を入れることになる。

堀辰雄は一九三四年、『美しい村』刊行（四月）の頃より、リルケ『マルテの手記』（一九一〇年）を読み始め、『風立ちぬ』（一九三八年四月刊行）の執筆、完成の過程でリルケに傾倒していく。一九三四年一〇月から翌三五年一月にかけて、雑誌『四季』に『マルテの手記』の抄訳を掲載し、続けて『マルテの手記』の一部を成す、リルケ「巴里の手紙」を訳出した。堀辰雄にとって、マンスフィールドの、病と闘いつつ「「生きる」ことにその全身をもってした人の喜怒哀楽の素直さ、死を身近に意識しながら尚自己をより純潔により良くしようとする必死の苦闘を止めなかった（略）真摯さ」[12]は、『マルテの手記』の「私は見る稽古をしている。（略）私の中には、私がそれについては何も知らない内部がある。すべてのものは、いま、そこまで行ってしまう」[13]というような存在論的姿勢に、さらには自作『風立ちぬ』の、死をめぐる形而上学と響き合うものであったに相違ない。こうしたリルケの世界にも一脈通じるような、マンスフィールドの「純潔さ、「真摯さ」へ寄せる思いは、孤独な少年期を送った橋本福夫においても、社会意識の強い文学への関心の一方で、常に内在するものとしてあった。橋本が同人誌『高原』創刊号（一九四六年八月）へ寄稿したのは、リルケ「巴里の手紙」ならぬ、「キャサリン・マンスフィールドの手紙（巴里よりJ・M・マリへ）」の翻訳だったのである。

戦前、橋本福夫が刊行したもう一冊の訳書がハーマン・メルヴィル（Herman Melville, 1819–91）『タイピー』（*Typee*, 1846）こと『南海の仙境』（大観堂、一九四三年一一月）である。『南海の仙境』は『南海物語』と改題されて、戦後、早川書房から上梓される（一九五三年八月）。[14]橋本福夫は一九四二年、神戸に暮していて、アメリカの同時代文学が手に入らぬ今こそ、アメリカの古典を読んでおこうと思い立ち、読み進めていったメルヴィルの作品の中から、「一番訳しやすそうだった」（「橋本先生に聞く」、一三頁）『タイピー』を訳出することになる。捕鯨船の待遇のひどさに堪えかねて脱出した二人の青年が、マルケサス諸島のヌクヒーヴァ島に逢着し、この世ならぬ美しさを持つ渓谷にさまよい込み、食人種とされるタイピー族の手に落ちて繰り広げられる冒険談、体験記である。橋本福夫は『タイピー』を、「この小説の中心をなすものは、タイピー渓谷に展開される、まだ白人種に害われなかった頃の、在りし日のポリネシヤ民族の生活の姿であろう。それは誠に今の私達には夢の国の風景である」(『南海の仙境』「序」、『著作集』第三巻、二三頁)と、まずは自然状態賛美のエキゾティックな夢物語としてとらえながらも、同時に物語の表面からは隠された「諷刺的な意図が、一種のユートピア的なものが、何時の世になっても人間の心の片隅にうずいている原始への憧れへの訴えがありそうである」(『南海の仙境』「序」、二三頁)と、ルソー的西洋文明批判や諷刺の意図をも読み込もうとする。英文学者が軍国主義にすすんで加担していた時期に、三十代の橋本がこの「序」のような「時局に便乗せず、アメリカの小説を「文学」として紹介した文章」(井上謙治「橋本先生とアメリカ文学」、『著作集』第三巻、三一七頁)を公にしたという事実は、橋本福夫のアメリカ文学への向き合い方の根底に、ユートピア的始原への憧憬とともに、マンスフィールドの「純粋」さ、「真摯さ」に共感したのと同種の思いが作動していたことをうかがわせる。橋本の訳文はたとえば以下のごとくである。

彼処には一群の、お互ひの魅力に対する嫉妬心に満たされることもなければ、滑稽な上品ぶりも装はず、鯨の骨のコルセットをはめて自動人形のような歩き方もせず、自由で、自然のままに幸福で、抑制されない若い女性達の姿が見られる。/あのうららかな陽の照り輝く谷間のそこここには彼女達がよく集って花環で身を飾る場所があった。彼女達が美しい林の一つの下蔭に坐り、周囲の地面につみたての蕾や花を撒き散らし、花冠や首飾りを作っている姿を見れば、人は花の神の全侍女が集って彼女達の女主人の爲に祝祭をあげているのかとでも思ったことだろう。(『南海物語』、一八七頁)

There you might have seen a throng of young females, not filled with envyings of each other's charms, nor displaying the ridiculous affectations of gentility, nor yet moving in whalebone corsets, like so many automatons, but free, inartificially happy, and unconstrained. / There were some spots in that sunny vale where they would frequently resort to decorate themselves with garlands of flowers. To have seen them reclining beneath the shadows of one of the beautiful groves; the ground about them strewn with freshly gathered buds and blossoms, employed in weaving chaplets and necklaces, one would have thought that all the train of Flora had gathered together to keep a festival in honor of their mistress.[15]

原文第一センテンスの主語は一般人称の you であり、文頭の there（＝ここタイピーでは）を条件節と見なせる仮定法過去完了の might have seen... が続く。主語を明示しなくて済む日本語において、こういう構文は「～しているのが見られた（見えた）」のように受動的に処理すると収まりがよい。a throng of young females の状況・状態を表す過去分詞、現在分詞の節が not... nor... nor... と続き、but 以下には、形容詞あるいは過去分詞の補語が三つ並ぶ構文は、原文の流れに忠実に、訳文を分割せずに一文でまとめたいところである。inartificially は無垢な自然の魅力を謳っている箇所なので「自然のままで」の意。unconstrained の訳語は「のびのびとして」「生き生きとして」あたりが適当か。抽象名詞 envyings と affectations of gentility は、具体的な感情や仕草を指しているので、「羨望」「衒い」などのように漢語の名詞に置き換えずに、to envy, to affect と動詞に読み換えて、それを日本語に移し換えるべきところである。三番目のセンテンスは、To have seen... が if 節の働きをして、仮定法過去完了 one would have thought... を導いている。ここも主語は一般人称 one なので、第一センテンス同様、訳文では主語は立てずに、「～を見たら、～と思っ（てしまっ）ただろう」とするのが妥当である。セミコロン以下は、the ground... strewn with... と employed in... が並列して、young females ＝ they の状況や動作を描写していて、「地面に～を撒き散らして、～を（一生懸命）編んでいる」の意となる。

以上の訳出上のポイントに照らしてみたとき、橋本訳はどうであろうか。envyingsを「嫉妬心」とするのは言葉が強すぎる、unconstrained「抑制されない」は訳語が練れていない、recliningの「もたれかかる」のニュアンスが訳出されていない、などの点がまず目に付く。しかし、それはすなわち、それ以外の点は無難にまとめられていることを意味する。一読、意が通じる訳文に仕上げられていて、日本語の流れ、情景の喚起力にも欠けてはおらず、戦争期、占領期のアメリカ文学翻訳としては水準の高いものである。

終戦から占領期終結までに橋本福夫は十冊近くの訳書を刊行していて、翻訳が重要な生計の道になっていったことがわかる。スティーヴンソン『若き人々のために』(南北書園、一九四八年一二月)、クーパー『モヒカン族の最後』(早川書房、一九五一年一月)、ヒュー・トレヴァー=ローパー『ヒトラー最後の日』(雄鶏社、一九五一年一一月)、チェスタトン『木曜日の男』(早川書房、一九五一年五月)などのこの時代の仕事の中で、その後の訳業につながっていくという意味で重要なのは、ジェイムズ・フェニモア・クーパー(James Fenimore Cooper, 1789–1851)の五部作『レザー・ストッキング物語』(*The Leatherstocking Tales*, 1823–41)の第二部『モヒカン族の最後』(*The Last of the Mochicans*, 1826)である。

「訳者序」(一九五〇年一一月)で橋本は訳出の動機を「われわれは読まれなかったメルヴィルとともに、読まれたクーパーも知っておく必要があるのではなかろうか」(四頁)と語っている。クーパーは刊行当時よく「読まれた」『レザー・ストッキング物語』五部作を通じて、英仏戦争の時代を背景に、自然児ナティ・バンポー(ホークアイ)という白人の猟師を主人公に、自然愛と文明建設という、相反する命題に引き裂かれたアメリカそのものを主題化した。「ホークアイという人物を創造することによって、クーパーの掴んだアメリカというものに表現を与えた」(「訳者序」、五頁)のである。

「訳者序」によれば、橋本福夫は『モヒカン族の最後』を訳出するにあたって、「原書の一字一句もおろそかにしないような訳し方」はとらずに、「読者に読みやすく、面白く読んでもらうことの方がだいじだと考えて、原作を傷つけない程度に書きちじめ、文章もなるべく簡潔にしようとした」（六頁）とのことである。分量をおさえたいという出版側の都合もあったのだろうが、結果的には原作を半分ほどに縮めた抄訳となった。これは「今迄正直すぎるような翻訳ばかりしてきた」橋本にとっては、「初めての大胆な試み」（六頁）でもあった。

クーパーの原文はすべて英語で表記されているわけだが、ホークアイとモヒカン族の酋長チンガチグックは「かつてハドソン河とポトマック河にはさまれた地域に住んでいた土人全体に通じる言葉」（橋本福夫訳、一一頁）でもって会話をするという設定になっている。しかも、白人ホークアイとは異なり、酋長チンガチグックの話す言葉にはネイティヴ・アメリカン特有の簡潔でストレートな言い回しや、具象的な比喩表現といった特質が備わっているのである。たとえば、チンガチグックの台詞 "Listen, Hawk-eye, and your ear shall drink no lie. 'Tis what my fathers have said, and what the Mohicans have done."[16] は橋本によって、「聞け、ホークアイ。お前さんの耳に偽りをのみこませはしない。わが祖先の言つたこと、モヒカン族のなしたことは、こうだ」（一一―一二頁）と訳される。いずれにせよ、ホークアイの語る言語との間に、相応の差別化をはかって訳出してやる必要があり、橋本はそれを実践したわけである。

『モヒカン族の最後』翻訳に際しての、抄訳、自由訳から、語り手の言語的特性の再現に到る、「初めての大胆な試み」の数々は、翻訳家橋本福夫の翻訳技術の幅を広げて、やがて、サリンジャー、スタインベック、リチャード・ライト、ラルフ・エリスンなど、一九五〇年代の多彩な訳業の成果へとつながっていくこととなる。

橋本福夫がアメリカ文学に関心を抱くにいたった背景には、時代の左翼文学熱を反映した社会意識の強い文学への志向に加えて、「真の意味のアメリカ文学は一九世紀頃の無教養な移民の子弟の書きだした、地方的な作品から始まっていそうな気がし、わたしの生い立ちと似通っている点があり、そういう事情がもしかするとアメリカ文学に関心を抱きだした根元なのかもしれない」(「橋本福夫先生に聞く」、六頁)と語られるような幼児体験、生育体験が、おそらくは与るところ大であった。辺境的地方で生れ育ち、奥深い自然と親和的に交流する幼少時代を過ごした橋本が、終戦をはさんで、自然状態、「原始への憧れ」を謳ったメルヴィル『タイピー』と、アメリカの原初的自然への賛歌であり挽歌である『モヒカン族の最後』を翻訳したのはもちろん偶然ではなかったはずである。そしてそれはまた、橋本福夫が東京や神戸での都会生活に見切りを付けて、一九四三年、晴耕雨読の生活を企図して追分に住み着いたこととも、もちろん無縁であったはずもない。そしてほどなく、橋本福夫にとっての追分暮らしは、期せずして、作家堀辰雄の存在と切っても切れぬものとなっていくのである。

橋本が堀辰雄の存在感の重さをあらためて認識させられることになるのは、『世界探偵小説シリーズ』(早川書房)第六巻としてG・K・チェスタートン(Gilbert Keith Chesterton, 1874–1936)の『木曜日の男』(*The Man Who Was Thursday*, 1908)を訳出したときのことだった。謎と逆説と諷刺とユーモアが織り成す、「訳者泣かせの文章」(「あとがき」、二四五頁)で綴られた錯綜としたスパイ・ミステリーを、橋本は軽い気持で、一月間で訳了した。そこへ病臥していた堀辰雄から、『木曜日だった男』は前から読みたかった作品なので、君が訳したのなら送ってほしいとの葉書が届く。「翻訳について想い起すことなど」(『会報』十三号、青山学院大学英文学会第二分科会、一九七〇年三月)によれば、それを見て橋本は、軽々しく扱える作品ではなく「深い世界観のようなものを奥にひめた詩的幻想のまじった作品だった」(『著作集』第一巻、一九六頁)と気付くのだがもはや後の祭りだった。この逸話には後日談がある。堀辰雄の没後、橋本は借りたい本があって堀の旧居を訪れる。だが堀の書棚に並んだチェスタートンの本の中に、橋本の訳書はなかった。「ことと文学に関してはきびしかった堀さんの声がその書棚から僕に暗黙の批判を浴びせているかのようだった。僕はうなだれて借りようかと思っていた本も借りずに帰ってきた」（『著作集』第一巻、一九七頁）と橋本は当時を回想している。

文学者橋本福夫は、戦時下そして占領下という文学・文化にとって過酷な時代に、文学に対する至純な姿勢を貫き通した堀辰雄の生き方にまず共感した。翻訳家橋本福夫は、外国語の原文に正面から対峙し味読して、ときに翻訳してみたりして我がものとしていく、外国文学の優れた読み手としての堀辰雄の姿勢に畏敬の念を抱いた。昭和モダニズム期に文学に目覚めた橋本には、「いわゆるプロレタリア文学的なものへの強い関心と同時に、フィッツジェラルドも、どこかでサリンジャーも繋がっているモダニスティックな新鮮なもの」（大橋健三郎「誠実、ねばり、そして軽み」、『橋本福夫著作集』第三巻、三一二頁）への嗜好が、当初からすでに備わっていた。そんな橋本福夫にとって堀辰雄という作家は、その外国語、外国文学に向かう基本姿勢において、その透徹したモダンな意匠において、師と仰ぐに足る存在であったことは想像に難くない。

四　橋本福夫訳『危険な年齢』の可能性

堀辰雄との出会いを経て、橋本福夫の訳業は、一九五二年一二月、アメリカ現代文学の話題作、サリンジャー『ライ麦』を『危険な年齢』という邦題で訳出することによって転機を迎える。一九五一年から、雑誌『時事英語研究』で新刊書評欄（“Literature”欄「Best Sellers 紹介」）を不定期に担当するようになった橋本は、一九五二年二月号、その連載二回目でサリンジャーを取り上げる。

だが彼は“the Catcher in the Rye”を完成するのに十年の歳月を要している。（略）この十年間には戦争もあったし、彼自身も欧州戦線に従軍してもいる。それは勿論刺戟の多い経験だったに相違ないのだが、彼はそのあいだも、本国帰還後も、この小説を常に頭においており、こつこつと書きつづけた。そのくせこれは war novel ではないのである。New York の一少年の話であって、この物語には今度の戦争は何等の形でも姿を現していない。だがわたしはこれをいわゆる war novel ではないが戦争の生んだ小説、après guerre（戦後）小説の一つだと思う（橋本福夫「J. D. Salinger's “the Catcher in the Rye”」、『時事英語研究』一九五二年二月、五二頁）。[17]

『時事英語研究』のこの紹介文を橋本福夫は「この小説にはどこかリルケの「マルテの手記」を想わせるものがあり、アメリカ文学にとつては一つの大きな収穫だと思う（五四頁）」という言葉で締め括っている。橋本はただちに訳出を思い立つが、大出版社には断られ、大久保康雄の仲介で、一九五二年末、ダヴィッド社からサリンガー『危険な年齢』として刊行することになる。その訳者あとがきに橋本は次のように記す。

コールフィールド少年の語る言葉にわたしたちは不思議なほどの透明さを感じる。その透明さを通して覗いてみると、ものがすべての飾りをとり去られてリアルに映る。（略）少年の心の透明な鏡に映し出されたリアリティであり、透明さの持つ透明色を帯びている。そしてその透明さは少年の心に宿る絶望と虚無から生れたものである。ただのいわゆる少年の純真さ（これは嫌な言葉だけれども）だけではない。従って、作者が戦争という大きなショックを経て、一応白紙の心にかえったことが、この作品をただのありふれた「少年もの」にしなかった理由ではないか、と思われる。／その意味で、この作品には、映画でやかましく言われたイタリアン・リアリズムに通じるものがあるような気がするし、アメリカの生んだ戦後（アプレゲール）らしい戦後小説だと言えると思う。（『危険な年齢』「あとがき」、一九五二年一一月、二五四―二五五頁）

この「あとがき」にも『マルテの手記』への言及は最後のほうに登場するが、「最初は、リルケの「マルテの手記」を想わせるものがある、とも思った」（二五六頁）のごとく、ここでは「最初は」「とも」という一定の留保が附けられた言い方になっている。

『時事英語研究』の文章とこの「あとがき」を書くのに、橋本福夫が参照し得たのは、『ライ麦』初版本（一九五一年七月一六日刊行）表紙折返しの、サリンジャーが許可した著者紹介、[18]同じく折返しに書かれた、サリンジャーの手になると推定される作品概要を除けば、参照したと「あとがき」にも記されている『ハーパーズ・マガジン』一九五一年八月号のチャールズ・プーアーの書評「われらを囲む流れ、内なる嵐（"The Tides Around Us, the Storms Within"）」、それに堀辰雄に届けていた『タイム』の、一九五一年七月一六日号の書評「愛と明察をこめて（"With Love & 20-20 Vision"）」あたりであろう。[19]それらの情報源や同時代評と、橋本の書いた『時事英語研究』記事と訳書「あとがき」を比較すると、『ライ麦』の橋本独自の読み方が明らかになってくる。それは、橋本は『ライ麦』を徹底して「après guerre（戦後）小説」として読もうとしていた、「少年の心の透明な鏡に映し出されたリアリティ」から映画のイタリアン・リアリズムを連想している、リルケ『マルテの手記』へのアナロジーをもって結語としている、の三点にほぼ要約できる。

『ライ麦』が十年越しで取り組んできて作品だということは、その構想はサリンジャーの従軍前に遡るわけで、事実、ホールデン像の原型は、戦前に発表された短篇の中にすでにその姿を現しているが、『ライ麦』とほぼ等身大のホールデンが登場してくるのは、戦後ただちに発表された短篇「ぼくは頭がおかしい」（"I'm Crazy," 1945）と「マディソン街はずれの小さな反抗」（"Slight Rebellion off Madison," 1946）においてである。[20] この二編を組み入れて『ライ麦』が刊行された一年前の一九五〇年六月には、朝鮮戦争が勃発している。戦争中に構想され、書き出され、戦争による神経衰弱状態の中で戦後書き継がれ、その執筆中に新たな戦争を見聞きすることになった作品が、戦争や戦争体験と無関係であろうはずがない。「僕はもし戦争に行かねばならなくなったりしたら、耐えられないだろうと思う。実際耐えられないにちがいないんだ。ただひっぱり出されて、射殺されたりなんかするだけならまだましだが、長いあいだ軍隊にとどまっていなきゃならんのだからな。たまらないのはそこのところだよ」（『危険な年齢』、一六五頁）のようなホールデンの言葉は、反戦意識、厭戦意識の率直な表明として額面通りに受けとめるべきだろう。こうした『ライ麦』を終始「aprés guerre（戦後）小説」として読もうとする橋本の視点は、橋本自身の戦後体験、占領体験がそこに重ね合わされ成立したものであることは言うまでもない。

「少年の心の透明な鏡に映し出されたリアリティ」、「イタリアン・リアリズム」で橋本福夫が言わんとしたのは、ヴィットリオ・デ・シーカ監督の『靴みがき』（一九四六年）、『自転車泥棒』（一九四八年）など、イタリアン・ネオリアリズモの一連の作品世界ではなかったろうか。ともに一九五〇年の日本公開で、終戦直後の混乱を極めるローマを舞台とした、『靴みがき』は二人の少年の、『自転車泥棒』は父と息子の物語である。『キネマ旬報』ベストテン、外国映画部門第一位に輝いた『自転車泥棒』では、盗まれた自転車を求めてローマの街を探し回る父親とその息子の眼を通して、敗戦後の混乱した現実が、そしてその混乱を通して戦争そのものが描かれる。この二作品で何より印象的なのは、ときに「絶望と虚無」を宿した「少年の心の透明な鏡に映し出されたリアリティ」である。

『ライ麦』の主題は、しばしば、偽善に満ちた大人の社会や秩序に対する、イノセントな若者の反抗であるとされるが、イノセンスを脅かす外的現実に直面した主人公が、反抗と遍歴の果てに、目覚め、成長する通過儀礼の物語にも、単なるイノセンス回帰の物語にも終わっていない点がむしろ重要である。物語の終幕近くにこんな場面がある。五番街を歩くホールデンは、街角で一歩踏み出そうとするとたんに、どうにも気味の悪い感じにとらわれてしまう。「通りの向こう側へは、絶対に辿り着けないような気がしてくるんだ。自分のからだが下へ、下へ下へ、と沈んで行って、もう二度と誰の眼にもつかなくなりそうに思えるんだ。僕はどんなにおびえたことか」（二二三頁）とホールデンはその心境を吐露する。窮したホールデンは夭折した弟のアリイに向かって、「アリイ、僕の姿を消さないでおくれ。おねがいだからね、アリイ」（二二三頁）と必死で呼びかけるのである。こうした「自己不確実感、稀薄な現実感」[21]や、ホールデンの屈折した饒舌の背後に透けて見える根深い孤立感の基底には、作者サリンジャーの戦争体験に加えて、『ライ麦』が書かれた当時の、自由を建国精神とする国アメリカが迎えた最大の抑圧と疎外と画一化の時代のもたらす閉塞感が、当然のことながら見え隠れしているだろう。橋本福夫は、ニューヨークを彷徨する一六歳のホールデン少年の「自己不確実感、稀薄な現実感」に、イタリアン・ネオリアリズモの主人公たる少年たちの目に映じた戦後ローマを二重写しにすることによって、その「après guerre（戦後）小説」としての実質を、占領期日本に生きる我と我が身の問題としてとらえ返していったわけである。

橋本福夫は後年、ヘミングウェイ（Ernest Hemingway, 1899–1961）の短篇集『われらの時代に』（*In Our Time*, 1925）に横溢する「深い感情」と「複雑な心の状態」にふれて、「わたしはリルケの『マルテの手記』

を想起したりして自分でも意外に思った。印象を刻みつけられやすいやわらかな心を持つことが、ハードボイルドというものなのかと思ったりもした」(「孤立者の姿勢——ヘミングウェイ」『二〇世紀文学』第一号、一九六四年、『著作集』第三巻、一九四頁)と述べている。リルケ『マルテの手記』とヘミングウェイ短篇の世界とは、ずいぶんとその趣を異にするように思えるし、橋本が繰り返した『ライ麦』と『マルテの手記』のアナロジーも唐突な印象を拭いがたいのだが、大橋健三郎が示唆するように、「『ライ麦畑でつかまえて』を読んで奔り出た橋本さんのあの驚くほどの純粋さへの情熱は、もともとあったものが、それと対極のものの重みに消え失せるのではなく、深く屈折しながらも執拗に持続していて、ある瞬間に思いがけなく端的に立ちあらわれたのだ」(大橋健三郎「誠実、ねばり、そして軽み」、『著作集』第三巻、三一四—三一五頁)と考えるべきなのであろう。アメリカ文学者・翻訳家橋本福夫は、常に自己の原点から発して、随時そこに立ち戻りつつ、自己の問題意識や感性が社会や世界と交わる地点に、対象たる作家や作品を見出して、日本語に移し換える作業を通じて自家薬籠中のものとなしてから、それを論じていくことを常としていた。『ライ麦』に『マルテの手記』を重ね、『われらの時代』にまた『マルテの手記』を想起した橋本福夫の「純粋さへの情熱」の背後には、生と死の奥底を凝視しようとするリルケの姿勢が、そんなリルケに深く傾倒していた堀辰雄との交流の記憶が息づいていたに違いない。

『ライ麦』の饒舌文体について、訳者「あとがき」で橋本福夫は、「この小説は、高等学校生ホールデンが自分の言葉で、ニューヨークをさまよった三日間の経験を語った形式になっている。従って若い学生のつかう学生スラングがふんだんに出てき、それが若々しさの雰囲気を全篇にみなぎらせている。だがそれを日本語でつたえることは容易ではなかったし、わたしも成功したとは決して思っていない」(二五五頁)と述べている。作品の冒頭第七段落より一例を引く。

とにかく、十二月やなんかのことだし、ことにあのばかげた岡の上ときているから、幽霊にさわられたように寒かった。僕は両面（レバーシブル）のオーバーを着ているだけで、手袋やなんかはつけていなかった。その前の週に、革の裏打ちをした手袋をポケットに入れたままのラクダのオーバーコートを、それも僕の部屋の中に置いてあったのを、盗まれたんだ。ペンシイには泥棒がいっぱいいたんだからな。大金持の家から来ている生徒がずいぶんいたけど、そのくせ泥棒もいっぱいいた。金のかかる学校ほど泥棒が多いものなんだ――いいかげんなことを言っているんじゃないんだぜ。とにかく、僕はあのへんちくりんな大砲のそばに立ちつづけて、尻がちぎれ飛ぶほどの寒さをこらえながら、試合を見おろしていた。といっても、僕はたいして身をいれて試合を見ていたわけじゃないんだ。僕がそのあたりにぐづついていたほんとうのわけは、訣別の気分を味わいたかったからなのだ。今迄にやめた学校とは、これで見おさめだとも知らずに、別れてきたような形になっている。それではいやなんだ。悲しい別れかただろうと、いやな別れかただろうと、そんなことはかまわんけれど、別れる時にはこれでお別れだと知っていたい。
（六―七頁、傍線は引用者）

Anyway, it was December and all, and it was cold as a witch's teat, especially on top of that stupid hill. I only had on my reversible and no gloves or anything. The week before that, somebody'd stolen my camel's-hair coat right out of my room, with my fur-lined gloves right in the pocket and all. Pencey was full of crooks. Quite a few guys came from these very wealthy families, but it was full of crooks anyway. The more expensive a school is, the more crooks it has—I'm not kidding. Anyway, I kept standing next to that crazy cannon, looking down at the game and freezing my ass off. Only, I wasn't watching the game too much. What I was really hanging around for,

I was trying to feel some kind of a good-by. I mean I've left schools and places I didn't even know I was leaving them. I hate that. I don't care if it's a sad good-by or a bad good-by, but when I leave a place I like to *know* I'm leaving it.[22]

stupid には「退屈至極な」、俗語で「狂った」などの意味もあるが、ここでは「忌々しい」「腹の立つ」くらいの意味で、橋本訳も穏当、妥当な訳語選択と言うべきだろう。橋本訳は全体に、誇張表現に関しては禁欲的で、teat を訳出しなかったのもそれゆえかもしれない。「…ぜ」は「ぞ」に「え」が付き、「ぞえ」となったものの音変化したもの。親しみを込めて、軽く念を押す感じを表し、近世後期から用いられた男性語、東京方言で、一九六〇年代までは、日本映画現代劇のヒーローなどもよくこれを用いた。crazy はむしろ「馬鹿げた」「途方もない」くらいの意で、橋本訳の「へんちくりん」は少しおとなしすぎるのかもしれない。「たいして身をいれて試合を見ていたわけじゃないんだ」は、「身を入れて」のような抑制のきいた言い回しに、物事、状況を強調して説明する連語「のだ」の砕けた形「んだ」を添えて、口語化が図られている。「ぐづつく」は現代日本語ではもっぱら、すっきりしない天候を形容するものとして使われるが、もともとは、行動・態度がはっきりしない、ぐずぐずする、の意である。「訣別」は、原文に比べていかにも重いし、一六歳の少年の使う言葉とも思えない。戦中期、占領期的な訳語とでも言うべきか。「これで見おさめだとも知らずに」は、時代小説っぽくもあるがうまい。「形になっている」は妙に醒めた、距離を置いた言い方になっている。主人公ホールデンの口癖 anyway や or something（あるいは and all）には、「とにかく」「（や）なんか」という訳語が当てられ、これは野崎訳、村上訳にも踏襲されていく。
『ライ麦』の橋本訳と野崎訳、村上訳との比較検討については、稿を改めて論じるしかないが、橋本福夫訳は、若者の話し言葉を駆使して饒舌でありながらも、大人社会の虚偽を威勢よく告発する野崎訳とも、ポストモダン的に内向する村上訳とも異なり、対象と微妙な距離を置いた、どこか醒めた沈静な佇まいをたたえている。そうした基調は、抑制のきいた表現と、「（や）なんか」のような、くだけた若者風の言い回し、「なんだ」「だぜ」などの男性語の文末が同居し、かろうじてバランスをとることによりもたらされたものである。こうしたしばしば沈潜する饒舌体は、「après guerre（戦後）小説」、「イタリアン・リアリズム」、『マルテの手記』の三者が交わりつつ紡ぎ出す世界が然らしめたものと言うべきだろうか。

石川淳、織田作之助、坂口安吾、太宰治らの無頼派がそうであったように、過度期・混乱期に登場して、既成の大家を乗り越えんとした新世代の作家は、しばしば饒舌体の文章をその主たる武器のひとつとして駆使した。口語や俗語や若者言葉は、完成された散文に対抗する、手っ取り早い有効な手段たり得るからである。[23] 小島信夫（一九一五―二〇〇六）が「『状態』への固執――サリンジャー覚書」（一九六三年）で、いみじくも「『ライ麦畑で捕える人』も私小説ではない。日本人なら、これだけのリアリティをもたせるためには、私小説でなければ書けまい。そこで私達は茫然自失していい」[24]と指摘しているように、『ライ麦』は戦後日本の私小説を巡る論議にも、一石を投じて何ら不思議のない質を備えた一人称小説であった。同じ文章の中で小島はさらに、「唐突に語るということは、アメリカ文学の一つの伝統であるが、内容ばかりか、文章がそうなっている」（二一二頁）と、一人称の饒舌体で、文体イコール内容であるような作品をいかに書きうるかという、『ライ麦』の投げかけてくる問題の本質にからむ発言をしている。

橋本福夫訳『危険な年齢』は、大手メディアからはほとんど黙殺された。だが小島信夫が「『状態』への固執――サリンジャー覚書」の中で、『ライ麦』について「私はこの作品をずっと前に翻訳で読んだだけだ」（二一六頁）と記しているのは、明らかに橋本訳『危険な年齢』を読んだと言っているわけであるし、早川書房編集部長も勤めた、翻訳家・作家常盤新平（一九三一―二〇一三）も、『翻訳出版編集後記』（二〇一六、『出版ニュース』一九七七年〜七九年連載）で、『危険な年齢』は「早川書房に入社する以前の私の愛読書だった」（二二九頁）と語っている。慧眼の士たちは橋本訳『危険な年齢』が秘めている方法的・叙述的示唆の数々に、しっかりと目を向けていたわけである。それは常盤の言葉を借りれば、訳者橋本が「ジャーナリスティックな感覚の鋭い人」（二三〇頁）であるとともに、何よりも「文学者としてすぐれている人」（二三〇頁）であったがゆえにもたらされたものであるにほかならない。橋本福夫訳の提起した、陰影に富む饒舌体一人称語りの可能性は、昭和日本の近代化の最終段階たる一九六四年に、野崎孝によって受け継がれ、再翻訳されて華々しく開花し、以後、日本文壇に多大な文体・手法上の影響をもたらしていくこととなる。[25]

注

1 矢内原伊作「実存主義の文学」、『岩波講座 文学 3 世界文学と日本文学』岩波書店、一九五四年、一七三頁。

2 本多秋五『物語 戦後文学史』（新潮社、一九六六年）、『物語戦後文学史（下）』（岩波書店、一九九二年）、二五五頁。

3 たとえばサルトルは、「ジョン・ドス・パソス論――「一九一九年」について」（一九三八）の最後を「私はドス・パソスを現代の最も偉大な作家であると考える」で締め括っている。このドス・パソス論やフォークナー論を収めた評論集『シチュアシオンI』の邦訳は、一九五三年に人文書院より刊行されていた。フランスでは一九二〇年代終わりから一九三〇年代にかけて、パリのガリマール書店から、主にモーリス＝エドガール・コワンドローの仏訳により、フォークナー、ドス・パソス、スタインベック、コールドウェル、ヘミングウェイなど、同時代アメリカ文学の翻訳が次々に刊行されていた。こうしたフランスでの現況に素早く反応して、戦後日本文学界に向かって情報提供と問題提起を試みたのが、加藤周一・中村真一郎・福永武彦『１９４６・文学的考察』（真善美社版、一九四七年五月）である。

4 中野好夫「アメリカ文学の影響」、『文芸』一九五二年八月号、二四―二七頁。ヘミングウェイを筆頭とするアメリカ・モダニズム文学の文体は総じて、日本語の生理や摂理に馴染みにくく、翻訳でその効果が減殺されてしまうと、中野は指摘しているのである。

5 磯田光一「〝留学〟の終焉」、『戦後史の空間』新潮社、一九八三年、二二六頁。

6 松本健一『死語の戯れ』筑摩書房、一九八五年、九頁。

7 以下、橋本福夫の伝記的、回想的記述については、『橋本福夫著作集第一巻 創作・エッセイ・日記』（早川書房、一九八九年）所収の「略年譜」、口述原稿「信濃追分でのこと」（『信濃追分の今昔をきく』、信州の旅社、一九八五年）、および「橋本先生に聞く（一九八〇年八月六日、聞き手＝大橋健三郎・渡辺利雄）」（『American Studies in Japan, Oral History Series, Vol.12』、東京大学アメリカ研究資料センター、一九八一年）、を参照した。なお、橋本福夫の書いた文章からの引用は、特に原典を示したもの以外は、『橋本福夫著作集全3巻』（早川書房、一九八九、以下、『著作集』と略す）による。

8 橋本福夫「「ヘイコロシ」」、『堀辰雄全集 5』月報第五号、新潮社、一九五五年。

9 『堀辰雄全集』第七巻（下）、筑摩書房、一九八〇年、六二一頁。以下、本論文においては、旧漢字、旧仮名遣いの原典は、引用に際して、適宜、新漢字、新仮名遣いに改めた。

10 中村真一郎『火の山の物語――わが回想の軽井沢』筑摩書房、一九八八年、一七一頁。

11 橋本福夫訳『マンスフィールドの手紙』「あとがき」、八潮出版社、一九七七年、『全集』第三巻、二三三頁。

12 橋本福夫訳『マンスフィールドの手紙』「はしがき」、大観堂、一九四一年、二頁。

13 堀辰雄訳「「マルテ・ロオリッツ・ブリッゲの手記」から」、『四季』創刊号、一九三四年一〇月、『堀辰雄全集』第三巻、筑摩書房、一九七七年、四一四頁。

14 『南海の仙境』『南海物語』ともに、『タイピー』の後日談にあたる「トウビーの物語」は訳出していない。初の完訳『タイピー』の「訳者後期」で、訳者の土岐恒二は「既訳としては、橋本福夫氏のすぐれた訳により『南海物語』（早川書房、昭和二十八年）として出版されたものがあるが、これはアメリカ版改訂削除版を底本としており、さらに「トウビーの物語」が訳者の判断によって割愛されている」（『愛蔵版 世界文学全集14 アッシャー家の崩壊・タイピー』、集英社、一九七六年、四〇二頁）と述べている。

15 Herman Melville, *Typee, Omoo, Mardi*. New York: The Library of America, 1982. p.152.

16 James Fenimore Cooper, *The Leatherstocking Tales I*. New York: The Library of America, 1985. p.503.

17 その後、『新潮』一九五二年六月号「世界文学」欄（大久保康夫、佐藤朔、高橋義孝、吉田健一）が「ジェイ・ディ・サリンガー（米）「ライ麦の中でつかまえる者」」と題した短い紹介文を掲載するが、大久保康雄によるものと思われるこの文章は、明らかに『時事英語研究』「Best Sellers 紹介」欄（一九五二年二月）の橋本原稿を下敷きに書かれたものであり、ほとんど引き写したとしか考えられない箇所も目に付く。

18 「軍隊には一九四二年から四六年までいて、主に第四師団に配属された」、「十五歳の頃からものを書いていた。この十年ばかり、短篇小説が多くの雑誌に、しかも何とも幸運なことに、『ニューヨーカー』誌に掲載された。私は『ライ麦』を断続的にだが、この十年書き続けてきた」などと記されている。

19 『ハーパーズ・マガジン』の書評は、『ライ麦』の「文体と調子における徹底した真の新しさ」を指摘し、初版本表紙に描かれた回転木馬の台座に首を止められたまま同じ軌道を描き続ける真っ赤なペガサスに、マッカーシズムの吹き荒れる苛酷な時代に作品を書くという、作家の行為の表象を見て取る。一方、『タイム』の書評は、「サリンジャーは、青春の反抗の惨めさと愉悦とを一覧にしてみせ、辛辣さと醒めた、こっけいな諷刺とをちりばめた」と述べる。もう一冊、橋本が目にした可能性のある『サタデイ・レヴュー』一九五一年七月一四日のハリソン・スミスの書評「マンハッタンのユリシーズ二世（"Manhattan Ulysses, Junior"）」は「少年の語る言語や、少年を打ちのめす感情や記憶が嘘偽りのないものであるところにある」ところに作品の価値と魅力を認めている。

20 ホールデンの前史をなす短篇群の内容紹介、分析と、それらと『ライ麦』本体との関係については、田中啓史『ミステリアス・サリンジャー——隠されたものがたり』（南雲堂、一九九六年）に詳しい。

21 岸田秀「『ライ麦畑でつかまえて』」『ユリイカ』一九七九年三月号（特集「サリンジャー——荒廃のなかのイノセンス」）一二五頁。『ライ麦』を再翻訳した村上春樹も、『ライ麦』における、自己の不安定さ、社会的孤立という側面に着目して、「自己というものを、この世界のどこにどのように据えればいいのかという命題」（村上春樹・

22 柴田元幸『翻訳夜話2 サリンジャー戦記』文春新書、二〇〇三年、六八頁）に言及している。

23 J. D. Salinger, *The Catcher in the Rye*. New York: Little, Brown, 1951. pp.6–7. 下線部は引用者。

24 利沢行夫「あとがき」『J・D・サリンジャー』（冬樹社、一九七八年）を参照。

25 小島信夫「「状態」への固執――サリンジャー覚書」『文学』一九六三年四月号、『小島信夫全集』第六巻、講談社、一九七一年、二一六―二一七頁。

『ライ麦』の影響と言えば、半ば条件反射的にその名が言及されるのが、第六一回芥川賞（一九六九年上半期）受賞作の庄司薫『赤頭巾ちゃん気をつけて』（『中央公論』、一九六九年五月）である。選評の議論はその文体や叙法に集中した感があり、その影響源が野崎孝訳『ライ麦畑』であるという風評はただちに広まり、新聞が「疑惑」を検証する特集「〝薫ちゃん〟気をつけて」（『東京新聞』一九六九年九月二日）を組むに至った。野崎孝訳『ライ麦』が上梓された一九六四年、サルトル『嘔吐』などの翻訳者でもあった仏文学者白井浩司は『群像』二月号に「戦後文学における外国文学の影響」という論を寄せて、「外国小説の模倣ができるのは、筋とか手法とかに限られていて、文章ではない。（略）アンチ・ロマンのビュトールやロブグリエが行っている方法が真似され易いのは、それが国境を越えて、理解可能、実行可能なものであるからだろう」（一六九頁）と明言している。注目すべきは、白井が「文体」という多義な概念を持ち出さずに、「手法」（あるいは「方法」）と「文章」とに分けて論を立てている点である。邦訳『ライ麦』の俗語を多用した一人称の饒舌体が、『赤頭巾ちゃん』を筆頭に日本戦後文学に少なからぬ影響を与えたとするなら、それは「文章」ではなく、むしろその「手法」においてではなかったろうか。白井の論を翻訳という営みに照らして敷衍すれば、「手法」は翻訳可能かつ模倣可能であるが、膠着語と屈折語の関係のように大幅にその構造を異にする言語間では、「文章」はそもそも翻訳不可能で、模倣も不可能であるということになる。『ライ麦』の影響圏をその「手法」に絞って考えれば、それは、高校生時代に野崎訳『ライ麦』を読んだはずの団塊世代に属する作家たちを中心に、かなり広範囲に戦後文学に及ぶものと想定される。

一九八〇年代の松本隆の詩

――ビートルズ・はっぴいえんど・歌謡曲――

石塚　裕子

序

小説『微熱少年』（一九七六）のクライマックスで、武道館でのビートルズ日本公演の切符をやっと手に入れた主人公は、その会場で見事に失恋の痛手を味わわされる。一番好きな女性と一番好きな音楽との両方を手に入れることはできない。小説の舞台設定には、音楽少年たるもの、どうしてもビートルズが不可欠だ。佐藤良明は、ビートルズを「成功するためのコースから、まったく外れたところから出てきて、世界を制覇してしまった」、つまり「稼ぎでも人気でも影響力でも、女王陛下を超える存在」になったと述べ、ビートルズ現象をこのように指摘している。

さらにビートルズは、〈新しさ〉の象徴として、新しいサウンドを切り開き、新しい世界観を広め、新しい生き方を実践しながら、新しがりやの大学生、文化人、芸術家を魅了していきます。〈大衆〉だけでなく、それまでだったら〈エリート〉として、大衆の手の届かない文化（ハイ・カルチャー）にあこがれただろう、世界の一流大学進学者をも虜にしていくのです。[1]

メロディーや詞ばかりでなく、ビートルズの音楽は従来のポピュラー音楽に比べ、旋律もリズムも複雑、使用する楽器の量もはるかに大がかり、大編成のオーケストラに、多チャンネル・トラック、オーバー・ダビングによるテープの操作再生、電子音の活用など、じつに様々な手法が採用されている。

日本では戦後、プロ演奏家としてポピュラー音楽の世界に飛び込んだ若者たちは概して富裕層の子弟が多い。団塊の世代にあって、とびきり狭き門の大学受験の苦労もなく、中高一貫校でのびのびと戦後アメリカ発デモクラシーを謳歌し、高価な楽器を手にでき、自宅で楽器の練習ができる余裕のある階層の子供たちが、当時のフォークやロック音楽活動の中枢だった。松本隆は大蔵省の官僚を父に持ち、付属中学校から慶應に入学する、生粋の東京山の手・麻布育ちのエリートの出だ。ロックにのめり込んで大学を中退した時、父親に殴られたという。ロック・バンド「はっぴいえんど」時代のファースト・アルバム『はっぴいえんど』収録の一曲「春よ来い」は、永嶋慎二の漫画から題材を採ったということだが、「今頃、家族と炬燵を囲んで楽しい正月を過ごせていたはずだ」という、幸せで平穏無事な家族団らんを断ち切って、家を飛び出した青年の孤独と後悔が描かれている。あながち、田舎から都会に出てきた若者像（東北出身の大瀧詠一のことか）というばかりでなく、松本自身の体験と重なるところが垣間見られよう。二一世紀になって、同じ慶應大出身でショー・ビジネスに生きるアイドル・スターとして成功した息子の、その将来のキャリアを邪魔したくないと言って、東京都知事候補公認を固辞した元通産省トップ官僚の父親の例とは隔世の感がある。ショー・ビジネスの世界、あるいはスポーツ界などでの成功者は、今日ではセレブと呼ばれ、一官僚には及びもつかない、けた外れに莫大な富と名声が転がり込む時代が到来したからだ。いや、あるいは当時からショー・ビジネスにおいては巨万の富が手にできたのだろう、が、かつては日本の社会では富よりも堅実でお硬い職を良しとする時代風潮が主流であった。戦後、アメリカ物質文化の氾濫が日本人の精神構造の中核にあった儒教の教えを後退させたのであろう。

東京山の手の中産階級のぬくぬくとした生活すべてを打ち捨て、いわば水商売ともいうべきロックの世界に身を投じた松本隆に、メンバーの細野晴臣・大瀧詠一で決められた「はっぴいえんど」解散後、後戻りする道はなく、またこの二人を見返してやりたいという思いもどこかで手伝っていたのであろうが、背水の陣で流行歌の作詞に活路を見出すしかなかった。本稿では、松本隆の高い音楽性とともに、現代詩として評価の高い「はっぴいえんど」時代の詩よりも、八〇年代の流行歌の作詞家として発表した詩のほうが上質で洗練され、高度に優れたものであることを論証しようとするものである。

一　戦後のポピュラー音楽を巡って

敗戦後、日本はアメリカの占領下におかれ、アメリカからデモクラシーとアメリカの大衆文化、その代表ともいうべきポップスがどっとなだれ込んできた。ダワーはこう語っている。

ドイツと違って、征服者にとってこの敗れた敵国は白人でもなく、西欧的でもなく、キリスト教的でもない、異国的で馴染みのない社会をつくっていた。黄色くて、アジア的で、異教徒である日本人の無気力で弱々しい姿は、ドイツに対しては考えられないような、民族的優位感にもとずく宣教師のような情熱をかきたてた。[2]

マッカーサー率いる占領軍の「宣教者のような情熱」の成果か、日本人たち、とりわけ若者たちはこうして敵国による征服の恐怖から概して解き放たれ、物質的豊さを誇るアメリカに憧れ、戦争の担い手だった三十歳以上の大人を信用しない、と公言した。いうなれば、これは「西欧に対する文化的従属化」[3]に違いないが、人口の多数派を占めるベビー・ブーマーの若者たちの多くは、地理的にアジアに位置するアジアとしての日本を消去し、アメリカ物質文明の享受にひたすら走り、ロックン・ロールやポップス（エルビスやパット・ブーン、ポール・アンカ）の日本語カヴァーである和製ロカビリー（本来はカントリー・アンド・ウエスタンのヒルビリーとロックを一緒にしたもの）を、平尾昌晃、ミッキー・カーチス、さらに中尾ミエ、弘田三枝子らの歌で酔いしれ、自分たちこそ新時代の文化の中心であることを実感し、そして歌謡曲を蔑んだ。坂本九もロカビリーでスタートを切り、ジャズのピアノ演奏家であった中村八大作曲、永六輔作詞によるアメリカ的な「上を向いて歩こう」（一九六一）を「スキヤキ」というタイトルに変更して、日本初の全米チャート、トップ・ワンを獲得している。

ベトナム戦争やキューバ危機などで、無邪気なアメリカ信奉への翳りが見え隠れするのが一九六〇年代後半だ。ボブ・ディラン、ピーター・ポール・アンド・マリーなど土着志向で反商業主義の立場から学生運動、政治や体制へのプロテスト・ソングを歌うフォークが若者の支持を集める。イギリスでは労働者の貧困の街リヴァプールからロック・バンドのビートルズが現れる。

リヴァプールは一八世紀には三角貿易の拠点として、たくみに非人道性の非難の矛先をもっぱらアメリカ南部に向け、都市は奴隷貿易で大いに繁栄し、一九世紀に入ってからは、産業革命の交通網の拠点となって整備・拡充され、またロンドンはテムズ河の浅瀬、ブリストルはエーボン峡谷のせいで、ともに大型蒸気船が入港できなかったため、大英帝国の海外植民地を巡る貿易にしろ、キュナード社をはじめとする北アメリカ向など客船にしろ、もっぱらリヴァプールが優位を誇っていた。一八四〇年代アイルランドのじゃがいも飢饉のときには、一番アイルランドに近い港であるリヴァプールに急激にアイルランド移民が大挙押し寄せ、人口増加を生むと同時に、貧富の格差が街に形成されることになった。いつの間にかアイルランドのケルト音楽とアフリカのプリミティヴな音楽とアメリカの黒人音楽とR&Bとブルースから進化したロックン・ロールとがこの街には沁み込み、そしてビートルズの血の中に育まれていたのだ。

次の二〇世紀になると、イギリスは米独に重工業の座を奪われ、工業都市リヴァプールはもろに不況に直面するが、追い打ちをかけるように第二次世界大戦時には軍の倉庫がここに多く設置されていたため、ドイツ軍の度重なる空襲に見舞われ、壊滅的状態になった。戦後は戦後で地場産業の造船・製糖が衰退、貿易・海運もまた衰退の一途をたどり、そうして大量の失業者を生み出していた。その二進も三進もいかない状況に出現したのが、魂の叫びにも似た生命力に溢れ、エネルギーの塊とでもいうべきパワフルな新しいサウンドを生み出してきた労働者階級出身の若者四人であった。

二 「はっぴいえんど」時代

この時代の音楽志向の若者たち、いや、本来、音楽志向ではなかったはずでも、例えば性癖からして、おそらく文学に向かっていただろうと思われる若者たちも、冒頭の佐藤良明の引用にあるように、一様に同時代のビートルズに多かれ少なかれ圧倒された。いわば黒船襲来であった。松本もいくつかのバンドを経て、七〇年代初頭にロック・グループ「はっぴいえんど」のドラマーとして活躍する一方で、作詞を担当し、日本語によるロックを強く主張した。もちろん「はっぴいえんど」が画期的だった特質には、篠原章によれば、日本語詞のほかに、精密なコード構成とハーモニー、録音技術も含めた音の厚み、アルバムのデザインまで統一されたイメージのトータリティが挙げられるという。[4] だから、バンドの独自性としては日本語で歌ったということだけではないだろう。

松本は、英語で歌えばアメリカの借り物のままである、そうではなく自分たちは独自のロックを生み出さなければならないというのだ。事実この時代は、「はっぴいえんど」というひらがなのグループ名からして、かなり意識的な日本語へのこだわりがみられ、激しいロックの曲調とは対照的に詩の世界そのものは難解な現代詩、しかも大正ロマン的なムードが漂い、例えば、花の名前ひとつとってみても、この時代は和風の花が詩に散りばめられ、「女郎花」、「沈丁花」、「山梔子」、「巴旦杏」、「向日葵」など漢字表記のものも多い。

松本はまた、詩人であり本業は建築家であった渡辺武信の影響を受けたというが、両者に共通する、例えば「風」に描かれる都市の描写ばかりでなく、渡辺の詩「眠りの海」ではフック船長やネモ艇長が登場しているし、一方松本の詩「風狂い」では、これらに『白鯨』の「エイハブ船長」がさらに付け加わり、「アリス」や「宝島」など、松本ワールドの一角であるファンタジーも、渡辺から受け継いでいるようだ。映画評論家でもある渡辺には、映画から霊感を受けた詩が散見するが、同様に、松本作品でも例えば後の南佳孝のアルバム『ラスト・ピクチャー・ショウ』(一九八六)をとっても、『ミーン・ストリート』『理由なき反抗』、『華麗なるギャッツビー』など、青春時代の印象に残った映画が全編、詩の題材となっている。

松本の詩で目を引くのは“pattern poetry”ないしは“figure poem”とも呼ばれる、詩の意味を見た目の形にも込める詩形を、時に用いている点であり、これはイギリス形而上派詩人 George Herbert（1593–1633）の以下に挙げる詩“Easter Wings”の、羽根の形を取った表現が有名だ。

Lord, who createst man in wealth and store,
Though foolishly he lost the same,
Decaying more and more,
Till he became
Most poor;
With thee
O let me rise
As larks, harmoniously,
And sing this day thy victories:
Then shall the fall further the flight in me.
My tender age in sorrow did begin:
And still with sicknesses and shame
Thou didst so punish sin:
That I became
Most thin.

With thee
Let me combine
And feel this day thy victory:
For, if I imp my wing on thine
Affliction shall advance the flight in me. 5

その後一九世紀ではフランスのマラルメ、さらに二〇世紀ではe・e・カミングスも採用している。活字や行が通常の配列を逸脱し、それにより言葉の意味の情緒性を伝えたり、さらに増長させたりするために使用されるものだが、同時に遊び心にもつながっていよう。松本も詩の表現に同じように"Pattern poetry"の実験を、例えば原田真二に提供した"Sports"で試みている。

走る
滑る
弾ねる
潜ぐる
止まる
汗る
Jumpin' dash!! Flyin' shoot!!

生きることはレースさ
心の熱い発条
錆びつかない前に
からだを　宙に　飛ばせ
投げる
跳べる
転ぶ
泳ぐ
夢る
酔える
Jumpin 'dash!! Flyin' shoot!![6]

スポーツの躍動感を詩形に表わし、単なる言葉の意味以上の心の高揚感を伝えている。このようにビートルズの音楽ばかりでなく、詩人として新しい表現法への挑戦の姿勢がうかがえる。

「はっぴいえんど」は三枚だけアルバムを出しているが、最後のアルバムは一九七四年にロスアンゼルスに渡って録音・制作したものだ。「さよならアメリカ、さよならニッポン」はそのタイトル名が示すように、自分たちの音楽は、アメリカでもない、ニッポンでもない。つまり、戦後、アメリカに占領された日本で、主に米兵を通じて、あるいは米軍基地向け放送の Far East Network を通じて、洋楽カヴァーの日本語歌詞を通じて、アメリカン・ポップスが大挙して押し寄せてきたが、それ一色の中で少年時代を過ごした世代はその影響をとりわけ強く受けた、というより、日本の戦前から受け継がれた歌謡曲のほうが、団塊の世代の少年たちにはむしろ生活感も空気感も異質なものだった。自分たちのアイデンティティを見出そうとした（あるいは見いだせなかった）のが、「さよならアメリカ、さよならニッポン」の成果であった。レコーディングで渡米した異国で、松本はこれまでアメリカの音楽一辺倒で育ち、自国の美しい音楽「春の海」とか「能楽」に興味のない自分を図らずもアメリカ人の口から思い知らされ、故郷日本が自分にとってどういう存在であったのかを思いめぐらす。

ここでも奇妙なナショナリズムを感じていた。伝統のないアメリカ。そして伝統のある日本。何故ぼくは日本の伝統を誇れないのだろう。この異邦の街角で、今まで抱いていた〈日本〉が、急にぼやけ始める。確固としてあるのは日本人という肉体の器を持つ自分だけ。……かたちを持ったアメリカのなかを、今ぼくは実体を失った、かたちのない日本を引き摺りながら歩いていた。[7]

外国人が知り学ぼうとする日本文化を、日本人は案外知らない。西欧文化礼賛、「西欧文化に対する従属化」の中で育っているからだ。そしていざその西欧に身をおいて初めて、祖国を振りかえってみると、これまで頭の中に思い描いてきた西欧も、そして日本も実体を失っていることに気づかされる。

ぼくのなかで息づいているアメリカとは地球儀に描かれた日付変更線の彼方に横たわっている大陸ではない。現実と記憶と夢とが交錯して織りなす幻想の地平なのだ。ぼくの追憶はその幻想の地平を今、旅するしかない。[8]

日本の中でこれまで触れてきた音楽を通じて垣間見てきた西欧文化が西欧と思い込んできたものにすぎないのであって、それは現実の西欧とは別物の、「現実と記憶と夢」の「幻想」であったことを認識する。

ぼくにとっての「日本」や「西洋」は眼で見、手にとって触れるもののはずだ。子供のころから英米のポピュラー・ミュージックがぼくの日常にしみついた音であり、今でも金を払って買うレコードは輸入盤に限られている。まだ学生だったころ、ぼくは新しい輸入盤を買い包装してあるセロファンを切り、中の紙袋の匂いをかぐのが好きだった。その匂いがぼくにとっての「アメリカ」だったからである。中学からつめこまれ続けたアルファベットの組み合わせは、ぼくの「アメリカ」とは無縁なものだったのだ。そして渡米した時にやはりhouseが家とは似ても似つかぬものであることや、Streetが街路や路地じゃないことを認識した時、ぼくは事物や生活が言葉に裏張りされていることを知った。そこにぼくの「亜米利加」があろうはずもなく、英訳不可能なぼくの詞を手に持ったまま、途方にくれたものだった。……ぼくは詞の書き方をアメリカから学びとりはしなかった。自分が生まれたときから使っていた言語で、しかも日常使っている言葉で書きたかったからである。[9]

これが松本にとっての「さよならアメリカ、さよならニッポン」の真実であろう。詩は生まれたときから使っていた日常の日本語の言葉でなければならない、と主張する。当時も「はっぴいえんど」と内田裕也との間で、ロックは英語で歌うのか、日本語で歌うのかという日本語ロック論争というのがあったが、最近でも鳥賀陽弘道が、J・ポップと言いながら、日本人のつくる曲は世界では通用していない、もっぱら日本国内でしか消費されないと、指摘している。[10] インターネット上での拡散により、ゲリラ的に日本のポップスが外国のマニアに受けることはあるものの、相変わらず今も若者たちの多くは欧米の英語のポピュラー音楽に惹かれている。ここでもイギリスは自国の言語で、ある意味、世界を支配してしまったと言えよう。

映画産業でも世界規模の映画興行の展開を望めば、やはり言語がネックになり、フランス映画を例にとってみても、確かフランスが舞台のはずなのに、みな英語を話すという奇妙な映画が存在する。経済や政治におけるグローバリズムはともかく、言語は自国の伝統であり、固有の文化の根源であるから、ただでさえ、インターネットの普及により、英語の世界標準語化が進む中、安易なグローバリズム的な観点で世界標準への合致をひたすら目指し、英語一辺倒の教育に傾くのが果たしていいのか、慎重さが問われるところだ。アメリカ物質文明に圧倒され、しかもその表層部だけを取入れた日本人は徳を見失いがちに陥り、また英語教育も西欧の精神構造の一端を解き明かすことを停止し、手段としての英語教育に転換した現在、日本人の精神風土はどこへ行こうとしているのか。和魂洋才は屍にしていいのか。長らく異国に身をおいていた水村美苗が主張しているように、日本人は日本語を滅ぼししかねない。

インターネットという技術によって、英語はその〈普遍語〉としての地位をより不動のものにしただけではない。英語はその〈普遍語〉としての地位をほぼ永続的に保てる運命を手にしたのである。

しかし、英語が〈普遍語〉として流通するということは、日本語という国語が危うくなるかもしれないということである。日本語が危うくなれば、本来なら日本語の祝祭であるべき日本文学の運命は危うい。[11]

しかも、そもそも小さな島国でしか話されない日本語であってみれば、少子高齢化が進み、人口が減少の一途を辿ると、日本語は確実に消滅する。松本は文学表現者として、すでに七〇年代に日本語の危機感を感じ取っていたのかもしれない。とまれ、細野晴臣、大瀧詠一、鈴木茂という超一流のうるさ型の音楽家たちが集まれば、ウエスト・コースト・サウンド志向のポップス、テクノ音楽、難解な現代詩など、それぞれ方向性の違いから、じきに解散の憂き目にあうことは目に見えていた。また、人々が七〇年代の暗い世相に息苦しさも覚え始めてきた頃でもあった。

三　作詞家のスタート

「はっぴいえんど」時代の詩はやはり七〇年代を象徴するかのように、例えばアルバム『風街ろまん』収録の「はいからはくち」では、「ぼくははいから血塗れの空を／玩ぶきみと　こかこおらを飲んでいる」といった具合に、暗くて難解で陰湿である。フォーク音楽の世界においても、四畳半フォークと呼ばれたように、「風呂屋」とか「三畳一間」での男女の同棲であるとか、詞の設定は狭い私小説空間であり、希望のない袋小路的世界で、閉塞感が色濃く出ていた。あるいは森山良子、マイク真木といった政治色のないカレッジ・フォークも流行り、またビートルズ旋風に乗じて、日本ではタイガース、ブルーコメッツといったグループ・サウンズも登場した。けれども所詮ビートルズのようなロック・ミュージシャンの手によるシンガー・ソング・ライティングではなくて、実体はプロの作詞家と作曲家の手に委ねられたビートルズにあやかろうという魂胆の商業主義の歌謡曲にすぎなかったため、それとともに、大方のグループは社会的には大人たちから好感を持たれなかったし、世間ではＧＳファンの青少年を不良と見なしたことなどから、極めて短命に終わっている。

後戻りできないという決意と悲壮感を漂わせて松本は、南佳孝をプロデュースしたガーシュウィンとビートルズを混合したような傑作、『摩天楼のヒロイン』（一九七三）を引っ提げ、歌謡曲界に足を踏み入れる。紹介された作曲家の筒美京平からは「こんな好きなことやって、食べられたらいいよね」[12]と皮肉られるものの、松本の才能を感じた筒美はコンビで曲作りを開始する。テレビの黎明期と似ていて、アメリカン・ポップスの影響を受けた和製ポップスには、歌謡曲のような先代からの伝統がない、いわば重苦しい庇がないから、自由に自分たちの思い通りのことをやりやすかったのだろう。筒美からは、ヒット曲をつくるコツを大いに学んだものの、齢の違いもさほど大きくなく、決して先生ではなく、兄貴のような存在だった。松本は「ぼくは歌謡曲が大嫌いだった。必死になって変えようとしていた。イヤでイヤでたまらないから、もうちょっとマシなものにしようとがんばったんです」[13]とも語っている。

もちろんこれまでにも江利チエミ「テネシーワルツ」、弘田三枝子「ヴァケーション」など、日本語訳で歌うポップスは幅広く浸透していた。が、それは所詮欧米の曲紹介どまりで新しい音楽とは言えなかった。ザ・ピーナツも欧米ポップスの日本語カヴァーと洋楽風の歌謡曲とを唄う歌手であった。歌謡曲の世界では作詞家阿久悠が当時、数々のヒットを飛ばしていた。しかもピンク・レディーや沢田研二や尾崎紀世彦、都はるみ、北原ミレイ、石川さゆりらの演歌など、曲調もテーマも演歌からポップス系と実に様々で多分野にわたる多才な作詞家だ。自ら「時代の飢餓感をとらえる」[14]と語っているように、コピー・ライター出身のせいもあってか、時代の動向に敏感だった。「ペッパー警部」は、自身の父が淡路島の巡査であり、「「若いおまわりさん」やクルーゾー警部だとかいろんなものを交ぜあわせているのね」[15]と本人は語っているものの、「サージェント」の英語の意味には巡査部長の意味もあることから、おそらくビートルズの『サージェント・ペパーズ・ロンリー・ハーツ・クラブ・バンド』から採ったものだろう。阿久は上質のコピー・ライティングを歌謡曲に持ち込み、多くの人々の支持を集めたのだ。阿久の詞は多くは時代の風を上手く捉えたキャッチ・コピーの延長上にあり、内省的な要素はあまり見られない。

それに対して、文学青年の松本は詩を作詞に持ち込んだ詩人だ。松田聖子によって完成を見ることになる新しい歌を創り出す実験は太田裕美から始まった。太田は当時アイドルとシンガー・ソング・ライターのどっちつかずのところに位置していた。最初に大ヒットを記録し、自身の代表曲となっているのは「木綿のハンカチーフ」(一九七五)だ。男女の掛け合い詞になっていることや歌詞が長々と四番まであることが特徴となって話題に上ることが多いが、ここでの松本の作風は七〇年代の風潮が色濃く出ていて、詞そのものは叙事的表現を貫きながら、むしろ受ける印象は叙情派フォークに近い。田舎に残される少女と都会へ旅立つ青年の純朴な悲劇の遠距離恋愛物語に仕上がっている。松本は「(はっぴいえんどと太田裕美は)自分の中ではハッキリとつながっているんだよね、すごく」[16]、そしてこの曲が「都市の視点の裏返し」であるとも述べている。つまり、松本の中の七〇年代の名残りだ。ただ、「はっぱいえんど」時代の「分かる人だけが分かればいい」的な芸術家然とした詩作の態度が消え、小難しさがなく明快で、それでいてとりわけ田舎から上京した人たちの心の琴線に触れ、一般大衆の心を摑むことに成功するに十分だった。ヒット曲を生む奥義を見つけ出すきっかけとなった曲なのだろう。

松本隆ばかりでなく、七〇年代後半からにわかに台頭してきた松任谷(荒井)由実、井上陽水、オフコースなど、概してシンガー・ソング・ライターの手による、従来の歌謡曲とは一線を画す、都会的で洗練された、洋楽志向の音楽は、ニュー・ミュージックと呼ばれ、元来はフォークやロックのプロテスタント性から出発しながらも、多様な要素を内包して、成長していき、歌謡曲よりもより多くの若者の支持を広げていった。松本は新しい音楽の制作に大瀧詠一や細野晴臣など「はっぴいえんど」をはじめとして、かつてのロック仲間たちを起用している。

松本はビートルズの詩に関し、「その黄金時代はジョン・レノンが「シー・ラブズ・ユー」と三人称で歌ったところからはじまった。それまでの音楽は……一、二人称のラブソングだった。そこにジョンは「彼女」という他者を介在させることで、歌を社会や時代に向かって解放したのだ」と語っているが、[17] 松本は自らの詩に実に様々な実験を施しており、ビートルズから受けた影響はむしろ、いろいろな傾向を持つ曲の種類の多様性にあるように思われる。また社会的メッセージ性を持つ詩というのは、例えば「一つしかない／私たちの星を守りたい」という松田聖子の「瑠璃色の地球」（一九八六）に表れているが、いたって控え目であり、激しい攻撃性やプロテスト性は見当たらないようだ。

四　八〇年代の松本隆の詩

八〇年代の新たな時代を象徴するような小説、田中康夫『なんとなくクリスタル』（一九八一）が世に出たことによって、四畳半フォークに代表される、暗くて、じめっとした貧乏な生活に漂う閉塞感に満ち満ちた七〇年代の風潮の長いトンネルを抜け出し、時代はからっと明るく一変する。今読み直してみると、『クリスタル』は女性雑誌の記事を物語風に仕立てた、一歩先ゆくワン・ランク上のちょっと憧れの生活の提案、といった趣だ。そこからは七〇年代の貧困や陰湿さのイメージが消え、ブランドに身を包む中産階級の洗練、贅沢、優雅、都会的小粋な生活習慣が浮かび上がってくる。

淳一と私は、なにも悩みなんかなくて、暮らしている。
なんとなく気分のいいものを、買ったり、着たり、食べたりする。そして、なんとなく気分のいい音楽を聴いて、なんとなく気分のよい音楽を聴いて、なんとなく気分のよいところへ散歩しにいったり、遊びにいったりする。
二人が一緒にいると、なんとなく気分のいい、クリスタルな生き方ができそうだった。[18]

石鹸をカタカタ鳴らして、風呂屋で待ち合わせし、別れの予感の濃厚な三畳一間に暮らす同棲カップルとは、まったく異質な世界がここには展開している。日本もまたバブルに向けて、景気のいい時代へと突き進んでいった。

リゾートをコンセプトとした大瀧詠一と松本隆によるミリオン・セラー傑作アルバム *A Long Vacation*（一九八一）は、一面、『クリスタル』の世界観を音楽で表現し、またその象徴にもなるような作風に仕上がっている。事実、大瀧は『ロンバケ』は湘南ボーイやギャルなどのクリスタル族に大受けしたと語っている。[19] 例えばアルバムの一曲、「カナリア諸島にて」だが、八〇年代初頭にカナリア諸島へリゾートに出かけられた日本人がはたして幾人いたことだろう。松本自身も、小川国男の小説に出てきたこの地名が記憶に残り、その名を採ったもののようで、カナリア諸島へ確認を兼ねて、クライバー指揮の演奏会を聴きに行ったのは九〇年代末になってからのことだという。[20] 微風の吹き抜けるような永井博の絵によるプール・サイドのジャケットもさることながら、炸裂する大瀧詠一のナイアガラ・サウンドに包まれて、西海岸の湿気のない、明るく爽やかでからっとした空気を運んでくるアルバムは、時代の変わり目、新しい時代の到来を予言するかのようだった。まさに中産階級志向の一歩先ゆくワン・ランク上の憧れのリゾート・ライフの提言だ。

ここからも推測できるように、この時代のニュー・ミュージックの担い手たちはCMタイ・アップの曲によく採用された。都会的で洗練されたニュー・ミュージックは、泥臭い演歌や歌謡曲と違い、消費者に、憧れや豊かさを満喫させる商品を売り込むCMのバック音楽にぴったりだったし、金余り現象がそろそろ出始めた頃でもあり、広告費に莫大な費用もつぎ込めるようになってもいた。事実、八〇年代はCM製作費が一兆円を超えた時代で、八四年のロスアンゼルス・オリンピックは商業化を象徴するオリンピックとなった。また、歌謡曲番組を嫌ったニュー・ミュージック系の音楽家たちには、CMへの音楽提供は手っ取り早い生活の資にもなっていただろうし、テレビのCMに繰り返し流されることで、これが人々の耳に残り、楽曲の購買にもつながっていくのだ。

ただギャーギャー騒ぎ立てるだけで、自分たちの音楽をちっとも聴いてくれない観客に疲れ、ライヴ活動をやめたビートルズは、スタジオ・ミュージシャンに転向し、多重録音や様々な楽器を駆使した芸術性の高い、一つのコンセプトを持った楽曲からなるアルバム制作を始める。その記念碑的作品『サージェント・ペパーズ』(一九六七)の方法に触発されて、松本はアルバムでは、南佳孝、あるいは太田裕美の頃から(いや、「はぴいえんど」の頃からでもあっただろう)、松田聖子にしろ、たとえアイドル歌手に対してでも、売れたシングル曲の寄せ集めではなく、常に質の高いコンセプト・アルバムを制作している。大瀧プロデュースのこのアルバムにおいても楽曲はリゾートでの色々な出来事から成り、『サージェント・ペパーズ』を真似て、音合わせから始まり、アンコールあり手拍子ありの、和やかな内輪のコンサートの雰囲気を伝えている。

松本は、このアルバムで単なる贅沢や物の豊かさ、優雅さ、ゆとりばかりでなく、そこに内省や心の機微、懊悩をも、しかも洗練された形で詩の中に取り込んでいる。ここが物質一辺倒の『なんとなくクリスタル』との相違点である。また中島みゆきなら、化粧なんかどうでもいいと思ってきたけど、今夜愛しい人に会うからきれいになりたい、と女の情念を吐露するが、松本はそういった情念を直接ストレートに表現するのではなく、お品よく、控え目に、例えば景色に託して、そこに心象を描き出す。やはり都会的で洗練されている。

「雨のウェンズデイ」は「壊れかけたワーゲンのボンネットに腰かけて」で始まるが、別れの近そうな男女の揺れ動く心の機微を描いていて、「ワーゲン」という道具立ては、若者でもワーゲンが買えるような中産階級的豊かさを示しているものの、「壊れかけて」いることで、男女の前途を風景の中で暗示していよう。もしこれが「ピカピカ新しいワーゲン」なら、別れのイメージには程遠いだろう。

E・ホッパー（一八八二―一九六七）の *Room in NewYork*（一九三二）や *Hotel by a Railroad*（一九五二）の絵では、二人の中年男女が部屋の中にいながら、もう交わす会話がなく、ばらばらの方向を見つめ、やりきれない孤独に包まれている様が描かれている。（事実、南佳孝のアルバム *Seventh Avenue South*（一九八二）のジャケットにホッパーの *Nighthawks*（一九四二）が使われているが）、「*Velvet Motel*」は、描かれる男女はホッパーのよりずっと若いだろうが、やはりこういったしらっとした状況を彷彿とさせ、「壁に傾いている風景がひとつ」の歌詞が、寒々しいホテルの一室の、男女のもはやかみ合わない心模様を暗示するようで、結局は「まるで人のいない風景画みたい」と、二人の分かれが決定的になることを風景画の描写によって補強している。

「君は天然色」は、松本の母方の祖父が伊香保の写真屋であったことからか、「天然色」、「ポラロイド」、「モノクローム」など写真のイメージで全編まとめられているが、軽やかな大瀧詠一サウンドのおかげで、つい、これはつれないガール・フレンドの話だと解釈してしまいがちなものの、そうではなくて、実際は当時心臓病で若くして亡くなったばかりの妹の想い出を描いているという。[21]

くちびるつんととがらせて
何かたくらむ表情は
別れの気配をポケットに匿していたから

机の端のポラロイド
写真に話しかけてたら
過ぎ去った過去
しゃくだけど今より眩しい

想い出はモノクローム　色を点けてくれ
もう一度そばに来て、　はなやいで
美しの Color Girl

問題にしたいのは、歌詞二番の「夜明けまで長電話して／受話器持つ手がしびれたね／耳もとに触れたささやきは／今も忘れない」の一節である。八〇年代に入り、日本国には驚くべきことに、「夜明けまで長電話して」と、つまり女性に夜明けまで長電話の相手をしてくれる男性が現れたことである。

佐藤忠雄によれば、[22] 映画の時代には、立役と二枚目がいた。立役は男性の理想像で、たとえば三船敏郎とか、高倉健など、強くて立派で聡明ながら不愛想、決して恋をしない、また女性に優しい態度をとれない侍タイプ。立役は社会的、道徳的、公的理想を実現する。それに対して、二枚目というのは、たとえば上原謙とか佐田啓二、池部良など、女性たちのために甘い愛の言葉を囁いてくれる意志の弱い純情でハンサムな前髪パラリの男性。ヒロインが死ぬならいっしょに死んでくれる、「色男、金と力はなかりけり」といった、文楽や歌舞伎の心中物に登場する、私的な幸福を追求する男性のタイプだ。もともとは歌舞伎などのひいき筋の奥様に気に入ってもらえるように考案されたものだという。立役はなるほど男性の理想像ではあるが、恋をしない男性では女性たちには不満であり、自分たちのために愛の言葉を囁いてくれる男性こそがもう一つの男性の理想であったという。この両者が互いに補強しあって観客の多面的な欲求を満足させてくれてきた。アメリカでも、一九七〇年代頃から、ジョン・ウェイン、ケーリー・グラント、ゲーリー・クーパーなどの正当派ハンサムの正義感溢れるヒーロー像は廃れ、ダスティン・ホフマンやジャック・ニコルソンなどの個性派時代へと移行し、手の届かない理想から現実に舞い降りてきている。

娯楽が高倉健や石原裕次郎など銀幕のスター時代から、テレビ時代へと変化すると、立役タイプのヒーローも不在になった。テレビが身近になるにつれ、現実には強くてハンサムで正義感溢れる男性など存在するはずもないことを皆知り、銀幕が作り上げた雲の上の理想の男性像は見事崩れていく。そろそろ台頭してきた女性の社会進出も手伝って、これにかわって、優しく自分たちに寄り添ってくれる協力的な男性のほうが女性にとって、日々の生活には都合のよい存在となってきた。近代に目醒めた女性の側からすれば、大体、立役的な男性は女性の言い分に耳を傾けてもくれないデリカシーのない横暴な暴君とも映るが、これは同時に長らく家父長制が担ってきた儒教的日本人の道徳基盤を揺るがすことにつながっていく。

最後の立役の銀幕スターとして、加山雄三をここで取り上げてみたい。自身映画スターの子で、慶應大学卒、スポーツ万能、これを地でいったような正義の塊であり、それでいてちょっとお茶目で終盤では大いにリーダーシップを発揮するハンサムな青年、田沼雄一を描く映画「若大将」シリーズが一世を風靡した。一ドルが三六〇円時代に、ほとんど誰にも手の届かなかった一九六〇年代の海外を若大将は軽々と旅し、格好良く冒険し、また大金持ちではないが、浅草の老舗すき焼き店の跡取りという渋い家柄にして、品行方正で頭も切れ、腕力もすこぶる強く、どんなスポーツも容易くものにし、エレキ・ギターなど音楽も器用に奏でられる、まことにもって立派な好青年で、また相手役は上品にして清楚で綺麗な澄子さんだが、これがなかなか好きと気持ちを伝えられないぶっきらぼうな側面もある。

松本隆は加山にも数曲、詩を提供しているのだが、これがどうもかみ合わない。かつて慶應の学生の頃に松本隆が、加山が経営にかかわっていた軽井沢のホテルでロック・バンドの一員として演奏していたという先輩後輩の縁から、楽曲提供ということになったのかもしれない。[23] 以下は「光進丸」(一九七八)の一節である。

桟橋に立つ　君の肩から
海鳥たちが　飛び立ってゆく
ラットを握る俺を見つめて
涙で何か話しかける

出航前のあわただしさに
そこだけ時が止まったようだ
心ひとつの海の仲間が
綱といて海に乗る
江の島、三崎、大島超えて
新島、式根、三宅島まで
Sail On! 後進丸よ　俺を銀色の海へ誘え
Sail On! 後進丸よ　俺の夢乗せて海へ羽ばたけ！

私見によれば、この詩は見事分裂していて、前半、つまり「時が止まったようだ」までは内省的な松本ワールド（佐藤定義の二枚目）であり、後半は行動的な加山ワールド（立役）となって、詞としてはどうも成功しているとは言いかねる。

B面「湘南引き潮」の詩になると、「夏の思い出手に都会の少女になる」など、松本ワールドに終始し、すると今度は立役のイメージを持つ加山では、ナイーヴなこの詩の世界を歌で表現し伝えることが難しくなってしまう。また、小林旭のヒット曲「熱き心に」は、大瀧詠一の作曲であるが、詞は阿久悠である。大瀧は、「「熱き心に」の時に、「松本隆で」という声もありましたね。でも僕は「小林旭に松本は合わないと思うから」って阿久さんにしたんですよ」と語っている。[24] 立役の小林旭には、心の機微の表現は無用であり、細かいことにこせこせしない男くさいイメージを持つ小林には、おおらかな大瀧の曲にのせて、阿久悠の詞のほうが合うと、大瀧は踏んだのだろう。

松本は男性への提供曲はいうなれば自身の分身でもあり、ハード・ボイルドを表現している、と語っている。「I want you／おれの肩を抱きしめてくれ／生き急いで男の夢を憐れんで」で始まる「スローなブギにしてくれ」を代表作とする南佳孝や、「砂の女」などの鈴木茂への詩に、それがよく表現されている。森進一の「冬のリヴィエラ」もまさにハード・ボイルドを描いているが、やはり同時に男の弱さも垣間見させてくれる。森進一は演歌歌手だけれども、技術として歌が上手いのは言うまでもなく、並はずれた歌心の持ち主でもある稀有な存在だが、松本の詩の内省的な世界をものにしてしまったばかりか、さらにここから森進一独自の演歌の世界をも、ハード・ボイルドでバタ臭いニュー・ミュージックの中に新たに広げてみせた。松本は銀幕ヒーローなき八〇年代に「二枚目」の系譜を受け継ぐ男性像を構築したのだ。もちろん、七〇年代の「神田川」でも「あなたのやさしさが怖かった」と唄ってはいるものの、男はいつも風呂屋で女を待たせているのだ。やさしいとは言えまい。[25]「時の過ぎゆくままに」や「勝手にしやがれ」などで、阿久悠も沢田研二をモデルになよなよとしたダンディズムを作り上げてはいるが、やはり観客受けするような映画の一場面、あるいは或る状況を想定し、その歌詞は説明どまりで、心の内側にまではあまり踏み込んでいない。いいかえれば、ブームを先取りしたお洒落で派手なキャッチ・コピーに終始し、詩という次元には至っていないのだ。

　松本は、決して「俺についてこい」などと強引に男の強さを示すことはなく、女性に優しく、あくまでも相手に添う（長電話に付き合ってくれ）、同時に陰ながら見守りつつ、時には身を引くといった、見た目弱い（見方によっては強い）タイプの男性像を描く。松田聖子は、この一見頼りなさそうながら、優しくて女性の意思を尊重し、最後まで見守る青年像と、そしてこういう青年に愛されていることに自信と誇りを持つ、ちょっと気は強いが可愛らしい、異性からも同性からも理想とされるような少女像を表現し完成させてみせた。当時ぶりっ子と呼ばれたのもむべなるかなである。

松本の描く少女像は、一八世紀のイギリスの画家トマス・ゲインズバラ（一七二五―一七八八）をふと想起させる。ゲインズバラは女性の肖像画を描かせたらピカイチであった。大体は自然あふれる神秘的な森の中というセッティングにポーズを取る、愁いを湛えた表情の女性を描いているのだが、これが本人と認識できるぐらいには、ちゃんと似ていて、それでいて少しだけ本人よりもチャーミングで美しく仕上げる作風を得意としていた。つまりゲインズバラは女性を、自分とはかけ離れた絶世の美人ではなく、身の丈に合う程度にロマンティックに理想化して見せる技に長けていたため、女性たちに絶大な人気を誇った。

松本はアイドル松田聖子に対しても、"Strawberry Fields Forever" にあやかって「いちご畑でつかまえて」を書いたのはさておき、ビートルズ先生の教えに従い、「決して手を抜かない」一曲一曲がこれといって駄作のない、質の高いコンセプト・アルバムを制作しつづけた。しかもかつての洋楽系の音楽仲間たちを引き込み、サウンドにも凝りに凝った重厚さが詰め込まれ、最初からデジタル録音であったという。

代表作「赤いスイートピー」（一九八二）は外して、ここでは理想の少女像を描き、かつ掛け合いが巧みな仕上がりの「真冬の恋人たち」（一九八二）を取り上げてみたい。セッティングとして、前者は七〇年代的抒情の名残りであり、後者は八〇年代的小粋さ、ただ純粋さと誠実さだけは見失わない都会の若者の姿だ。

冬の湖　氷の鏡に
バック・ターンでポーズきめるあなた
私　知らない　スケートはきらい
立っているのがやっとなんだもの

イ・ジ・ワ・ル
「可愛いね　君」
離れているから
「ねぇ　ひとりきりなの」
知らない人が声をかけるのよ
ちょっとあなたはあわてて飛んで来て
私の右手をつかむのよ
それでいいの　それでいいの
あなたが大好き

スケート靴を肩にぶらさげて
湖畔のカフェに暖まりに来たの
かじかんだ手を暖炉にかざして
パチパチはねる炎のダンスを見てたの
「可愛いね　君」
声をつくって
「ねぇ　ひとりきりなの」
さっきの人の真似をするあなた
いいえ先約があるの残念ね

心に決めてる人なのよ
誰でしょうね　誰でしょうね
私の恋人

あなたは自分を指さして
うぬぼれやさんね得意顔
それでいいわ　それでいいわ
あなたが大好き

大村雅朗のロマンティックで美しい旋律に乗って、詩の世界の映像がぱっと広がる。スケート・リンクで人に声をかけられるほど、ヒロインは可愛いが、スケートが下手なために、一緒に来たどうも「格好つけしい」の青年に放っておかれる。その隙にヒロインはナンパに合い、青年があわてて助けに来る。二番になると、場面は暖まるためのカフェにかわる。青年はちょっと冷やかして、声をかけた男の真似をするのだが、ここが曲のサビになっていて、ありがちな同じ歌詞を繰り返して、曲の印象を単に強調するわけではなく、ナンパ男の声を模倣することによって、物語を進めているところがおもわず唸らせるのだ。少女はそこで「心に決めてる人なのよ」と気持ちを告白するが、それがいじらしくもあり、だがきっぱりとして芯が強く、相手の何だか頼りない男性をそれでも信頼し誠実さを貫いている。「どうして気持ちが分かるの」と言いたくなるほど、恋する少女の気持ちを理想化した、たまらなく可愛らしいキュートな曲に仕上がっている。松本は「ちなみに歌い手が可愛いヒロインである場合、ぼくは「あなた」を自分に想定し、詞を書くという悪癖がある」[26]と漏らしているように、だからそれは男性の側から見ても、理想の少女像なのだ。難解な言葉もだらだらとした説明もここには一切ない。

ファンタジーは松本の詩の一角だと前述したが、ディズニーやエル・ドラドやアリス、クック船長といった道具立てを持ち出すまでもなく、この詩だけでメルヘンの世界が完結している。一番は氷の世界で、現代版赤ずきんちゃんは冷酷なる狼にも似たナンパ男の誘いを受ける。エーリッヒ・フロムの解釈では、森へ一人で行った赤ずきんの赤はヴァージニティの喪失を意味するらしいが、こちらの赤ずきんは危ないところを頼りない王子さまに助けられる。

歌詞の一番の氷の外界と対照するように、二番になると燃える火の世界に変わる。注目したいのは、「パチパチはねる炎のダンス」の一節である。小説家ディケンズ（一八一二―一八七〇）も、いろいろな思いを胸に去来させた人たちの、暖炉の前に佇む姿をしばしば描いているが、その時々の暖炉の火の描写が、人物たちの心象を表すかのように、実に千差万別である。「それにしても火というのは不思議で、黙って見ていると時を忘れてしまう。昔から火と水と風には精霊が宿るなどと言われているが、炎を見つめている瞬間の無心状態というのは一種の宗教的快感すらある」[27]と松本は書いている。二番では、火を見つめる二人は、どうも松本の宗教観めいた無心ではいられなさそうだが、ここで炎の動きが擬人化され「ダンス」と、さらにごく普通の擬態語にすぎないが、焚き火の音が「パチパチ」と表わされる。これが松田聖子のぶりっ子の表現の上手さも手伝って、いかにも可愛らしい少女らしさが強調される。もちろん外の凍てつく寒さから防いでくれる室内のぽかぽかした暖かさが簡潔に表現されてもいるのだが、それと同時に、火の精霊も祝福するような二人の燃える心の温かさをも暗示される。現代版赤ずきんのヴァージニティはこの青年が委ねられるという、赤も込められているのだろうか。

松本のすぐれた詩は風景に心象を表現し、なおかつ省略の中に多くを内包している。薬師丸ひろ子に提供した「探偵物語」（一九八三）では、冒頭「あんなに激しい潮騒が／あなたの後ろで黙り込む」で、若い男女の恋を初めて意識した緊張の一瞬をぴたりと捉えている。実際は、潮騒は静まるはずはない。波は相変わらずざぶんと打ち寄せてはかえしているはずである。二人の緊迫した状況にあって、もはや波の音など二人の耳には届かなくなったのだ。ここでも何一つ難解な表現をしていないし、余分な説明など何一つ加えていないのに、波打ち際の風景で男女の心象を巧く表現している。松本の進化ともいえる。

松本の詩や小説、あるいは男性への提供曲には「風街」が登場するが、松本作品のキーワードの一つは「風街」である。生まれ育ち、幼少期をのびのびと楽しく過ごした青山と渋谷と麻布を結ぶ三角形のことで、それが東京オリンピックのための都市計画により永遠に失われ、かつてオリンピック以前の山の手にたしかに存在したが、今は跡形もなく変貌を遂げた故郷、いわゆる原風景であり、「記憶の中にある街」であり、どこにもない街、それが松本の「風街」だ。それを大ヒットさせたのが、寺尾聰「ルビーの指環」（一九八一）である。

冒頭から都会的なアレンジに思わず耳を引き込まれるが、「ルビーの指環を捨ててくれ」などという、思い切りのいい、洗練された洒落た価値観に圧倒される。庶民はそうそう、高価なルビーやダイヤを簡単に溝には捨てられない。しかも演歌では森進一「港町ブルース」の話のように、騙すのはこれまでは大多数男性側だった。ところが、ここでは、つれない、おそらく「そうね、誕生石ならルビーだわ」などとのたまう高慢ちきな女性が男をさらりと袖にし、二年経ってもまだ男はその女を硝子窓の向こうの風街に探すという、ある意味ハード・ボイルド、気弱で粋なダンディのノスタルジーに浸る姿がここにはある。男性の未練は、物なんかではなく、女にある。人よりちょっとワン・ランク上の生活を標榜する八〇年代の風潮、その物質の豊かさと内省とが並行して描かれ、松本は内省を優位においている。

五　おわりに——最前線を離れて

一九八〇年代後半、日本はバブルへとまっしぐらに突っ走っていく。それは心より物を優先する風潮の時代でもあり、失われた一〇年でもあり、内省は退けられ、刺激的でけばけばしい派手な言葉が独り歩きした時代でもあり、それは松本の世界観とも、折り合いがつかなくなった時代でもあった。おりしも、松本隆の最高の表現者の一人であった松田聖子が私生活で変化をみせ、直接的にはこれが松本にヒット・チャートという日々戦いの流行歌から身を引かせることにもなった。

松本隆は小説も手掛けている。イギリスでは夏目漱石が『文学論』の中で「写実の泰斗」と称したジェイン・オースティン（一七七五―一八一七）は省略のリアリズムの名手だった。事細かくだらだらと描写し、説明を加えるのではなく、その説明となる部分を一切読者の想像力に委ねてしまうというリアリズムだ。オースティンのドライで情感を排した冷徹で皮肉交じりの淡々とした文章と、松本の詩とでは表現においては全く異質であり、似ても似つかないものではあるが、松本の詩情溢れる言葉と、数々の作詞で遺憾なく生かされた省略の妙は小説でも発揮するものと考えられる。八〇年代の洗練された都会の物質的豊かさを背景とした、時代に動かされない人の心というバランスが絶妙だった詩を、残念ながら小説に移し替え、広げていくという作業のほうは、どうやら実験段階で筆を折ったというのが実情であろうか。例えば三作目の『紺碧海岸』（一九九二）では、ポルシェに乗り、サントリー・ホールへクラシック音楽を聴きにいく一方で、ポピュラー音楽にも造詣が深いという、いかにも当世風のかっこいいレーサーを主人公にしているが、過剰に豊かな物質世界のほうが目につき、表層をすうっと上滑りしがちな一過性の流行りものの風俗小説といった感が否めない。時代に人一倍敏感で「時代の飢餓感」を絶えず捜し求め、次から次へと新曲に取り込んでいかなければならない宿命を背負った作詞家の一面が、思わず顔を覗かせてしまったのだろうか。

二一世紀の松本隆作品では今のところ、私見によれば、港にまつわる言葉「海猫」、「さざ波」、「忘却の船」などメタファーがちりばめられたクミコの「接吻」が秀作である。詩は「海猫の円舞曲（ワルツ）」たち」で始まり、すると神戸を彷彿とさせるような、海猫の翻る港のホテルの一室の映像がにわかに浮かび上がってくる。相手の男性の愛の真実を図りかねて「あなたの命の表と裏を確かめ」ようとする、孤独と不安な心を抱えた女性の葛藤が描かれるが、結局はやはり「汽笛って淋しいね／忘却の船が旅立つ」で、恋の終わりが予感される。類似した設定の、これに先立つ松田聖子の「哀しみのボート」（一九九九）は、ちょっと説明に走るきらいがあったが、ここでは海のイメージですっきりとまとめ、女性の年齢も上げ、おそらく不倫に突き進もうとしている男女の状況をもう一歩進ませ（深入りさせ）、そして苦い結末をむかえた形をとっていよう。一歩間違えば泥臭い演歌になりかねないところだが、都会的で洗練の勝った曲調にのせ、シャンソンで培ったクミコの歌唱により不思議と詩的ドラマでも見るような仕上りになっている。従来の永遠の少女像にくらべれば、この歌のように、すいも甘いも経験した大人の女性をコンセプトにした作品というのは、音楽消費文化にあって、所詮少年少女という購買層を対象とする現代日本のヒット・チャートの世界では、ヒットにはなかなかつながりにくいのであろう。

ただ、もし松本隆が音楽とは無縁の生粋の詩人であったとしたならば、今頃はほとんど誰の手に取られることもなく、図書館の本棚の隅っこにひっそりとその詩集が眠っているだけだったろう。吟遊詩人の歴史を紐解くことは差し控えるが、ボブ・ディランだって、メロディーに乗せ詩を歌ったからこそ、そのプロテスト・ソングが世界中の人々へと広まり知られ、多くの人の心に訴える力を持つことになった。そして今改めてその文学性が高く評価され始めている。松本の詩もまたメロディーがつけられ、ビートルズに感化された贅沢なサウンドをバックに、そして優れた詩の表現者たちを得たことによって、何百万人という人たちの心に感動を与えることができたのだ。

洋楽にも、「煙が目に染みる」とか「スマイル」とか「スターダスト」などスタンダードと称される曲が数多く存在する。歌謡曲にスタンダードができてしかるべきではないだろうか。クラシックにおいても、次世代の人々が連綿とベートーヴェンやモーツアルトを学び、演奏し続け、伝承してきたからこそ、あるいは学校の音楽の時間で取上げられ教えられてきたからこそ、現代にまでずっと受け継がれて、これからも受け継がれていくのだ。流行歌が次の新曲が出るまでの三か月で消費され使い捨てされて、あとはもはや顧みられないという今のシステムを見直し、いい歌謡曲というものは確かに存在するのだから、例えば、次世代がカヴァーしていくというのも一方策であろうが、もっと積極的に意識的に残していく努力をすべきではないだろうか。

注

1 佐藤良明『理想教室 ビートルズとは何だったのか』みすず書房、二〇一一年、五六頁。
2 ジョン・ダワー『敗北を抱きしめて』(上) 岩波書店、二〇〇四年、八一頁。
3 マイケル・ボーダッシュ『さよならアメリカ、さよならニッポン 戦後、日本人はどのようにして独自のポピュラー音楽を成立させたか』白夜書房、二〇一二年、二三〇頁。

4 田家秀樹『読むJ-POP—1945-99私的全史あのころを忘れない』徳間書店、一九九九年、一八八頁。
5 Patrides C.A. *The English Poems of George Herbert*, London: Dent, 1974, P.63.
6 松本隆『空中庭園 マイダスの指 三』思潮社、一九八七年、一二五—一二六頁。
7 松本隆『風街詩人』新潮文庫、一九七五年、九六頁。
8 『風街詩人』一〇三頁。
9 『風街詩人』一三八—一三九頁。
10 烏賀陽弘道『Jポップとは何か』岩波新書、二〇〇五年、一六五—七二頁。
11 水村美苗『日本語が亡びるとき』ちくま文庫、二〇一五年、三〇二頁、三三一頁。
12 松本隆『風待茶房 一九七一—二〇〇四』立東舎、二〇一七年、一六九頁。
13 萩原健太『はっぴいえんど伝説』シンコー・ミュージック、一九九二年、一七二頁。
14 阿久悠『作詞入門』岩波新書、二〇〇九年、一七三頁。
15 篠田正浩他（編）『阿久悠のいた時代 戦後歌謡曲史』柏書房、二〇〇〇年、一八四頁。
16 太田裕美『太田裕美白書』パルコ、一九九二年、一三六頁。
17 松本隆『成層圏紳士』東京書籍、二〇〇一年、四七五頁。
18 田中康夫『なんとなくクリスタル』河出書房新社、一九八一年、一四七頁。
19 『読むJポップ』一五五頁。
20 『成層圏紳士』四五〇—六四頁。
21 『成層圏紳士』六八—六九頁。
22 佐藤忠雄『二枚目の研究』筑摩書房、一九八四年、二四—二五頁、一二二頁、一九〇頁。
23 君塚太『TOKYO ROCK BEGINNINGS』河出書房新社、二〇一六年、八〇頁。
24 田家秀樹『みんなCM音楽を歌っていた』徳間書店、二〇〇七年、三七五頁。
25 舌津智之『どうにもとまらない歌謡曲』晶文社、二〇〇二年、一三四—一三五頁。
26 『風街詩人』五九—六〇頁。
27 『成層圏紳士』六七頁。

参照CD

太田裕美　「木綿のハンカチーフ」CBSソニー、一九七五年。
大瀧詠一　「きみは天然色」、「Ｖｅｌｖｅｔ　Ｍｏｔｅｌ」、「カナリア諸島にて」*A Long Vacation*、ＮＡＩＡＧＡＲＡ／ＣＢＳソニー、一九八一年。
クミコ　「接吻」『アウラ』東芝ＥＭＩ、二〇〇二年。
加山雄三　「光進丸」、「湘南引き潮」、一九七八年。
寺尾聰　「ルビーの指環」*Reflections*、東芝ＥＭＩ、一九八一年。
はっぴいえんど　「春よ来い」『はっぴいえんど』ＵＲＣ、一九七〇年。
――　「はいからはくち」『風街ろまん』ＵＲＣ、一九七一年。
――　「さよならアメリカ、さよならニッポン」*Happy End* Ｂｅｌｌｗｏｏｄ、一九七三年。
ビートルズ　"Strawberry Fields Forever", *Sgt. Pepper's Lonely Hearts Club Band*, EMI, 1967.
松田聖子　「いちご畑でつかまえて」『風立ちぬ』ＣＢＳソニー、一九八一年。
――　「真冬の恋人たち」*Candy* ＣＢＳソニー、一九八二年。
――　「瑠璃色の地球」*Supreme* ＣＢＳソニー、一九八六年。
――　「哀しみのボート」『永遠の少女』マーキュリーミュージック、一九九九年。
南佳孝　『摩天楼のヒロイン』Ｓｈｏｗｂｏａｔ、一九七三年。
――　*Seventh Avenue South* ソニーＭｕｓｉｃ、一九八二年。
――　「スローなブギにしてくれ」*Silkscreen* ＣＢＳレコード、一九八一年。
――　*Last Picture Show* ＣＢＳレコード、一九八六年。
森進一　「冬のリヴィエラ」ビクター、一九八二年。
薬師丸ひろ子　「探偵物語」東芝ＥＭＩ、一九八三年。

歌われる詩としての 'Love Minus Zero / No Limit'

菱川　英一

'Life involves maintaining oneself between contradictions that can't be solved by analysis.'
William Empson

本論においては、'Love Minus Zero / No Limit' を、歌われる詩、耳で聞く詩と捉え、ボブ・ディランの詩学の一端を明らかにすることを目標とする。タイトルに続き、第一連から第四連まで分析し、引喩（allusion）にも留意しつつ論じる。

タイトル

ボブ・ディランが一九六五年三月に発表したアルバム *Bringing It All Back Home* に収められた歌 'Love Minus Zero / No Limit' は難読のタイトルである。かつて、オーデンが詩のタイトルを、詩の内容から推測できるものと、できないものの二種に分けたことに照らせば、この歌は確実に後者に属する。
ディランの歌に前者に属するものもあることは、'Blowin' in the Wind'や'Sad-Eyed Lady of the Lowlands'や'If Not for You'などを見れば明らかである。これに対し、'Positively 4th Street'や'Just like Tom Thumb's Blues'や'Love Minus Zero / No Limit'などは後者に属する。

詩の内容からタイトルを推し量ることが難しいにせよ、少なくともタイトルをどう読むかは詩を考える上で重要である。その点で、ディランが一度だけ助け舟を出したことがある。このタイトルを'*Love Minus Zero over No Limit*'と発音し、それを'a sort of a fraction'と呼んだのである。これは大きなヒントだ。つまり、〈Love Minus Zero〉割る〈No Limit〉という「一種の分数式」であると明かしたのである。[1]

しかし、タイトルの読み方が分かることが詩を理解することに直ちにつながるかといえば、もちろん、そうはならない。あくまで理解への第一歩に過ぎない。この詩の場合、タイトルと詩の内容との関連が推測しにくいからだ。そこで、詩のテクストを読もう。

第一連

My love she speaks like silence
Without ideals or violence
She doesn't have to say she's faithful yet she's true like ice, like fire
  People carry roses and make promises by the hours

My love she laughs like the flowers
Valentines can't buy her[2]

ディランはデビュー当初から英国バラッドの伝統を深くにじませているが、この詩の冒頭も My love が、主語の she の同格語句（appositive）になるという、バラッドや童謡風の語法を用いる。童謡の 'A frog he would a-wooing go' のような語法だ。

三強勢の詩行が続き、最初の二行は couplet（二行連句、対句）に聞こえる。一見すると弱強三歩格できれいに押韻されているように見えるが、実際には silence / violence は脚韻になっていない。各種の押韻辞典を調べてみれば判るが、英語の通常の語彙には silence と押韻する語がない。[3]

その種の押韻語不在の語彙は詩作者にはよく知られており、それをわざと使って、これ以上詩が続かないこと、詩の終わりを、聴いている人に知らせる技法もディランは使っている（'Talkin' New York' 最終連における 'Orange' など）。耳で聞く詩の場合、目で見るページ上の詩と違い、詩がどこで終わるかがわかりにくい。歌われる詩をつくる詩人は終わりを知らせるためにさまざまの工夫をする。[4]

この二行は耳には二行連句のように響くのだが、その内容は直ちに響きあうとは言えない。まず、第一行が沈黙のように語るというパラドクスである。これは何を意味するのか。

ボブ・ディランという詩人の広がりがシェークスピアに匹敵すると主張するリクス（Christopher Ricks）は、ここに『リア王』のエコーを見る。父王リアが国土を譲ろうとする三人娘に我への孝養の存念を申してみよと命じた時のコーディーリアの傍白だ。

(aside) What shall Cordelia speak? Love and be silent.

(*King Lear*, 1.1.62)[5]

口先だけで父への孝養を述べたてる姉たちのようなまねはコーディーリアはできない。あまりにも父への愛にあふれる彼女は、孝行はするが、黙っていようと決意する。ゆえに、ついに父から 'Speak.' と言われた彼女はただ 'Nothing, my lord.' と答えるのだ。それが父の誤解と怒りを招き、悲劇へと連なってゆく。

押韻語の位置に silence が来ることには深い意味がある。本来、音のわざである押韻に「沈黙」を用いることは、その語と押韻する語がないこと以上に、パラドクスを深める。speaks と silence のパラドクスに加えて、音の類似を通じて silence と violence のパラドクスも浮かびあがる。さらにその violence と ideals も一種のパラドクスを成す。

パラドクスは矛盾しているように見えて、よく考えると真理をうがつ。不合理に見えて正しい。理解を深めるために受け手に考えさせる様式である。しかし、パラドクスに正解はない。現代の paradoxer「逆説家」詩人ボブ・ディランの詩行はどう解くべきか。

全身で父への愛を表現するコーディーリアには父への言葉が出ない。沈黙を通す。それを理解しないリア王は娘を勘当するという暴挙に出る。この愚行により結局リア王は荒狂う運命の中に放り込まれることになる。

ideals と violence は一見して並びたつことがないように見える。リクスはこの点について、米詩人ロバート・ローウェルの 'Violence and idealism have some occult connection.' という言葉を引く。[6] この言葉は、アメリカという理想主義的建国理念を有しつつ銃の保持を国民の基本的権利と考える国のような文脈では理解不能とはいえない。

こうした重層的なパラドクスだけでもこの二行は意味の充溢を窺わせるが、音の面でも、speaks / silence の /s/ の頭韻に鋭敏になった耳には、（強勢のある）love と（強勢のない）like, silence, ideals, violence における四つの /l/ とが響きあうように聞こえる。その結果、love そのものについて、これらの語との関係でも考えなおすよう迫られる。タイトルと詩の内容との関連がはっきりしないとはいえ、love についての歌であることを聴き手は意識しているから。

'She doesn't have to say she's faithful yet she's true, like ice, like fire' の行と最終行 'Valentines can't buy her' とは fire / buy her の押韻を成す。これらに囲まれた二行は hours / flowers の押韻を成す。そのような rhyme-scheme を明示すべくリクスは校訂しているのであるが、耳で聞くと、第三、第四行は二行でなく四行であるように聞こえる。実際に、リクスの校訂版以外では次のような四行として印刷されている。

She doesn't have to say she's faithful
Yet she's true, like ice, like fire
People carry roses
Make promises by the hours [7]

この lineation で見ると、rhyme-scheme が変わる。faithful で終わる行と roses で終わる行が押韻しない。[8] この二語が音韻的ペアを成さぬことは、両者が意味的に結びつかぬことを示唆する。すなわち、彼女は、バラの花束を抱えてこられたので faithful であるというわけではない。[9] 彼女が faithful であることは言を俟たず

(she doesn't have to say)、彼女はバラやヴァレンタインの贈り物を伴う甘言に買収されることもない（can't buy her)。

'she's true, like ice, like fire' は一つのパラドクスである。彼女が true であることを氷と火に喩える。彼女の true であることが、あるときは冷たく、あるときは熱く表れるという見方もできようが、本質的な意味で氷雪のごとく高潔であり（honourable)、熱誠がこもる（sincere）という見方もできる。両方の意味が *OED* の true の語義の二番目にある。

> 2. In more general sense: Honest, honourable, upright, virtuous, trustworthy (*arch.*); free from deceit, sincere, truthful [...]; of actions, feelings, etc., sincere, unfeigned [...].

もちろん、true について *OED* の語義の一番目に faithful がある（'somewhat *arch.*' の注記つきで)。その語義にとどまらないことを、ディランの 'yet' は示している。その上で、氷と火のパラドクスで表されるような複雑な truth を彼女は備えることを言う。

第二連

In the dime stores and bus stations
People talk of situations

Read books, repeat quotations, draw conclusions on the wall
　Some speak of the future
　My love she speaks softly, she knows there's no success like failure
　And that failure's no success at all

　前の連が couplet で始まったのに対し、この連はいわば triplet で始まる（stations / situations / quotations）。[10] ところが、情勢をその中に雑貨屋やバス停といった米国の日常の風景が折りたたまれているように見える。ところが、情勢を語り本を読み引用をする people（第一連ではバラの花束を抱え、約束を長い間し続ける）は、現代人であるように見えて古代人の姿が重ねられている。'draw conclusions on the wall' は直ちに紀元前六世紀の預言者ダニエルの書の一節を想起させる。バビロン王ベルシャツァルが大宴会を催しているとき、「人の手の指が現れて、ともし火に照らされている王宮の白い壁に文字を書き始めた」（ダニエル書五章五節、新共同訳）。王は恐怖にかられるが、誰もその文字を読めず、解釈もできない。そこに召し出されたユダヤ人の捕囚ダニエルは神の霊が宿る者で、王のために解読をする。

> In the same hour came forth fingers of a man's hand, and wrote over against the candlestick upon the plaister of the wall of the king's palace [...]. And this is the writing that was written, MENE, MENE, TEKEL, UPHARSIN. This *is* the interpretation of the thing: MENE; God hath numbered thy kingdom, and finished it. TEKEL; Thou art weighed in the balances, and art found wanting. PERES; Thy kingdom is divided, and given to the Medes and Persians.
>
> (Daniel 5.5, 25–28; AV)[11]

ダニエルはベルシャツァル王の治世が終わること、神の秤で不足と見られたこと、王国が二分されてメディアとペルシアに与えられることを告げる。リクスはこの聖句の 'candlestick' のエコーをディランの歌の 'the candles' と 'matchsticks'（共に第三連）に見、'numbered' の関連をタイトルの 'Minus Zero' に見ている。[12]

'draw conclusions on the wall' がダニエル書の 'writing on the wall' を想起させると同時に、'draw conclusions *from* the wall' と読んだ結果として、'Some speak of the future' に至る。この預言された「未来」future が failure と不吉に響きあう。ディランはこのように、通常の言い方を少しずらして意味の可能性を広げるような前置詞の使い方を時折する。[13]

'My love she speaks softly' で再び「私の恋人」のことに戻るが、通常版テクストではここで行が切れている。その場合は softly が韻をふまない。しかし、第一連の 'she speaks like silence' とは「意味的な韻」（thought rhyme）を成しており、さらに再び『リア王』の次の一節を想起させる。コーディーリアの亡骸を前にリア王が述懐する場面である。[14]

Her voice was ever soft,
Gentle, and low, an excellent thing in woman.
(*King Lear*, 5.3.247–248)[15]

この箇所についてリクスは次のように述べる。

Lear, in his recovered love as he stands over the body of Cordelia, speaks of the past. She, who at the beginning of the play, could say "Nothing", can now say nothing.[16]

ここで劇冒頭のコーディーリアの傍白の意味が円環を閉じる。リア王が語るのは過去のことである。コーディーリアの「何もありません」を誤解した過去の自分のことである。

過去に想いを致し、現在を虚心に見る者（「私の恋人」を含む）の話す声は「静かに」softly なろう。それに対して、未来を語る者の声はどうか。和らかで穏やかな声には程遠く、強ばり、声高になる。'Some speak of the future' しかり、'[People] make promises by the hours' しかり。過去や現在を思慮深く見つめず目先の利をつかもうとする。

ディランの歌をキリスト教の道徳でいう罪・徳・恩寵のすべての面にわたって分析する書 *Dylan's Visions of Sin* で、リクスがこの歌を節制（temperance）の徳の例示として論じるのは、過去と現在を思いめぐらし、口を閉じ、穏やかに語る者をうたうからだろう。未来について得々と語る者とは対極にある。

この穏やかに語る者は

> she knows there's no success like failure
> And that failure's no success at all'

という。このパラドクスはどう解釈すればよいのだろうか。何を意味するのか訊かれたディランは一九六五年十一月に次のように説明している。

When you've tried to write this story about me, if you're any good you'll feel you've failed. But when you've tried and failed, and tried and failed – then you'll have something.[17]

この説明そのものはよく分かるが、先の二行にどう当てはまるのだろう。試みて失敗することを繰返せば何かを得るというのが、最初の行の「失敗ほどの成功はない」の意味と取ることは可能だ。つまり、失敗を通じて学ぶことがすなわち成功であるということになる。そこが分かったとしても、後半の行の「失敗は全く成功ではない」とは相変わらずパラドクスを成している。

第三連

The cloak and dagger dangles
Madams light the candles
In ceremonies of the horsemen even the pawn must hold a grudge
  Statues made of matchsticks crumble into one another
    My love winks, she does not bother
She knows too much to argue or to judge

第三連は容易な接近を拒む。恐らくは多様な引喩の網の目が隠されているのだろう。最初の二行のdangles / candlesは脚韻としては不完全であるが母音韻は成立しており、バラッドを聞き慣れた耳にはじゅうぶんcoupletに聞こえる。ただし、意味がどのように響きあうかについては必ずしもはっきりしない。リクスが 'Madams light the candles' をT・S・エリオットの 'Gerontion' の一節（二七～二八行）

> [...] Madame de Tornquist, in the dark room
> Shifting the candles [...].

を引いてbrothelsの描写とした。[18] これは、'The cloak and dagger' をまとう輩（espionageに携わる者）が足繁く訪れる場所としてmadamsのいる場（売春宿）を想定し、両行を結びつけるためであるかもしれない。その意味に照らせば 'The cloak and dagger dangles' は「スパイがたむろする」ことを意味するのだろうが、dagger / danglesの頭韻に耳を奪われつつも、'cloak dangles' の方は、もしも第四連の第二行に現れる「田舎医者」がカフカの短篇を指すのだとすれば、その短篇終盤の、医者の外套が馬車の後ろにぶら下がる場面の遠いエコーかもしれない。[19]「カフカ」がチェコ語で「カラス」の意であるとする俗説が第四連の 'My love she's like some raven' の下敷きであるという考え方もある。[20]

'My love winks, she does not bother' は「私の恋人」の人となりの一端を窺わせるはずの詩行であるが、winkの曖昧さがこの詩行ひいては連全体の謎を深めている。リクスはこのwinkは類語のconniveに照らして考えてはどうかという仮説を提出する。[21] *OED* の1に

To shut one's eyes to a thing that one dislikes but cannot help, to pretend ignorance, to take no notice.

とあり、この語義なら 'My love winks, she does not bother' に当てはまる。[22]

第四連

The bridge at midnight trembles
The country doctor rambles
Bankers' nieces seek perfection expecting all the gifts that wise men bring
　The wind howls like a hammer, the night blows cold and rainy
　　My love she's like some raven
At my window with a broken wing

カフカの短篇「田舎医者」'A Country Doctor'（'Ein Landarzt'）には「橋」は出てこないが、夜間に馬車で吹雪をついて往診にゆき、帰り道をのろのろと進む際の老いた医師のさまようさまが rambles に当たると言えるかもしれない。[23] 橋の震えと医師の凍えるさまが響きあう（trembles / rambles）。

銀行家の姪たちが求める「完璧」とは何か。校訂版によらないテクストでは、この連で押韻していないのは perfection で切れるこの行と 'The wind howls like a hammer' で切れる行だけである。perfection と hammer

の取合わせは不吉である。それが成立するような文脈は小説の世界を想像しなければならないかもしれない。実際、ディランは小説を凝縮したかのように詩を書くことがある。あるインタヴューで詩作についてこう語っている。

Every time I write a song, it's like writing a novel. Just takes me a lot less time, and I can get it down…down to where I can re-read it in my head a lot.[24]

最後に現れる、窓辺にとまる、翼の折れたカラスのような「私の恋人」は、この歌でうたわれてきた、沈黙の叡智をそなえた彼女の姿とあまりにも違う。silence / violence の韻がここに至るのかとの思いを禁じえない。ダニエル書や東方の三博士を思わせる賢人たち（wise men）がもたらす（bring）贈り物（gifts）は、資産家の姪たちのめがねにかなうこの世の富なのか。その結末が折れた翼なのか。これはまるでヘンリー・ジェームズのいう、配置された（'placed'）小説の道具立てではないかとして、リクスはジェームズの『鳩の翼』*The Wings of the Dove*（1902）の一節を引き、この筋立てを 'love and resentment' の展開として説明する（第八巻、第一章）。[25] リクスはその詩的表出としての韻 bring / wing を '"bring" spreads its wing to become *broken wing*' と鋭く指摘している。[26]

'The wind howls like a hammer, the night blows cold and rainy' では「田舎医者」の場面のようにやはり風が激しく吹くが、雪ではなく雨である。

'My love she's like some raven / At my window with a broken wing' の窓辺のカラスについては、多くの研究者は、カラスが真夜中に窓から入ってきて 'Nevermore' と告げるポーの詩 'The Raven'（1845）の影響をみてとる。[27]

Open here I flung the shutter, when, with many a flirt and flutter,
In there stepped a stately Raven of the saintly days of yore;
Not the least obeisance made he; not a minute stopped or stayed he;
But, with mien of lord or lady, perched above my chamber door—
Perched upon a bust of Pallas just above my chamber door—
　　Perched, and sat, and nothing more.[28]

Ulysses の冒頭部を思わせるこのカラスの登場の仕方と、'Perched, and sat, and nothing more' の nothing の響き、および他からの影響を意に介しない凛たる姿勢に本詩の「私の恋人」に通じるトーンが感じられる。[29] 特に一九六五年頃のディランに与えたポーの影響の広さ深さを考えると、この 'The Raven' の影響をみる見方には一定の存在理由がある。

このように、この詩には多くの文学的引喩が交錯し、諸家が研究を重ねているが、第一連から第三連はともかくとして、第四連の衝撃的結末をどう解釈すべきかについては、リクスらの説はあるものの、まだ定説らしきものは出ていない。今後研究が進めば、今は明らかでない引喩も突きとめられ、思わぬ光が当てられる時がくるかもしれない。

全体を通して夢幻的な dreamscape のようなところがある詩であるが、その夢幻を詳細に検討しつつ詩を読み終えてもタイトルの意味がはっきりするわけではない。分子 Love Minus Zero がこれ以上減らず増えることもない愛を示すとすれば、それを分母 No Limit の無限大に近い大きな値で割れば、商は極小に近づく。愛が小さくなるその危機についての鋭い自覚的意識を詩から読取ることも可能だろう。その場合、分母が危機を増大させるわけで、そこには愛を阻害するさまざまの要因が考えられる。物質的な富が精神の愛を邪魔するということ以外に、この「私の恋人」に特有のさまざまの問題が背後にあることが想定される。最大の問題は恐らくリクスのいう 'not needing to need him' なのだろう。[30] つまり、彼を必要とする必要が彼女にないこと、である。しかし、今や彼女に必要とされる状況を作り出す必要があると感じられた。彼女が自分が思っているほど強くはない、「完璧」ではないと知らしめる必要があった。その結果、夢幻的風景は槌のような暴風が吹きすさぶ光景となり、ポーの大鴉を思わせるカラスが、しかしポーの詩におけるごとくにではなく、翼を打ち砕かれた状態で現れる。そのような彼女の姿を夢想することは「私」の自己満足にはなっても、愛を大きくすることにはならない。むしろ、愛を小さくする、分数式における分母の破壊的要因に寄与するのみである。すなわち、第四連で浮かび上がる 'No limit' は、彼女をコントロールしたいという欲望にコントロールが効かないことを意味する。かくして、タイトルは彼女と私との関係を表す数式となる。

窓に打ちつける暴風が「私」個人の暴力的衝動を表すのでなく、世の変化を表すと見ることも可能である。そのような時代が来つつあると一九六三年のディランが歌っていたのを目の前九メートル足らずの近さで見たエプスタイン（Daniel Mark Epstein）は次のように述べている。

> The well-traveled road will not be viable, he was telling us, the old order is fading,[31] the wheel of change is spinning, the battle is already raging, and if it hasn't rattled your windows yet it will soon.

もし、これが当てはまるとすれば、この歌の violence の起源は個人でなく時代（'The Times They Are A-Changin'"）だということになる。その場合は分母の 'No limit' は今の時代に起こる「戦い」（'There's a battle outside and it is ragin'"）であり、個人の外側から襲いかかる暴風であるということになろう。いずれにしても、目覚めていなければ、愛は極小になってしまう。

ポーとディラン

この詩だけにとどまらず、一九六五年以降のディランを考える上で、ポーの文学的影響は無視することができない。最後に、その面を少し指摘しておきたい。

ポー関連の名前がディランの作品にしばしば登場する。'Just like Tom Thumb's Blues'（一九六五）に 'rue Morgue Avenue' が、'Bob Dylan's 115th Dream' に Captain Kidd（ポーの 'The Gold-Bug' の登場人物）が出てくる。

だが、最も重要なのはポーの韻律観の影響である。特に行内韻（internal rhyme）がその核心であるとグレイ（Michael Gray）が指摘する。[32] グレイが挙げるディランの離れ業は

I've seen all these decoys through a set of deep turquoise eyes
And I feel so depressed

The bridge that you travel on goes to the Babylon girl
With the rose in her hair

Stripped of all virtue as you crawl through the dirt
You can give but you cannot receive[33]

であるが、ここに引いた標準版テクストでは見えにくい。校訂版では韻が浮かびあがる。

I've seen all these decoys
Through a set of deep turquoise
Eyes, and I feel so depressed

The bridge that you travel on
Goes to the Babylon
Girl with the rose in her hair

Stripped of all virtue
As you crawl through the dirt, you
Can give but you cannot receive[34]

それぞれ、decoys / turquoise, travel on / Babylon, virtue / dirt, you の韻が、標準版テクストでは行内韻に、校訂版では脚韻に見える。こうした韻に影響を与えた詩としてグレイが挙げるのが 'The Raven' である。

> And the silken, sad, uncertain rustling of each purple curtain
> Thrilled me—filled me with fantastic terrors never felt before;
> So that now, to still the beating of my heart, I stood repeating
> "'Tis some visiter entreating entrance at my chamber door—
> Some late visiter entreating entrance at my chamber door;—
> This it is and nothing more."[35]

ポーの場合ははっきりと行内韻で、uncertain / curtain, Thrilled me / filled me, beating / repeating がそれに数えられる。

詩人のエマスン（Claudia Emerson）は、ディランの詩の組織化の原理は、伝統歌のそれより、もっと古い口承詩の定式化伝統に連なるもので、ポーが 'The Poetic Principle' で述べる詩の 'impression' を作り出していると指摘する。

> Still, as an admirer of Dylan's longer songs, I have noticed that in many of them (some more and some less narrative), he employs ordering principles that are less traditionally song-like and instead hearken back to quite

ancient oral-formulaic traditions that work to create the “impression” Poe is looking for—lyric constructions that accomplish a narrative impression, or an emotional one—without relying much on chorus or even musical progression and repetition to make the song memorable.[36]

エマスンがいう口承詩の定式化伝統というのは、古代のホメーロス以来、口承詩の作詩原理においてしばしば指摘される定式（formula）を組合わせるやり方のことである。[37]ディランの歌のように‘word-rich’な歌を脳が記憶にとどめるためには、その種の音の型が必須であると、エマスンは次のように具体的に述べる（183）。重要な指摘である。

The measure in some of Dylan’s longer songs, such as “Masters of War,” “A Hard Rain’s A-Gonna Fall,” “Desolation Row,” “Visions of Johanna,” “Tangled Up in Blue,” and “Lily, Rosemary, and the Jack of Hearts,” to name a few, connotes the Anglo-Saxon, with a recurring pattern of alliteration, consonance, or assonance woven within the lines in addition to the expected end-rhyme we look for in songs; and while not employed with the deliberate regularity of the accentual meter in *Beowulf*, the pattern is regular and discernible enough to effect Poe’s desired impression, and make the song memorable despite its lack of the typical strategies of most songs—the mnemonic elements that, regardless of sub-categories (country, soul, pop, etc.), many songs share: rhyme, refrain, chorus, bridge, a “hook” repeated often—all working with the connotations of key and rhythm, minor keys more somber, the polka rhythm festive, etc.

注

1 Newcastle (9 May 1965); released as one of the bonus tracks on the DVD of *Dont Look Back* [*sic*] (1999); quoted in Christopher Ricks, *Dylan's Visions of Sin*, 2004. Kindle ebook file, Ch. 14, location 4587, par. 1. 以下、リクスの本詩の分析は特記しない限りすべてこの書から。

2 Bob Dylan, *The Lyrics*., eds., Christopher Ricks, Lisa Nemrow, and Julie Nemrow. London: Simon & Schuster UK, 2014, p. 178. 以下、ボブ・ディランの詩テクストは特記しない限りこの校訂版を用いる。なお、書名の最後にピリオドがつく（書名として *The Lyrics: Since 1962* の表記もある）。これ以外に、ピリオドがつかない (*The*) *Lyrics* という詩集が少なくとも五種類ある（*1962–1985, 1962–1996, 1962–1999, 1962–2001, 1961–2012* がそれぞれ副題としてつく）。

この校訂版は、最初に発表されたアルバムで歌われた通りの言葉を、詩の rhyme-scheme と line-scheme を明示する形で印刷する。耳に聞こえる詩を目で確認しやすくするためであり、編者リクスが指摘する、ディランの George Herbert に匹敵する詩的技巧を示すためでもある。

3 たとえば、Clement Wood, ed., Ronald J. Bogus, rev., *The Complete Rhyming Dictionary*（初版 1936; 改訂版 1991）など。ただし、violence を silence と同じ強勢母音で発音する（RP でない）英国発音を載せる発音辞典もある。J. C. Wells, *Longman Pronunciation Dictionary* (1990).

4 歌われる詩においていかに終わりを聴き手に知らせるかのディランの技法についてはまだ研究が進んでいないが、いくつかの仮説を小著で提出した。『ボブ・ディランの詩学』（BCCKS、二〇一七）、一九〜三〇頁。

5 William Shakespeare, *The History of King Lear* in *The Complete Works*, eds. Stanley Wells and Gary Taylor. Oxford: Oxford UP, 1988, p. 945. ここに引いたのは一六二三年の Folio の方である。一六〇八年の Quarto では前半が 'What shall Cordelia do?' となっている（p. 911）。

6 Ricks の前掲書に引用されているが（location 4607, par. 2）、元は Ricks の Lowell 論を収めた *The Force of Poetry* (1984) に引用されていた。この Lowell の発言は、一九六五年に A. Alvarez が、ヨーロッパには見られない抽象的な原理でうち建てられたアメリカという国はユダヤ人には居心地がよいと発言したのに対し、Lowell が、アメリカのような、聖書的、ユダヤ的宣言で建国された国は非常に少ないと答えたあとで述べたものである（Jeffrey Myers, *Robert Lowell: Interviews and Memoirs*, 1988, p. 103）。Lowell は violence の例示として、米国の gunnery に対する Henry Adams の誇りを挙げている。米国の砲術が英国のそれに優ることを、殆ど wild Western のような調子でアダムズが述べていると指摘している（Henry Adams, *History of Jefferson and Madison*, 1889–91）。今日的な文脈でいうなら、聖書主義と銃社会の奇妙な共存ということになろうか。

7 Bob Dylan, *The Lyrics 1961–2012*. New York: Simon & Schuster, 2016, p. 145.

8 ただし、roses は意味的に flowers と響きあい、一種の 'thought rhyme' を成す。cf. Ricks, *Dylan's Visions*, location 4651, par. 1.

9 Ricks, *Dylan's Visions*, location 4656, par. 1.

10 校訂版以外のテクストでは第三行は Read books, repeat quotations となっていて、行末が quotations である。

11 *The Oxford Self-Pronouncing Bible: The Holy Bible*, Authorised King James Version. Oxford: Oxford UP, [no date], pp. 888–889.

12 Ricks, *Dylan's Visions*, location 4678, par. 3. ただし、ダニエル書の number は神が「数える」ので、*OED* の 3d の語義 'To appoint or allot to some fate' が底にあろう。

13 ディランの前置詞の用法について、'A Hard Rain's A-Gonna Fall' 第四連における 'wounded in hatred'（校訂版）と 'wounded with hatred'（通常版）を比較し in の意義を論じたリクスを参照（Ricks, *Dylan's Visions*, location 5438, par. 1.）。

14 'thought rhyme' はヘブライ詩における並行法を指して使われる語。音韻・意味など多くのレベルでの並行があるが、観念における並行を指す。George W. Anderson, 'Characteristics of Hebrew Poetry', *The New Oxford Annotated Bible with the Apocrypha*, expanded ed., revised standard version, eds., Herbert G. May and Bruce M. Metzger, New York: Oxford UP, 1977, p. 1523.

15 Shakespeare, *King Lear*, p. 973 (Folio text). Quarto では最後が 'an excellent thing in women.' となっている（p. 941）。

16 Ricks, *Dylan's Visions*, location 4696, par. 1.

17 Clinton Heylin, *Revolution in the Air: The Songs of Bob Dylan, vol. 1: 1957–73*, London: Constable, 2009. Kindle ebook file, Ch. 139, location 4413, par. 1.

18 Ricks, *Dylan's Visions*, location 4722, par. 2.

19 Franz Kafka の 'Ein Landarzt' (1917) は 'A Country Doctor' と英訳されており、諸訳があるが一例を挙げると 'My fur coat is hanging off the back of my carriage, but I am unable to reach it, and not one of my fleet-footed scoundrels of patients will lift a finger to help.' (trans. Michael Hofmann in Franz Kafka, *Metamorphosis and Other Stories*, London: Penguin Books, 2007, p. 191)

20 John Herdman, *Voice without Restraint: Bob Dylan's Lyrics and Their Background*. Edinburgh: Paul Harris, 1981, p. 26.

21 Ricks, *Dylan's Visions*, location 4708, par. 1.

22 リクスがこの女性を conniving であると考える説は日本の二一世紀の新語「ツンデレ」のニュアンスと似た面がある。これとは別に、多くの研究者がこの女性をディランの妻となる Sara Lowndes（後述の Shelton の見解を参照）であると考えている。Heylin 前掲書や Philippe Margotin and Jean-Michel Guesdon, *Bob Dylan All the Songs: The Story behind Every Track*, New York: Black Dog and Leventhal, 2015 など。また、'Sad-Eyed Lady of the Lowlands' における異界の女性を 'noble, yet pathetic' と述べる Robert Shelton の見解は 'Love Minus Zero / No Limit' の「私の恋人」の 'like ice, like fire' という形容に近い。'Sad-Eyed Lady' に描かれたその女性 Sara Shirley H. Lowndes はディランと一九六五年十一月二十二日に結婚し、一九七七年六月二十八日に離婚した。Robert Shelton, *No Direction Home: The Life and Music of Bob Dylan*, rev. Elizabeth Thomson and Patrick Humphries. London: Omnibus P, 2011.

23 Kafka 前掲書の英訳では 'Naked, exposed to the frost of this most miserable epoch, with an earthly carriage and unearthly horses, what am I but an old man adrift.' (p. 191)

24 *Whaaat?* (the 1965 interview with Nat Hentoff), quoted in Ricks, *Dylan's Visions*, location 4791, par. 4.

25 Ricks, *Dylan's Visions*, location 4781, par. 3.　リクスが引くのはヴェネーツィア訪問中の Densher の描写。第一章第二段落の 'He was walking in short on a high ridge […].' から、その段落の終わりまで（中略あり）。

26 *Ricks, Dylan's Visions*, location 4735, par. 1.

27 たとえば、Herdman の前掲書、Margotin and Guesdon の前掲書、Ian Bell, *Time out of Mind: The Lives of Bob Dylan* (Edinburgh: Mainstream, 2013) など。

28 *The Poems of Edgar Allan Poe*, ed., Thomas Ollive Mabbott. Cambridge, Massachusetts: The Belknap P of Harvard UP, 1980, p. 366.

29 James Joyce の *Ulysses* の冒頭 'Stately, plump Buck Mulligan came from the stairhead [...].' の 'Stately' を副詞でなく形容詞と取る説がある。たとえば、Paul van Caspel, *Bloomers on the Liffey* (Baltimore: The Johns Hopkins UP, 1986) など。

30 Ricks, *Dylan's Visions*, location 4761, par. 1.

31 Daniel Mark Epstein, *The Ballad of Bob Dylan: A Portrait*, New York: HarperCollins, 2011.

32 Michael Gray, *Song and Dance Man III: The Art of Bob Dylan*. London: Continuum, 2000, p. 78.

33 Dylan, *The Lyrics 1961–2012*, pp. 386–387. それぞれ第五連、第十五連、第十七連。

34 Dylan, *The Lyrics*. [*The Lyrics: Since 1962*], pp. 550–551.

35 *The Poems of Edgar Allan Poe*, p. 365.

36 Claudia Emerson, 'Lyric Impression, Muscle Memory, Emily, and the Jack of Hearts', in *The Poetics of American Song Lyrics*, ed. Charlotte Pence, UP of Mississippi, 2012, pp. 182–183.

37 エマスンの念頭にあるのは Milman Parry の formula の定義 'a group of words which is regularly employed under the same metrical conditions to express a given essential idea' だろう。Milman Parry, 'Studies in the Epic Technique of Oral Verse-Making. I: Homer and Homeric Style', *HSCP*, 41:80 (1930), quoted in Albert B. Lord, *The Singer of Tales*, 2nd ed., eds. Stephen Mitchell and Gregory Nagy, Harvard UP, 2000, p. 30.

英雄としての文豪の晩年

――ウォルター・スコットの日記――

米本　弘一

一　はじめに

ウォルター・スコットは、亡くなる七年程前の一八二五年一一月二〇日から日記をつけ始めている。これはスコットが五十四歳の時のことであり、私たち後世の研究者にとっては、二つの理由で幸運なことであった。一つ目の理由は物理的な量に関わるものである。スコットは詩や小説だけでなく、評論や伝記、書簡など、膨大な量の文章を書いている。その上に、もっと若い頃から日記をつけていたなら、その量はさらに膨大なものになっていたであろう。それでも、現在出版されている日記は、かなり大部なものになっている。[1]

そして、もう一つの理由の方が私たちにとって重要な意味を持っており、この日記の意義に深く関わるものである。日記が書かれた、晩年に当たる六年あまりの間に、スコットは数多くの苦難を経験している。一八二五年に起こった金融危機のために、翌年一月には、スコットの作品を出版していたコンスタブル社と、彼が共同経営者となっていたジェイムズ・バランタインの印刷所が倒産し、スコットは多額の借金を抱えることになる。それに追い打ちをかけるように、五月には長年連れ添った妻のシャーロットが亡くなる。さらに、持病の胆石が悪化し、のちには脳卒中の発作にも見舞われる。そういった状況の中で、何度か短期間の中断はあるものの、一八三二年九月に亡くなる前の同年四月頃まで、スコットは日記を書き続けている。そういった意味で、この日記は彼の人柄や人生観を直接知ることができる貴重な資料となっている。

スコットはこの日記が将来公開されるのを意識していたようである。日記の書き出しの部分には次のように書かれている。

私は毎日きちんと日記をつけてこなかったのを後悔している。これまで起こった興味深いことをほとんど忘れてしまったので、この決意を実行に移さなかったことで、家族や世間の人の好奇心をそそる情報を与える機会を逸してしまった。（一八二五年一一月二〇日）

そして彼は、バイロンの手記に言及し、彼に倣ってただ心に残った出来事だけを書き留めておくつもりだと述べている。それでも彼は、その日に起こったことだけでなく、過去の出来事や人物についての思い出も書き綴っている。また、小説の場合と同じように、シェイクスピアの劇など様々な文学作品や聖書への言及も数多く見られる。その結果、彼が書いた日記は、単なる身辺雑記ではなく、自伝的文学作品の様相を呈している。肉体的にも精神的にも衰えを感じ始めていたスコットは、自分の死が近いことを予感して、これまでの人生を振り返る意味で、日記をつけ始めたのかも知れない。

スコットはまた、日記が書き始められる前年に亡くなったバイロンの思い出話を初めとして、マシュー・ルイス、ロバート・サウジー、ヘンリー・マッケンジー、ワーズワスといった当時の文学者との交友関係を描いており、この日記は、一九世紀初頭の文壇の状況を知る上でも貴重な資料である。また、法律家でもあったスコットは、スコットランドの高等裁判所に当たる民事控訴院の書記官を務めていた。さらに彼は、セルカーク州の副長官の地位にも就いていた。そのため彼は、当時の政治家や法律家、貴族や実業家などと親密な関係にあった。日記でもそういった人物との交流が描かれており、当時の社会や政治の状況を知ることができる。そんな中で、当時の経済の状況と出版社との関係が、スコットを窮地に追い込むことになる。

二　経済的破綻と借金の返済

一八二五年にイギリス全土を襲った金融危機によって、多くの銀行や企業が倒産する。その影響は出版界にも及び、翌年一月にはコンスタブル社のロンドンの代理店ハースト・ロビンソン社が倒産する。そのあおりを受けて、コンスタブル社とジェイムズ・バランタインの印刷所も倒産の憂き目を見ることになる。これは、コンスタブルとバランタイン、そして、バランタインの共同経営者であったスコットが、互いに融通手形を振り出すことによって、資金を調達していたためであった。つまり、両社は互いが保証人となって銀行から融資を受け、運転資金を得ていたのである。その結果、倒産による負債はスコットの肩にのしかかり、最終的に彼は、個人的な借金も含めて、十二万ポンドを超える借金を抱えることになる。

日記が書き始められた直後の一八二五年一二月には既に、スコットはコンスタブル社とバランタインの会社の経済的破綻が迫っているという知らせを受け、自分が財産をすべて失うことになるのではないかと危惧している。特に、彼がイングランドとの国境地方に建てた屋敷を手放すのは、彼にとって耐えられないことであった。アボッツフォードと名付けられたその屋敷は、初めは小さな家であったが、周辺の土地を次々と買い足して、建物を増築し、一八二四年頃にはほぼ完成し、広大な敷地を持つ中世の城のような大邸宅となっていた。スコットはエディンバラにも家を持っていたが、そこは法律家としての公務を果たすための場所でしかなく、裁判所の休廷期間にはアボッツフォードで暮らし、執筆活動を行っていた。さらに彼は、みずから収集した美術品や骨董品、武具などをこの屋敷の中に飾り、書斎には多くの蔵書が備えられていた。スコットはみずからをその城に住む封建領主に見立て、使用人や周辺の住人を保護する領主の役を演じたのであった。しかし、この屋敷に多額の資金をつぎ込んだことが、スコットの経済的破綻の一因ともなったのである。そのことについて、スコットは次のように書いている。

軽率にも私は資金が入るのを見越して、土地を買うのに金を使ってきた。しかし、その頃私は年に五千から一万ポンド稼いでいたし、土地を買いたいという誘惑があったのだ。このことで誰も損害を被ることはないと思う。それだけが慰めだ——世間では思い上がったやつが零落したと思うだろう。そのような輩は、私が没落したことで自分の方が上になった、あるいは、少なくとも上になったように見えると思って、自尊心を満足させるがいい。私が成功したことで多くの人が利益を得たし、少なくとも私には悪意はなかったし、本当に貧しい人たちのためを思っていたことに免じて、私が束の間の富を得たことを許してくれる人もいるだろう。そう思うだけで満足だ。この知らせはダーニックの村と、維持していく望みがなくなったアボッツフォードの住人たちを悲しませるだろう。あの屋敷は私のデリラだったし、私はよくあの屋敷はデリラだと言っていた——そして今——私が植えた広大な森と、よそから来た人たちに喜びと与え、彼らのためにもなった、私が造った遊歩道のことを思うと、最も陽気な気分にも冷や水を浴びせかけられそうだ。私は二度とあの場所を訪れたくないという気持ちになりかけている——このような零落した身で、どうしてあの屋敷に足を踏み入れることができよう。借金を抱えた哀れな人間が、かつては裕福な暮らしをし——人々の尊敬を集めていた——場所で、どうして暮らすことができよう。（一八二五年一二月一八日）

このように彼は、自分が財産をつぎ込んできた屋敷を、人を裏切る妖婦デリラに喩え、これまでの行動を反省している。そのあと彼は、家族や親しい友人たちのことを心配し、さらには、愛犬たちの行く末を案じている。そして、このような危惧は翌年の一月中旬には現実のものとなる。コンスタブルとバランタインの破産は決定的なものとなり、スコットは巨額の借金を背負うことになるのである。

スコットにとって最も簡単な解決策は、自己破産を申し立てて、すべてを法の手に委ねるというものであった。スコットは、弁護士として同じような境遇の依頼人に相談されたなら、この方法を選ぶように助言するだろうと書いている（一八二六年一月二〇日）。しかし、その場合には財産はすべて差し押さえの対象となり、家屋敷や家具だけでなく、小説執筆に必要な蔵書も使うことができなくなる。そこで彼は、残されたもう一つの道を選ぶことにする。それはつまり、財産のすべてを管財人の手に委ね、文筆活動によって借金を返済するというものである。裁判所書記官とセルカーク州副長官としての報酬は生活費として保証され、アボッツフォードの屋敷内の家具や蔵書は使うことができる。

このようにして事実上破産状態となったスコットは、借金返済のためにあらゆる手段を講じる。彼はまずエディンバラの家を売り払い、公務で街に出る時のために部屋を借りる。アボッツフォードの屋敷は長男のウォルターに相続させることが決まっていたため売ることはできなかったが、周辺の土地は貸し出された。

節約も必要だった。経済的破綻の不安を感じていた頃、スコットは日記に次のような決意を書き記している。

ここで私は節約を実行する決意を書き留めておく。節約する以外に仕方がないのだ。何とか維持できるのはアボッツフォードだけであり、それも財産としては大きすぎるので、以下のような決心をした。

もうこれ以上増築はしない。

景気が落ち着くまでは、これ以上土地を買わない。

本や高価なガラクタを買わない――ある程度はという意味だが。

そして、今年の仕事の報酬で、土地を抵当に借りた金を精算する。

このような決意をし、健康な体と勤勉さがあれば、「雷が鳴っていても眠る」ことができるだろう。

（一八二五年一一月二五日）

しかし、節約にも限度があり、この決意がその通り実行できたかどうかは疑わしい。実際に彼は、みずからはこのような境遇にありながら、困っている友人に金を貸したり融通してやったりしている。この気前の良さは彼の美点でもあり弱点でもあった。

借金返済の最も現実的な方法は、管財人や債権者たちが期待していたように、やはり文筆活動であった。スコットの窮状が明らかになった時、様々な人物が彼に経済的な援助を申し出ている。しかし、スコットはそれをすべて断り、自分の力で借金を返済すると宣言する。

あの貧しいハープ奏者のポール氏が五百か六百ポンド用立てようと言ってきた。おそらく彼の全財産だ。この世はやはり善意に満ちている。しかし、金持ちであろうが貧乏人であろうが、誰も巻き込みたくない――私のこの右手で借金をすべて返すつもりだ。（一八二六年一月二二日）[2]

その後スコットはこの英雄的決意を実行に移し、ひたすら文章を書き続け、最終的にはほとんどの借金を返済することになる。日記にはその間の苦悩に満ちた心情が詳細に描かれている。体力と創作力の衰えのために弱気になり、気持ちが沈みがちになることもあったが、そのたびに彼はみずからを鼓舞し、日夜創作に励むことになる。

三　女性との関係

スコットは男女の恋愛を描くのがあまり得意ではないと言われている。ほとんどの作品では、男女の関係の描き方は非常に表面的なものであり、いわゆる情熱的な恋愛が描かれることはあまりない。これは、スコットが理性的な人間であったことも一つの原因であるが、彼の女性との関係から来るものではないかと考えられる。その発端となるのが若い頃に経験した失恋であり、その時の出来事はのちのちまで彼の心に深い傷を残すことになる。

スコット自身はその時のことについて語っていないが、彼の娘婿のロックハートの伝記には次のように説明されている。一七九四年頃スコットは、礼拝に通っていたグレイフライアーズ教会で美しい少女を見かける。礼拝が終わった時、雨が降り始めたので、彼はこの「緑のマントの君」（Green Mantle）に傘を差し掛けて家まで送って行く。この女性は、法廷弁護士で国会議員でもあったジョン・ベルシスと、レヴン伯爵の娘ジェインの令嬢ウィリアミナであった。このようにして二人は付き合い始めるが、ウィリアミナはスコットに対して好意的な態度を示したので、スコットは彼女との結婚を夢見るようになる。二人の関係は二年程続くが、この「身分違いの恋」は成就することはなかった。二人の関係を知ったスコットの父は、ウィリアミナの結婚相手は自分の息子より身分が上の青年の方がふさわしいと考え、彼女の両親にこれ以上二人に交際をさせない方がよいと忠告したとのことである。最終的にウィリアミナは、裕福な銀行家の息子で准男爵位を継ぐことになっていたウィリアム・フォーブズと結婚することになる。[3] フォーブズはスコットの友人でもあり、彼がウィリアミナと結婚したあとも二人の友情は続く。スコットが破産状態となった時、彼の銀行はスコットの最大の債権者となるが、彼はスコットに数々の支援を申し出ている。

「緑のマントの君」は一八二四年に出版された小説『レッドゴーントレット』に再登場する。この小説は自伝的要素が強い作品であるが、主人公ダーシー・ラティマーは緑のマントを羽織った謎の美少女に恋をする。彼女はダーシーに対して思わせぶりな態度を示し、窮地に追い込まれた彼を救おうとする。しかし、ある事実が判明し、彼の恋心は完全に打ち砕かれてしまう。物語の結末では、彼女はダーシーの親友アラン・フェアフォードと結ばれることになる。これは、スコットとウィリアミナ、そしてフォーブズとの関係を彷彿させるものであり、若い頃の失恋の痛手はスコットの心の中にずっと残り続けていたのではないかと思われる。

経済的破綻が決定的なものとなり、悲観的な気持ちに陥った時、スコットはこれまでの人生を振り返って以下のように書いているが、その中で突然この失恋のことに言及している。

何という人生だったのだろう。中途半端な教育を受け、ほとんどほったらかしにされ、自分の好きなようにさせられてきた――頭の中は本当にばかげた考えで一杯で、世間ではしばらくの間ほとんどの仲間に見くびられていた――そのあと世に出て、単なる夢想家だと思っている者たちの意見とは逆に、大胆で賢いやつだと思われるようになった――失恋して二年間傷心の思いで過ごした――砕けた心のかけらはちゃんと継ぎ合わされた――しかし、その傷跡は私が死ぬまで残るだろう。(一八二五年一二月一八日)

三十年近くたってからもこのようなことを書くというのは、いささか尋常ではないように思われるが、この失恋は彼にとってそれほどまでに重大な出来事なのであった。

ウィリアミナとフォーブズが結婚した一七九七年の夏に、スコットは兄や友人たちと湖水地方への旅行に出る。その時彼らは馬に乗った魅力的な女性に出会う。その女性は彼らと同じ宿に滞在していることが分かり、スコットは舞踏会で彼女と近づきになる。その二週間後には、彼はその女性に結婚を申し込み、同年一二月に結婚式を挙げることになる。

シャーロット・カーペンターという名のその女性は、本当はシャルパンティエという姓のフランス人であった。両親は既に亡くなっており、後見人のダウンシャー侯爵に引き取られ、イングランドで暮らしていた。彼女との結婚に対する両親の承諾を得るには、いくつかの障害があった。外国人、しかもフランス人であり、本人は英国国教会員だと言っているが、元々はローマ・カトリックの信者だと思われた。そして、最大の問題は彼女の身元がよく分からないという点であった。彼女の出生や生い立ち、シャルパンティエ家を巡る事情については、実のところ現在でもはっきりしたことは分かっておらず、言わば彼女は正体不明の謎の女性であった。二人の結婚に対して父親は難色を示すが、スコットは何とかして父を説得し、結婚にこぎ着ける。このように、二人の結婚は電撃的なものであり、一見非常に情熱的な恋によるもののように思われる。

しかし、日記を読んでみると、二人の関係についてある種の疑問が生じてくる。日記では、スコットは妻のシャーロットについて多くを語っていない。そして、彼女に言及する際には、何となく距離を置いた、時には妙によそよそしい書き方をしているのである。それがよく現れているのが彼女の言い表し方である。スコットは彼女のことを「妻」(my wife)と言っていることもあるが、多くの場合「レイディ・スコット」(Lady Scott)と書いている。スコットはこの時准男爵となっていたので、この呼称は正式のものであり、別に間違っているわけではない。しかし、この言い方はいささか他人行儀な感じがしないでもない。さらに、妻のことを「もう一人の人」(another person)と呼んでいる箇所もある。出版社が倒産しそうになった時、スコットはそれに対するバランタインらの反応を書き記している。そのあと彼は妻について次のように書いている。

もう一人の人は期待していたほど同情を示してくれなかった。おそらく私がそれほど支えを必要としていないように見えたからだろう――しかし、妻は生まれつき寛大で優しい性質ではないわけではない。彼女は私が軽率にも人を信じ過ぎたと思っているのだ――多分そうだろう。(一八二五年一二月一八日)

日記が書き始められた頃、シャーロットは病気のため体調を崩していた。若い頃の彼女は快活な女性であったが、スコットは妻の様子が以前とは違うようだと何度も言っている。長女のソファイアが結婚して家を出たあと、スコットは妻と次女のアンと三人で暮らしていた。来客があった場合を除いて、ほぼ毎日のように、一日の終わりには、「レイディ・スコットとアンと静かに食事をした」（Dined quietly with Lady Scott and Anne、一八二五年一二月一三日他）と書かれている。こういった書き方にも妻に対する距離感のようなものを見て取ることができる。

スコットは、妻は病弱ではあるが、「やはり私が亡くなるのを見届けることになるだろうし、そうであってほしいと願っている」と言っている（一八二五年一二月七日）。しかし、病状が悪化したシャーロットは、一八二六年五月一五日に亡くなる。スコットはその時エディンバラに出かけており、妻の最期に立ち会うことはできない。当日の日記には「アボッツフォードではすべてが終わったという悲しい知らせを受け取った」としか書かれていない。そして、その日の夜にアボッツフォードの屋敷に帰った彼は、翌日の日記に次のように書いている。

私はこれまでと同じようにてきぱきと考え、決めることができる――それでも、今のこの家を少し前の状態と比べてみるならば、胸が張り裂けそうになる。ひとりぼっちで――歳をとって――かわいそうなアンの他は家族をみんな失ってしまい――貧しい身となり、困窮した私は、思いを共にし、相談し合う相手を奪われてしまった。災難に見舞われるかも知れないという不安を、彼女は和らげてくれることができた。それは、一人で耐えるとなると、気持ちがくじけてしまうほどの不安だ。彼女の欠点でさえも、嫌なこと以外に私の思いを向けさせてくれるので、私には役に立つものだった。（一八二六年五月一六日）

そのあと妻と対面した時の様子が描かれているが、「私が見ている姿は、私のシャーロットであり、そうでもない」と言って、変わり果てた妻の姿が若い頃とは全く違っていることが強調されている。スコットは「あの姿を二度と見る気にはなれない」とまで言っている。

若い頃のシャーロットを思わせる女性も、スコットの小説に登場する。一八一七年に出版された『ロブ・ロイ』では、一七一五年のジャコバイトの反乱の頃のスコットランドの社会が描かれている。この作品の物語は一人称による語りによって構成されており、主人公フランシスが晩年になってから若い頃のことを回想するという形をとっている。この主人公が結婚する相手が、ダイアナ・ヴァーノンという一八歳の少女であり、彼女は不思議な魅力を持つ謎の女性として描かれている。フランシスが初めて見かけた時、彼女は男性のような服装をして、颯爽と馬を駆って狩りをしている。フランシスは彼女に恋をするが、二人の結婚には数々の障害がある。その中で最も大きなものは、彼女がローマ・カトリックの信者であり、スコットランドの王家ステュアート家の熱烈な支持者だという事実である。父親と共に反乱に加担しようとするダイアナは、フランシスに危害が及ぶのを恐れて、彼と別れようとする。そして、反乱が失敗に終わったあと、父親と共にフランスに逃れる。しかし、最終的には主人公は父親を説得して結婚の許しを得、ダイアナと結婚することになる。

ただし、結末部分では、二人がそのあと長く幸せに暮らしたと言われているだけで、その結婚生活がどのようなものであったのかは分からない。また、老年になったフランシスは、ダイアナは既に亡くなっており、子供にも恵まれなかったので、自分は身寄りのない孤独な老人だと語っている。ジャコバイトの反乱の失敗のあと、フランシスと再会した時、彼女はやつれ果てて、かつての美しさも快活な心も失っており、以前とは全く違った姿になっている。主人公とダイアナとの情熱的な恋に、若い頃のシャーロットとの関係が投影されていることは確かである。しかし、スコットにとっての理想の女性はやはりウィリアミナであり、シャーロットとの結婚は失恋の痛手を癒すための、言わば妥協の産物であったのかも知れない。

長女のソファイアはスコットのお気に入りの娘であった。彼女はジャーナリストのジョン・ギブソン・ロックハートと結婚する。ロックハートはのちにスコットの伝記を書くことになるが、その伝記にはスコットの日記からの引用が数多く挿入されている。スコットはソファイアが彼と結婚したことを喜んでおり、ロックハートはスコットにとって言わば自慢の息子であった。結婚後二人はアボッツフォードの近くのチーフスウッドで暮らすことになり、休日にはアボッツフォードに来て家族と共に食事をし、スコットも彼らの家をしばしば訪れていた。しかし、ロックハートの仕事の都合で二人がロンドンに転居することになった時、スコットは「彼らと一緒に食事ができないのを寂しく思うだろう」と言っている（一八二五年一一月二七日）。そして彼は、ソファイアについて次のように書いている。

ソファイアは如才なく良識のある娘だと思うので、今回のロンドンへの転居について不安を感じることはないし、さほど心配していない。あの娘は礼儀作法をわきまえているし、うわべを飾ることはない。音楽の才能に欠けているのがよく分かっているので、人前で場所柄もわきまえず演奏したりしない――これはまれに見る美徳だ――その上、自尊心もあるので、街でも田舎でも、ジャッカルと呼んでもいいような女性の誰かに、簡単に罠にはめられて寵愛を受けることはないだろう。さらに、家庭を大事にしており、遊び歩いたりすることもない。それから、あの娘は締まり屋のようだから、三千ポンドもあれば、おとなしく暮らせば貯金もできるだろう。（一八二五年一一月二八日）

このように、ソファイアは父親に似て常識をわきまえた、温和な性格の女性であり、スコットは彼女の美徳を賞賛している。

次女のアンは姉ほど従順な娘ではなかったようであり、日記でもスコットは、彼女を溺愛の対象として描くことはなく、少し距離を置いて見ている。音楽に関しては、ソファイアはスコットランドの唄が好きであり、スコットは彼女の歌声に耳を傾け、喜びを感じていた。アンの音楽の好みは姉とは違っていたようであるが、ソファイアがロンドンに出発した二日後に、父親は意外な発見をする。

アンはスコットランドの唄を歌う練習をしている。これは、優しいことに私の好みに敬意を払ってのことだと思う。アンは外国の音楽が好きだからだ。思うに、アンはいい娘なので、わが祖国の曲を歌う姉の持ち前の才能があの娘にもあればと私が思っており、姉の歌を聴くことができなくなって私が寂しがっているに違いないと思ったのだ。私には音楽を聴く耳は備わっていないが、わが国の唄は私に最も心地よい印象を与えるし、これまでいつもそうだった――だから、あの娘が私のために無理をしているのだとしたら、それに応えて言うことができるのは、あの娘に「神の祝福がありますように」という言葉だけだ。(一八二五年一二月七日)

そのあと彼は、「アンは素直で率直なスコットランド娘だが、皮肉な性格を直してくれさえすればと思う」と書いている。

アンは一人で母親の最期を看取ることになる。スコットがアボッツフォードに駆けつけた時、彼女はやつれた様子で、動揺と悲しみのあまりヒステリーの発作を起こす。その後落ち着きを取り戻すが、しばらくは精神的に不安定な状態が続く。そして、母の葬儀の際には気丈に振る舞っていたものの、最後には気を失って倒れてしまう。すべてが終わりエディンバラに向かう時、スコットは、

今日私はこの悲しみの館を出て、エディンバラに行く。大いなる悲しみの中で、私はアンが健康を取り戻し、忍耐力と落ち着きを示しているのを知って、とても嬉しく思う。彼女のためだけでなく、私のためにもこの状態が続いてくれたらと思う。私がこれから先快適に暮らせるかどうかは、ほとんどあの娘に掛かっているからだ。(一八二六年五月二九日)

と言って、アンの心の強さを認め、彼女を頼りにしたいという気持ちを表している。実際に彼女は結婚することもなく、晩年の父と共に暮らし、彼を支え続けることになる。彼女は父親の死の翌年の一八三三年に三十歳の若さで亡くなっている。

四　スコットの交友関係

冒頭の部分で述べたように、スコットは当時の様々な分野の著名人と親密な関係にあった。法律家として活躍していたエディンバラでは、同僚の弁護士を初めとする法曹界の人々、政治家や貴族、実業界の重要人物などと付き合いがあった。また、アボッツフォードの屋敷は観光名所のようなものとなっており、国内だけでなく、海外からも多くの人物が訪れている。[4] 中でも、当時のロマン派の文学者の多くがアボッツフォー

ドを訪問しており、彼らとの交友関係は、当時の文壇の状況を知る上で興味深いものである。

日記でもそういった人物との関係が描かれているが、スコットは日記を書き始める前年に亡くなったバイロンのことにたびたび言及しており、彼にとってバイロンが特別な存在であったことがうかがわれる。スコットが初めてバイロンに会ったのは一八一二年七月のことであった。その仲介の労をとったのは、出版業者ジョン・マリーである。その当時マリーはコンスタブル社のロンドンでの代理人を務めていた。そこで彼は、バイロンが以前スコットの詩を批判したことで二人の間に感情的なわだかまりが生じたことに心を痛め、両者を和解させようとしたのである。スコットは日記の中で、マリーは「この世で最も臆病な本屋」だとバイロンが言ったと何度も述べている（一八二五年一一月二七日他）。マリーの善意は狙い通りの結果となり、スコットはバイロンをアボッツフォードに招く。その後二人は親しい間柄となり、スコットの小説はバイロンの愛読書となる。彼は大陸への旅行中も、スコットの新刊をマリーに送らせている。

よく知られているように、『湖上の美人』（一八一〇）などの物語詩を書いていたスコットが小説家に転向するきっかけとなったのは、詩人バイロンの出現であった。スコットはバイロンの天才的才能を認めており、日記の最初のあたりでは、文学者としてのバイロンに敬意を表しつつ、深い哀惜の念をこめて彼との思い出について語っている。彼は、「バイロンが模範となって、詩の上院のようなものが形成されている」と言い、さらに「第二のバイロンが出るまでには、まだ多くの詩人が続くだろう」と書いている（一八二五年一一月二三日）。スコットは、バイロンは疑り深い性格であると同時に、人を仲違いさせたり煙に巻いたりするのが好きな、いたずら好きな人でもあると、実例を挙げながら説明している。そして彼は、そういった性格もまたバイロンを天才たらしめている重要な側面だと言っている。

極めて疑り深く、いたずら好きだという、この二つの性癖はどちらも、ある意味ではこの並外れた天才の性格の特徴となっている病気が落とす影なのだ。そのような傾向がなければ、天才は――想像力に頼るという意味での天才は――おそらく大部分が存在できないだろう。急速に回る機械の歯車は、この上ない正確さとは相容れない。ぴったりと合っていたら、すり減って勢いが失われるだろう。(一八二五年一一月二三日)

スコットは一八一三年に桂冠詩人に推挙されるが、それを辞退し、ロバート・サウジーにその座を譲っている。ただし、彼はサウジーをあまり高く評価していなかったようである。一八二六年に、ジョン・マリーはスコットの義理の息子のロックハートを『クォータリー・レヴュー』の編集長に就任させる。スコットは日記でその間の経緯を詳しく説明しており、ロックハートこそこの雑誌の編集と運営を任せるにふさわしい人物であると言っている。しかし、ロックハートの諷刺好きな性格と、政治的に偏向した考え方に対して不安を抱き、この人事に反対する者もいた。その中心人物がサウジーであった。マリーが何の相談もなく編集長を変えたとサウジーが怒っているのを知ったスコットは、サウジーを説得し、引き続きこの雑誌を支援するという約束をとりつける。そのことに関して彼は、サウジーの方こそ偏見に満ちた人物であり、「優れた才能の持ち主ではあるが、それを一般受けするように発揮する技術がない」と書いている(一八二五年一一月二九日)。

それに対して、スコットとワーズワスとの関係は良好であった。スコットは日記の中でも彼の詩をたびたび引用しており、「想像力の点では、私はワーズワスとは比べものにならない」と言って、彼の詩的想像力を賞賛している(一八二七年一月一日)。スコットは湖水地方に住むワーズワスを何度も訪問しているが、一八〇四年に彼の家を訪れた時には、当時最もよく名を知られていた科学者の一人ハンフリー・デイヴィーに会っている。のちにデイヴィーはスコットの親戚の裕福な女性と結婚し、かなりの財産を手にすることになるが、スコットは日記でその経緯を描いている（一八二六年二月七日）。そして、ワーズワスもスコットの死の直前までアボッツフォードを訪れている。

スコットが敬愛する先輩作家ヘンリー・マッケンジーは、スコットのエディンバラの家の近くに住んでおり、二人は互いの家を訪問し合う仲であった。日記が書き始められた時、マッケンジーは既に八十歳を過ぎていた。スコットは、今にも死にそうな老人が、いまだに創作活動を行い、文学者としての名声を気に掛けていることに驚きの気持ちを表している。そして、彼の性格について次のように書いている。

彼ほど書いた物と人柄が懸け離れている人はいない。人付き合いが悪く、遠慮がちで、白いハンカチを手にして、感傷に耽ってすぐにため息をつく、気取った人だと思われているが、そんなことはない。マッケンジーはあらゆる仕事で、請負仕立屋の針のようにきびきびと動き、政治や娯楽に精通しており、今でもそれなりに狩りや釣りをしているし、おもしろい話をして皆を楽しませるのだ。彼の娘は、家では父は機嫌が悪くなることがあると言っているが、人前ではそんな様子を見せることはない。

（一八二五年一二月六日）

マッケンジーはスコットに自分の伝記を書いてくれるように頼み、スコットもそれに同意していたようであるが、それは実現されることはなく、一八三一年一月一七日付けの日記には、マッケンジーの死の知らせを受け取ったと書かれている。

スコットはジェイン・オースティンと面識があったわけではないが、彼女の小説の価値にいち早く気づき、日常生活を描いた彼女の小説を、自分には決して書くことができないものだとして、大いに誉め称えている。

ミス・オースティンのとても上手に書かれた小説『高慢と偏見』をまた読み返した。少なくともこれで三度目だ。あの若い婦人には、ごく普通の生活の人間関係や感情や人物を描く才能があった。私が思うに、それはこれまで読んだうちで最も素晴らしいものだ。今しているように、私は大きな弓を力一杯引き絞ることはできる。しかし、出来事や感情をありのままに描くことで、ごく普通の物事や人物を興味深いものにする、あの絶妙な筆づかいは、私にはとても真似できないものだ。あのように才能のある女性が、あのように早くに亡くなったのは、本当に残念なことだ。（一八二六年三月一四日）

他の箇所でもスコットは、現実の社会を写実的に描くには、女性作家の方が向いていると言っており、その例としてマライア・エッジワース、スーザン・フェリアー、そしてオースティンの名を挙げている（一八二六年三月二八日）。

五　英雄の生涯

日常生活の現実をありのままに描くことができない、あるいは、描こうとしなかったという事実が、スコットの文学観、さらには現実に対する見方を知る上で重要な鍵を握っている。よく知られているように、スコットが書いた小説は、過去の社会を描いた歴史小説である。スコットランドの歴史を扱った小説では、ある程度現在の社会とのつながりが見られるが、それでもストーリー自体は現実離れした冒険物語であることが多い。中世の歴史を描いた『アイヴァンホー』（一八二〇）やエリザベス女王の時代の歴史を題材とする『ケニルワース』（一八二一）などでは、こういったロマンス的要素がさらに強くなる。スコットの小説はある意味では現実逃避の物語であり、これがオースティンの小説との最も大きな違いである。

　スコットは公の生活と私生活とをはっきりと区別しており、彼にとって文学作品を書くことは、私生活の領域に属する、言わば余暇の楽しみであった。したがって彼は、小説を書く際にも読者を楽しませることを第一の目的としており、現実の社会の問題を直接扱うことはなかった。その根底にあるのは、現実の生活では作者も読者も様々な悩み事や心配事に直面しており、そういったことを経験するだけで人生は十分に苦悩に満ちたものであるので、文学作品ではそれをそのまま描く必要はないという考え方である。

　様々な苦難を経験した時期に書かれた日記には、このような現実に対する見方がよく現れている。例えば、友人たちと楽しく会話をして笑い合っている時にも、「盛り上がった会話が、突然潮が引くように途切れ、人々の本当の心情が明らかになったなら、何と奇妙な光景が出現することだろう」と感じ、「ありのままに見たなら、人生は耐えられないものになるだろう」と書かれている（一八二五年一二月二一日）。スコットはまた、人生は「夢の中の夢」（dream within a dream）のようなものであると言っている（一八二七年三月一三日）。そこで、直視することができない現実から逃れて空想に耽り、夢の世界を描くことが、スコットにとっては、他の誰も立ち入ることができない密かな楽しみであった。このような孤独を好む気持ちについて、彼は次のように書いている。

子供の頃からずっと、私は孤独を愛する気持ちが強かった。十代の頃はよく、仲間から離れて空想に耽り、空中に楼閣を築き、想像をほしいままにし、想像力を働かせたものであった。一八歳になって、愛や野心が他の激しい感情と共に目覚め、他人と交わるようになっても、孤独を愛する気持ちの方が強かったので、時には人と付き合おうとせず、いつでも喜んで人付き合いを避けてきた。（一八二六年三月二八日）

理性的で常識を重んじる大人と現実離れした空想の世界に遊ぶ子供が心の中で同居していることから来る矛盾や葛藤が、スコットの作品では現実の社会に対する二面的な態度となって現れている。そして、日記ではそれがさらに直接的な形で表現されているのである。

スコットは日記を書き始める直前の一八二五年の夏に、ナポレオンの伝記の執筆を決意し、資料を集めるなどして準備に取り掛かっている。自分と同じ誕生日で二歳上の英雄に対して、スコットは特別な思いを抱いていたと思われる。経済的破綻が決定的なものとなり、文筆活動によって多額の借金を返済する決心をしたあと、スコットは小説執筆のかたわら、この伝記の完成に向けて精力を傾けることになる。日記ではその間の苦悩や奮闘ぶりが克明に描かれている。スコットはナポレオンの晩年の失脚と悲劇を、自分自身の悲劇的状況と重ね合わせていたのであろう。『フランス皇帝ナポレオン・ボナパルトの生涯』全九巻は、二年後の一八二七年六月末に刊行される。

スコットは世の中には小説を書いたり読んだりすることよりも重要なことがあり、小説を書くよりも小説に書かれるような人生を送る方が価値があると考えていた。[5] 晩年のスコットは、まさにこの信条を実行に移し、命を縮めてまでもみずからの責任を全うするという英雄的行動をとろうとしたのであった。

注

1 スコットの日記には、一八九〇年に出版されたDavid Douglas編の二巻本などいくつかの版があるが、最も信頼できるのは、スコットの原稿を正確に読み取り、校訂を行った、E. K. Anderson編の *The Journal of Sir Walter Scott* (Canongate Books, 1998) である。本稿での引用はこの版に拠り、（　）内に日付を記した。

2 フレデリック・ポール氏はスコットの娘たちのハープの教師であった。スコットは、この時の彼の行動は、数々の援助の申し出の中で私を最も感動させたものであったと言っている。

3 John Gibson Lockhart, *The Life of Sir Walter Scott* (New York: AMS Press, 1983), I. 183.

4 例えば、ワシントン・アーヴィングは、イギリス滞在中の一八一七年八月にアボッツフォードを訪問している。彼はその時のことを'Abbotsford'という随想に書き綴っている（邦訳『ウォルター・スコット邸訪問記』、齊藤昇訳、岩波文庫、二〇〇六年）。

5 Lockhart, V. 83–84.

近代日本における「民話」の誕生

――ラフカディオ・ハーン「貉」以後のノッペラボウ物語を中心に――

遠田　勝

　さて、まずはこの論文に先立って発表した、ハーンの「貉」以前のノッペラボウ怪談についての考証の要約から話をはじめたい。[1]前論文でわたしが指摘したのは、ハーンの「貉」における「再度の怪」という話型とノッペラボウの組み合わせは、ハーンの独創であって、日本の文献や口承の物語に由来するものではないことである。とりわけ、一部研究者が指摘するような『老媼茶話』以前に存在したと仮定される朱の盤の物語から影響を受けたとは考えにくいこと、また、同様に、南方熊楠が主張するような『兼山記』の久々利山麓の妖怪譚の焼き直しとは考えられないことに論証の中心をおいた。

　この結論に、近代日本におけるハーンの「貉」の圧倒的な人気と流布を考えあわせるとき、ひとつの仮説が導きだせる。それはつまり、民俗学の誕生以後に各地で口承の民話・伝説として採録された多くのノッペラボウ民話のうち、再度の怪の話型をもつものは、ハーンの「貉」に由来するのではないかという推定である。以前、わたしは日本各地における「雪女」の伝承を調べ、地方の土着の口承民話とされてきたそれら物語が、ほぼ例外なくハーンの創作である「雪女」に由来し、書承の物語であることを論証した。[2]それと同様の現象が、ノッペラボウの民話においても生じていたらしいである。

前論文ではその結論だけを述べて、個々の民話について触れる余裕がなかったので、ここでは、それらを個別的に検討して論証を完成したい。

まずとりあげるのは津軽の妖怪「ずんべら坊」である。これは津軽という地名が効いているのか、その名前の響きに魅力があるのか、妖怪・怪談関係の雑誌やサイトではけっこう人気があって、なにに依拠したのか不明だが、イラストや挿絵まで描かれている。しかし、この妖怪の確実な典拠は『大語園』にしか求められない。[3]『大語園』は、児童文学作家で日本の伝説昔話の研究者の巌谷小波が一九三五（昭和一〇）年に全十巻で刊行した「昭和の大説話集」で、その五巻の第一四〇話として「ずんべら坊」の話が収録されている。ただ、これは再話というか梗概のようなもので、文中にいくつか気になる点もあり、それで末尾の（諸国怪談雑考）という注記を頼りに、その原拠を調べてみると、意外にもこの「諸国怪談雑考」というのは書籍ではなくて、『旅』という雑誌の一九三二（昭和七）年四月号（一六―一八頁）に掲載された短いコラム記事だった。その体裁・長さ・文章のいずれからみても、編集者かそれに近い人物が、埋め草として書いたと思われる雑文である。そうはいっても妖怪「ずんべら坊」の原拠はここにしかなく、また、ハーンの「貉」との結びつき示す決定的な証拠も、この原拠にあるので、あえてここに全文を引用しておく。

諸国怪談雑考

遠　俊之介

ずんべら

これは寒、暖両地方ともに流布されて居る怪談であるが、矢張りかう云ふ凄味のあるやつは寒国の方がいたに付いて居る。

津軽領弘前の在に与兵衛と云ふ喉自慢の男が居た。三月末の事、隣り村からの用達の帰途、近道の山越しに、ほろ酔機嫌の声をはり上げ、

思ひ切れとて五合枡投げた

これは一生（一升）の別れ枡。

と、中腹にかかると、何処か近くで、自分よりももつといい喉で、同じ唄を歌ふものがある。気がついた与兵衛、いきなり『誰だ！』と大声で怒鳴ると、『俺だ！』と耳許で声がして、ぬつと彼の前に現れた人間？が、これは又、鼻もなければ目口もない、卵に散切髪をつけた様なずんべら坊。『わッ！』と与兵衛は叫んだ切り、韋駄天走りに元来た道を、隣り村に馳せ帰り、某の家を叩き起してかくかくと今の話をすれば、『それは異な噺、してそのずんべら坊の顔とはこんな顔か。』と、云ひ様、さし突けて来る某の顔が又しても、先刻山で見たずんべら坊。与兵衛、今度こそ『ウン。』と一声にのけぞつて了つた。翌朝、村端れの柳の木の下に倒れて居る与兵衛を、野菜売りが見つけた時には、彼はもう冷たくなつて居た。この怪談の面白さは会津地方では磐梯踊りの唄、北海道では追分（忍路高島）、福井在一ノ瀬村ではマンコ唄、と云つた具合に、主人公の歌ふ唄が、それぞれその地方での最も有名な唄になつて居る所に在る。[4]

夜道で気持ちよく歌をうたっていると怪異が起こる、あるいはこの世ならぬものが唱和するというのは、よくある怪談のパターンで、ハーンも書いている松江の「カキツバタ」の伝説などとも共通する。ただし、

後半の物語は、再度の怪にノッペラボウを組み合わせもので、一九三二年という初出を考えれば、ハーンの「貉」が民話化したものと考えて間違いないだろう。さらに驚かされるのは、この話が昭和初期には各地の有名な民謡と結びつく形で、北陸、東北、北海道にまでも広まっていたという証言で、この最後のくだりは『大語園』の収録では省略されていたので、わたしも今回はじめて知った。

またもうひとつ確認できたのは、「卵」のような、というずんべら坊の形容が『大語園』の記事から生まれたものではなく、はじめからこちらの原拠で使われていたということである。ハーンは「貉」のなかでノッペラボウの顔を“she had no eyes or nose or mouth”と書き、二番目の蕎麦屋の顔については“which therewith became like unto an Egg…”と描写していた。わたしの知る限り、日本の古い伝承でノッペラボウを「卵」と描写した例はほとんどなく、これは西洋文学、あるいは英語圏文学の発想であるように思える。[5]それにもかかわらず、ハーンの「目、鼻、口がない」「卵のような」という描写が、津軽のすんべら坊の「鼻もなければ目口もない、卵に散切髪をつけた様な」と忠実に受け継がれているのである。北海道、東北、北陸に伝わったずんべら坊は、間違いなく、江戸赤坂のノッペラボウの子孫なのである。

だとすれば、鹿児島県の徳之島で語られる「卵顔」の話もまた、ハーンの「貉」の子孫と考えてよいだろう。これは昭和四七年刊行の『徳之島の昔話』に収録されている話で、当時六一才であった島民の兼雪円が語ったと前置きにある。少し長いのだが、これも語りの雰囲気を知るために全文を引いておこう。

卵顔

昔、或る村はずれの人通りもすくないとても眺めのよい陸浜で、一人の女の人が何か淋しそうに海を眺めていました。そこを通りかかった旅人がその女の後姿を見て、これはほんとうに美しい女だと思った。

何を思っているのか、海を眺めている女の後姿はますますその男の心をひくものであった。あまりきれいの（ママ）で、見ほれていたが、一つあの女をからかってみようという気が自然に起って、その男は女のそばに近寄り、後からちょっと肩をたたいた。

肩をたたかれたので女はびっくりして後を向いた。

むいたとたんに男は度肝をぬかれた。女の顔は目も鼻も口もないまったくつるんつるんした卵顔であった。

今までどんなきれいな女かと思って期待していたのに、期待していただけに全くおそろしい顔であった。

男はあまりびっくりしたので、こわさのあまり、命かぎり村までかけつけた。

村にやって来ると、丁度道の真ん中に人力車がいた。

その男は口もきけない位息をついて、「早く私を隣村まで連れていってくれ。」といって、人力車にとびのろうとした。

車夫は、その男にむかつて、「何故そんなに恐ろしがっているのですか。」と聞くと、「今先向うの陸浜でおそろしい物を見た。」という。

「その恐ろしいものとは一体なんですか。」と聞き返すので、男は息せきながら、「目も鼻も口もない全くの卵顔の人を見た。」という。

そこで車夫が、「こんな顔の人ですか。」と、自分の顔を手でなでると、たちまちにしてその人のも、目も口も鼻もない卵顔の人にかわってしまった。

そこで男はますますびっくりして、あまりのこわさに命もきれそうに其処を逃げ出し、夢中になってまた、ある人の家までかけつけた。
その家にはいって、ふうふうため息つきながら水を下さいという。そこでも、「どうしてそんなにこわがっているのですか。」とたずねられ、また、目も口も鼻もない卵顔のおそろしい人を見たことをくりかえした。
すると、その家の人がまた、「こんな顔の人でしたか。」と、自分の顔をなでると、たちまちにしてその人も卵顔になってしまったという。[6]

再度の怪が三度に増えているが、これはずんべら坊の話の前に地方の流行歌が盛り込まれるのと同様の趣向で、実際の聴衆を前にした語り手の過剰なサービス精神の表れなのだろう。ここでも卵顔というのがハーンからの影響を示す痕跡となるが、実はもう一つ、この話には「貉」との関係を示す強力な証拠が残っている。

それは二度目と三度目のノッペラボウの出現が「自分の顔を手でなでると、たちまちにしてその人のも、目も口も鼻もない卵顔の人にかわってしまった」「自分の顔をなでると、たちまちにしてその人も卵顔になってしまった」とあって、顔を手でなでる仕草によって顔が変化していることである。これもまた「卵顔」同様、ハーンの「貉」にしか出典を求められない、ハーン独自の表現なのである。念のためハーンの原文を確認しておこう。

Then that O-jochu turned around, and dropped her sleeve, and stroked her face with her hand;—and the man saw that she had no eyes or nose or mouth....

"He! Was it anything like THIS that she showed you?" cried the soba-man, stroking his own face—which therewith became like unto an Egg...[7]

一度目のお女中の描写では仕草と変化の関係は少しあいまいであるが、二度目の蕎麦屋の場合は明確になでる仕草とともに顔がノッペラボウになっているのである。ハーン以前の日本の伝統的理解ではノッペラボウははじめから目や鼻がない化け物で、特定の仕草によって目や鼻を消し去る化け物ではなかった。当然ながら、ハーンの依拠した『百物語』の二つの原話には、そのような仕草や描写はなく、これはハーンの純然たる創作なのである。この独自の仕草と変化の様子は、ハーンに由来するほかのノッペラボウの民話では、消えていることが多く、その意味で、この徳之島の民話は、ハーンの描写をそのまま伝えた貴重な例といえる。

ハーンと口承民話の関係は、物語の内容の大まかな類似でしか論じようがないと思われるかもしれないが、近い時代の伝播なので、この卵顔や変身の仕草などのように、文献学的に立証可能な影響の痕跡がまだ残っているのである。

再度の怪の三度の怪への進化は、「貉」が民話化する際の共通の特徴のようで、徳之島の話とは関係なく誕生したと思われる東京の中野区の昔話にも出現する。これも東京言葉で語る口調が面白いので、全文を引用しておこう。

のっぺら坊

のっぺら坊ってね、まあ、それはお伽話でしょうけどね。

昔、隣村へ用事があって行った方があって、そして、峠を越えて帰ってくるのに、峠の上まで来たらば、女の人が泣いていたんですって。しゃがんで泣いているからね、それから、「どうしたんだ」って言ってね、その人が尋ねたんですって。そしたらね、その女の人が顔を上げたらね、のっぺら坊だったんですって。

そしてね、その人はびっくりして、もう、あわててね、峠を駆けおりてきて。下にそば屋さんが、よく夜泣きそばがありましょ、その夜泣きそば屋さんが出てたんで、ハアハアいって、「一杯つけてくれ」って言って、そこへ行って、もうこわいもの見たからって話ししたらね、その人は顔をこっちぃ向けてなかったんですってけどね、「あのぅ、なんですか、お客さん」て言ったらば、「いま、隣村の帰りだけどもね、峠の上でね、女の人が泣いてたからね、きいたらね、顔を上げたらこういう顔だった」って。顔を上げたら、のっぺら坊だったって話したんですって。そしたら、屋台のお爺さんがね、「そうですか、そりゃあこわかったでしょう。じゃあ、こういう顔でしょう」って言って出したのが、また、のっぺら坊なんですって。

そいでその人は、またもう、キャーッて言ってね、お酒も飲まずにね、家まで飛んできたんですって。そして、「お婆さん、お婆さん、きょうはひどい目にあった」ってね。そして、あのぅ、峠の上でこうで、下りてきて屋台で一杯ひっかけようと思ったらば、屋台の**お爺さんが**のっぺら坊だったって言ったら、「そりゃあこわかったろう」って、お婆さんがね。それでね、「そいじゃこんな顔だったでしょ」って出したのが、自分のお婆さんまでが、のっぺら坊だったって。三度目にもう、家ぃ帰って来て、お婆さんが（のっぺら坊の）顔出したんで、そのお爺さんは気絶しちゃったなんてねぇ。

子どものころにね、うちの方（新宿の柏木）でね、よく夕涼みに縁台を出して、近所の子どもやなんかが来て遊ぶでしょう。そこへ近所のおもしろいおじさんが来て、その話をすると、子どもたちがキャーキャー騒いだんですけどね。（上高田　女　明治四三年生）[8]

この話にも、しゃがみこんで泣く女、屋台の夜泣き蕎麦、といったハーンの登場人物の面影がはっきりと残っているが、顔をなでる所作や卵顔という描写は消えている。この記録が面白いのは全体が伝聞体で書かれていることで、これは昭和六二年の出版だから、この頃にはもう怪談を人に聞かせるという伝統が失われていて、幼児期の体験の思い出として語られているためだろう。

もう一つ興味深いのは最後の一節である。この語り手の女性は明治四三年の生まれだから、幼少期は大正時代の中頃だろう。新宿の柏木町といえば、ハーンの自宅のあった西大久保とは隣近所である。ハーンが「貉」を執筆したのは、おそらくはこの西大久保、そこで亡くなったのが一九〇四（明治三七）年のことである。それからわずか十数年後にはもう、近所の子供たちが「貉」の話を土着の民話として聞かされて「キャーキャー」と騒いでいたのである。優れた物語の伝播の速さには驚くべきものがある。

岡山の民話では、面白いことに「置いてけ堀」の伝説からはじまっている。ところどころ方言で理解できないところがあるのだが、そのまま前文を引き写しておく。

むかしあるところに、魚がえっとえっとおる沼があるんじゃ。そこへみな魚を取りぃ行き、取って、ええあんばいに取ったけえ去のう思ようりゃあ、あとから、

「置いてけえ、置いてけえ」

いう声がする。「置いてけえ、置いてけえ」いう声がするのが、どうも女房のような声がするけえ気持ちが悪うなって、たいがいの者がびくへいっぱい取っとっても投げてえて飛んでもどるんじゃ。

ほれから、ある肝っ玉のええ男が、そがあなことがあるわけのもんでねえ思うて、魚ぁつりぃ行ったら、食いつく、食いつく、おもしれえほど食いつく。びくへいっぱいになった。こりゃあびくへいっぱいになったけえ、去なにゃあいけん思うて、「置いてけえ、置いてけえ」ことのいうようなが、そういうこたぁ聞かんこうに思うて、耳ぃ指ぅ突っ込んで、ちっとも聞こえんようにして、さっさっさっさっ去にょうた。

そしたら前の側(ひら)から若え、きれいな姿の女がひょろっと出て来た。ほれからおじぎゅうするけえ、その魚を持っとる者も、こう、おじぎゅうした。ほれからかがんだのがのったのを見たら、目も鼻も口もねえ、のっぺらぼうな顔をした女房じゃった。へえから、びっくりして、びくも魚も、そののっぺらぼうの女房もけとばいてえて、せえでいっしょうけんめい飛んでもどった。

ほれから、

「どうしたんなら」

いうて女房がいうけえ、

「いや、こうこういうものがおった、きょうとかったよ(こわかったよ)。行くないうのに行って、ように塩を(こらしめに)おうたよ。まあ、けがぁさあしゃったが、魚ぁえっと取っとったのに、み

な投げてえてもどった。行くないうとけへ行くもんじゃあねえ」

いうたら、

「その女房はどがあな顔をしとったら」

「どがあな顔いうてのう、お前、目も鼻も口もねえ、のっぺらぼうの顔をしとったが、気持ちが悪かったよ」

「ふん」。

それから、女房が、

「こがあな顔じゃったか」

いうて顔を見せたら、その、わが女房が、ちょうどそののっぺらぼうの顔じゃった。その男ぁたまげて腰ぅ抜かいて、気絶ぅしてしもうた。

むかしこっぷりどじょうの目。[9]

これまで見てきたように、再度の怪を三度にしたり、その前に流行歌をおいたりするには民話ではよくある改変なのだが、冒頭に別の怪談を付加することもよく行われる。冒頭の「置いてけ堀」を除けば、これがハーンの「貉」に由来する、ノッペラボウの怪であることは明かだろう。

ここでは初めのノッペラボウは若い女、二度目は家の女房という出現順であるが、同じような組み合わせは、越前鯖江の民話にもある。

鯖江の在の人が町へ出ようと思って、あぜ道を歩いていると、むじなが寝ていた。石をぶつけて追いはらった。夜になって帰り道にまたそこを通ると、若い女の人がいる。今ごろ誰だろうと思って顔をのぞくと、目も鼻も口もないのっぺらぼうであった。

びっくりして家へ走って帰った。そして女房に道で出あったことを話した。すると女房は「こんな顔でしたか。」といって、顔をズイと出した。見ると目も鼻も口もないのっぺらぼうであったので、男は肝をつぶした。(昭和一〇年、福井市宝永町、加藤賢、五〇才くらい。わたしの病気をみてもらったお医者さんである。)[10]

これは粗筋書きのようで、実際にどのように語られていたのか、雰囲気はわからないものの、いつ、だれが語ったのか、その情報が明記されている点が貴重である。地方の民話の語り手には、医師や教師といった知識人が意外に多い。こうした人々は高校・大学時代の英語の教科書でハーンの「貉」を読んでいた可能性があり、「貉」が民話化するルートのひとつを示唆しているように思える。また、ノッペラボウの民話では、ノッペラボウが主役となって、貉が消えてしまうことが多いのだが、それが冒頭にはっきりと残っているのが珍しい。

蕎麦屋、とりわけ夜泣き蕎麦というのが、ハーンの「貉」の痕跡であることも多い。以下に紹介する新発田城のノッペラボウの話は、北蒲原郡で語られた話として、一九七一年刊行された私家版の民話集にのっているそうだが、原文が謄写版で、入手も閲覧もできなかったので、『日本昔話通観』が掲載している梗概だけを引いておく。


新発田城に勤める侍が夜おそく帰る途中、そば屋に立ち寄る。そばを食べながらそば屋の顔を見るとのっぺらぼうなので、「つかれたのでそう見えるのだろう」と、青い顔をして家に帰る。妻が心配して尋ねるので、見たことを話すと、「こんな顔でしたか」と言う。よく見ると、妻の顔ものっぺらぼうであった。[11]

愛媛の「のっぺらぼう」では、松山城の堀端と背景を変えているが、堀端で泣く若い娘、屋台の蕎麦屋と登場人物はハーンの「貉」を忠実になぞっている。

のっぺらぼう

昔、松山の城北地区に大きな商人が集まっていました。一人の行商人がたくさんの品々を仕入れて本町から西堀端に差しかかった時、一人の若い娘が堀端でしきりに泣いていました。

商人は不審に思って娘に近づき『もしもし、どしたんぞな』と声をかけましたが返事がありません。なおも声をかけていますと、静かに顔を上げました。そのとたんに商人は『わぁー』と一声、いちもくさんに南堀端の方へ走って行きました。

そこに、よなきそばが一人今しきりに火を起こしているのに出くわしましたので、ほっと一息。そば屋のじいさんは『えらいあわてて何ぞあったんかい』『あーびっくりした。今そこでのっぺらぼうに出おうてのう』『ほう、そりゃこんな顔じゃなかったかい』といって上げたじいさんの顔ものっぺらぼう。

商人は二度びっくり、腰をぬかしてはいまわり、ほうほうのティで逃げ出しましたが、朝までどこをどう、うろついたかわからなかったとは、八股(やつまた)のお榎さんも罪ないたずらをしていたものだと……。

ある長老の一口話です。[12]

最後だけは、八股のお榎さんという松山城の堀端にすむ有名なお袖狸を出して、方言とともにローカル色を出してはいるが、これは口承の民話の記録ではなくて、ハーンの「貉」を机上で書き換えたものではないかとわたしは疑っている。

もうひとつ、これもハーンの机上の書き換えと思える話が、窪田明治『江戸民話物語』に日本橋本町四丁目の怪談として採録されている。

……本町四丁目の龍閑川にかかった地蔵橋のそばを、一人の町人風の男がてくてく歩いていた。尋ねる北乗物町へ行くには、そこが一番の近道だったからだ。そして秋の釣瓶落しの陽がまさに沈もうとして、あたりがやや薄暗くなった時だった。橋の手前の榎の木の所に、一人の若い美しそうな娘がしゃがんでいる。

……人の嫌がる道だが、こんな美しい娘に出会うこともあるんだなア……

彼の足は早くなった。娘は蹲って顔を伏せている。

……どうしたんだろう、泣いているのかなア、まさか龍閑川へでも飛び込もうというんじゃァないだろうなア……

彼は急いで近づくと、「もしもし、どうしたんですこんな所にしゃがんで、心配なことでもあるんなら、私に話してごらんなさい……」彼はやさしく娘の肩に手をかけた。しかし娘は顔を伏せたまま相変わらずじっとしている。

……泣いているらしい……。

「まァ、顔を上げて話してごらんなさい……」彼は娘の顔をのぞき込むようにした。その時だった。その娘は不意に顔を上げて、男の方を見た。見るとその娘の顔は、目もなければ口もない。鼻もなければ眉毛一本ない、つるつるてんである。

男はびっくりした。そして夢中で走り出した。

「ノッペラポーだ……ノッペラポーだ……」彼は無我夢中で北乗物町の知人の家へ飛び込んだ。しかし彼はその日から病の床についてしまったというのである。[13]

再度の怪にこそなっていないが、うずくまる女、親切に声をかけつづける町人、台詞のリズムと人物の姿勢・構図からいって、ハーンの「貉」の改変とみてまず間違いないだろう。江戸の民話といいながら、いつ、どこで、だれが語ったのかも注記されておらず、それだけでも口承民話としては認められないのだが、さらに疑わしいことに、この本の別の箇所には、明らかにハーンの「雪女」を引き写した物語が三ページにわたり書かれていて、

この話は世田谷区等々力の辺から、二子玉川、狛江の多摩川べりにかけて、古くから語り継がれている話だ。この辺の子供の中には、今でも雪は多摩川の向こうの山奥から降って来るものと信じているものがある。[14]

などとまことしやかに説明されている。

「雪女」については、たしかにハーン自身が「武蔵国西多摩郡調布」の農夫が土地の話として語ったものだと『怪談』の序文に記しているのだが、地元の民話研究者が手をつくして探し求めても、それらしい原話がこのあたりに流布していた形跡は見つからなかった。結局、ハーンが参照したのは、雪女にまつわる断片的な言い伝えやことわざで、巳之吉とお雪が登場する「雪女」のロマンスは、ハーンの創作だったのである。したがって各地で民話として流布している「雪女」の伝承のもとを探ると、ほとんど例外なくハーンの「雪女」に行き着いてしまう。そのきっかけとなったのは、戦後、童話作家で民話研究者の松谷みよ子が、ハーンの再話であることを隠し、あたかも安曇野で採話したかのように装って、『信濃の民話』に収録したことだった。戦後の爆発的な民話ブームのなかで、『信濃の民話』がベストセラーとなることで、「雪女」のロマンスは、日本各地の「土着」の民話として広まっていったのである。[15] したがって、多摩川周辺に流布していたという窪田の証言そのものが、ハーンに依拠している証拠となるのだが、それにしても「等々力の辺から、二子玉川、狛江」というのは東京に引きつけすぎだろう。こうした、いつ、どこで、だれが語ったのか、詳らかではない「民話」は、まともに相手にしないほうが賢明なのかもしれない。

今ひとつ、ハーンの「貉」との関係で、どうしても取り上げておきたい民話がある。それは熊本に伝わる「重箱婆」の伝説で、ハーンは熊本時代にこの話を聞いて、それで「貉」を書いたのではないかという推定が、従来から幾度となく繰り返されてきたからである。原文は少し冗長なので、要約を掲げることにする。

のっぺらぽん

むかし熊本城の近くの法華坂は、寂しいところで、そこには重箱婆が出るという噂があった。その坂の上と下には茶店があって、ある日の夕方、ちょうと千箇寺詣りのような風体の旅人が坂の上の茶店に入った。

「そうそうおかみさん、ここが法華坂たいね」おかみさんは向こうを向いたままこたえた。

「はい、そぎゃんですたい」

「そぎゃんするとここには重箱婆が出るていううわさばきいたが、いまも出るかいな」

「出ますばい、出ますばい」

「ほう、いったい、どぎゃんもんかな」

「重箱婆ってごぎゃんとですたい」

女はくるりと旅人の方に顔をむけた。旅人はそれを見ると、キャッといって、茶店をとび出した。女の顔は「目も鼻も口もなく、のっぺらぽん」だったからだ。男はむちゅうで坂をかけおり、下の茶店にとびこんだ。中では女がひとり向こう向きで働いていた。

「ああ、おそろしかった。はじめて重箱婆というもんば見た。おい、ねえさん、あんたごぎゃん一軒家におっておそろしうはなかつかい」

「いいえ、ちっとん」

「そうかい、おら、あぎゃんおそろしかこつはなかった。思い出してもぞっとする」

そのとき向うむきの女がふりむいた。

「その重箱婆というのはこぎゃんとだったですど」

みると、その女の顔も、「目も鼻も口もない、のっぺらぽんの顔」だった。

旅人は震えながらそこも逃げ出した。[16]

自序によれば著者の荒木精之は、昭和一五、六年頃からが民話の収集をはじめていて、ここに載る彦一話がもととなって、木下順二の民話劇『彦一ばなし』が誕生したのだという。民話の収集としてはかなり早く、また文学史的にも貴重な業績といえるのだが、それでもここに収録された民話は、出版された昭和三五年あたりから古いものでも昭和一五、六年までしか遡れない。したがって、ハーンの「貉」の成立のほうが遙かに古く、「貉」が「重箱婆」に影響した可能性はあっても、その逆は考えないというのが、わたしの基本的立場である。

ただ、この民話には少し古風なところがあって、重箱婆の噂をすると重箱婆が姿を見せるという件には、ハーンの「貉」よりも、朱の盤の物語の影響が感じられる。源氏物語研究者の寺本直彦は、この民話のなかに、失われた絵本「朱の盤」の物語の内容が伝わっているのではないかと考え、その元(ウア)「朱の盤」物語こそがハーンの「貉」の原拠ではないという推定を書いている。[17] しかし、昭和期に記録された民話から江戸時代以前の古物語の内容を復元するというのはすこし冒険的すぎるようにも思える。わたしはもっと素直に、古いものから新しいものができたと仮定し、この重箱婆の伝説は、朱の盤の物語にハーンの「貉」を加味してできたものではないかと考えている。

肥後にはもうひとつ有名な民話集があって、こちらにも「ノッペラポン」の話が集録されている。簡潔で語りの雰囲気もよく出ていてるので、全文を引いておく。

昔な、あっとき旅の人ん、山ん中ば行きよらしたら、日の暮れたてったい。そしたら、向うん方に燈の見ゆるてったい。こらありがたかて思うち、そこさん行って、「ご免くだはり。今夜一晩、どうぞ泊めちくだはり」ていわしたてったい。そしたら婆さんの出て来らしたげな。婆さんの顔ばなん気なし、ひょっと見たりゃ、目も鼻も口もなかてったい。「うあ、化けもん出た」ていうち、逃げらしたてったい。

そして、ようよんこつ（やっとのこと）で、村さん出らしたら、むこかる娘来るてったい。「ああ、よかった」て思うち、「あのな、今、あたしゃ、化けもんに会いましたばい。その恐ろしさ恐ろしさ」ていわしたら、そん娘は下ばみーとったが、「その化けもんな、こぎゃんつらじゃったろ」ていうち顔ば上げたら、また、そるが「のっぺらぽん」じゃったてったい。ぱァ！[18]

夜道を行く旅人、遠くの灯火、うつむく娘、といった具合に、ハーンの「狢」の趣きをよく残した話だと思う。

さて、日本の民話に及ぼした「狢」の影響は、これでもう十分に論証できたと思う。それでは、ハーンの「狢」の影響を受けていないノッペラボウの民話とはどのようなもので、どのくらいの数が存在しているのか。

口承民話についてのもっとも網羅的な資料『日本昔話通観』（全三一巻）で、「二度のおどし」に属する物語として挙げられているのは二四話、そのうち五話はハーンの「狢」が民話化したもののように思える。さらに「ノッペラボウ」が登場する話は、七話あるが、そのうち三話はハーンの「狢」に由来していると考えられる。それでは、ノッペラボウは登場するものの、再度の怪の話型には属さず、したがってハーンの「狢」に由来しないと考えられる、残り四つの話とはどのようなものなのか。

まずは青森県の「山寺の怪」。旅の僧が無住の山寺に来ると「夜なかに目が三つ、大きな歯が二本、耳も鼻もない四角い顔をしたのっぺらぼうの化け物」があらわれ、殴り合いをしようという。僧は用意しておいた鉄の鍋で頭を守り、逆に相手を手斧で叩いて化け物を退治する。翌朝、その正体を求めると、目が三つ、歯が二本の下駄であったという。[19] これはノッペラボウというよりも付喪神の話に分類したほうがいいだろう。

つづいては宮城の「雪女」。これは三つの小話からできていて、一番目は、雪の中で女に赤ん坊を預けられた侍が、その子を抱いていると、どんどん冷たくなり、氷柱を抱いて気絶しているところを仲間に発見されたという話。二番目の話は、雪の夜、松の根元で長い髪をとかしている女を夜回りの爺が見かけ、顔をみると「三尺もある目鼻のないのっぺら坊」であったという話。最後の話は、家老が見回っていると、一尺ばかりの小坊主が走りさるので、つかまえると、むくむくと大きくなり叫び声をあげて、粉雪になり消えてしまったという話。どうにもまとめようのない断片的な伝承ばかりである。[20]

山形の「鬼を一口」は、化け競べをしようといって現れた化け物に「小さくなってみせろ」といって踏みつぶしてしまうという、よくある頓智話。ここでは、初めに現れた化け物の姿が「ノッペラボウー」であったというだけで、これもノッペラボウの話とはいえない別系統の話である。実際、この前後には、別の土地に伝わる類話が七つほど掲載されているのだが、ノッペラボウが出てくるのはこの話だけで、ノッペラボウが化け物の描写のヴァリエーションのひとつにすぎないことがわかる。[21]

熊本の「さとり」は、人の心を読む妖怪さとりが、人間の知恵に打ち負かされて退治されてしまうという、日本全国に流布する有名な話だが、ここでは初めに登場する姿が「目も口も鼻もないのっぺらぼんのもの」だったとある。ここでもノッペラボウは怪異な姿のヴァリエーションにすぎない。[22]

これらハーンの「貉」系ではない四つの話を概観した印象を一言でいえば、物語として体をなしていないということに尽きるだろう。この四話の有様を見たとき、逆にハーンがノッペラボウの伝承に果たした役割が明らかになる。ハーンはノッペラボウという曖昧模糊とした存在にひとつの「物語」を与えたのである。

ノッペラボウは、もともと、日本の民俗や信仰に強固な基盤をもたず、その顔に目や鼻がないというだけの怪異であって、人を食うわけでもなく、呪うわけでもない、文字どおりのノッペラボウな存在であった。その姿形にさえ一貫性を欠いていて、中国から「新種」の美しい娘姿のノッペラボウが輸入されるまでは、巨大な坊主姿や、頭と胴体の区別さえつかない、ぶよぶよした肉の塊のように描かれていた。

ハーンはこの新種の娘姿のノッペラボウを利用したうえで、蕎麦屋のほうには、手で撫でると目鼻口が消えるという、変身の手妻まで加えた。[23] そうして新たにデザインしなおしたキャラクターに、再度の怪という、東洋の伝統的ナラティブをまとわせたのである。

ハーンの趣向はさらに手がこんでいる。当時の英語世界における日本のイメージとオリエンタリズムを巧妙に利用しながら、ハーンは物語の舞台を近代化以前の Yedo の深い闇のなかに設定した。そこで Kimono 姿の美しい Musume が泣きじゃくっていると、「親切心」という、セクシュアルな興味をもった男は、どうしてもその顔が見たくなって、"O-jochu!―O-jochu!―O-jochu!...Listen to me, just for one little moment!...O-jochu!―O-jochu!"[24] と女を五回も呼んでしまう。その O-jochu! という謎めいた呪文に応えるかのように、ムスメはキモノの袖をゆっくりと下ろし、小さな手で顔を撫でると、そこに現れたのは、卵のように白い空虚な顔だった。悲鳴をあげ、助けを求め、たどり着いたかすかな灯火のもとで繰り返される恐怖の体験。その瞬間、すべての明かりが消えて、もとの深い闇が戻ってくる。

読者はあっけにとられて考えこむ。一体、このわけのわからない、Mujina という化け物は何ものなのか、なぜ、こんな恐ろしいことをするのか……これがハーンの作り上げた英語物語 "Mujina" の世界なのである。

ノッペラボウという儚い妖怪は、ハーンが創造したこの物語を離れては生きていけなかった。ノッペラボウは、ハーンの「貉」と一体のものであって、それを離れれば、ただの化け物の形容のひとつに落ちぶれてしまうのである。

ちょうど「雪女」が、ハーンの物語を得てはじめて、日本各地で「土着の」民話として語られるようになったの同じく、ノッペラボウという妖怪もまた、ハーンの創造によってはじめて、民話としての生命を得て、北海道から鹿児島の離島まで、その土地の伝説として語られるようになったのである。

わたしたちは往々にしてハーンを日本の伝統的物語を巧みに翻案した器用な英語作家程度にしか評価していない。「雪女」や「貉」という、わたしたちが日本の伝統的物語と思い込んでいる作品が、実はハーンがほとんど「無」から創りあげたものであることに、いまだに気づいていないのである。わたしはハーン研究者でさえ、まだこの事実を十分に理解していないのではないかと疑っている。

ハーンの創作で驚かされることがもうひとつある。ハーンが創りあげた「日本」の「伝統的」物語は、民間に伝わり、土着の「口承」民話として語りなおされるうちに、当然ながら、もとの洗練された世紀末文学としての芸術性を失っていく。それにもかかわらず、口承民話として独自の生命と形式を獲得した、それら民話は、各地に伝播し発達しつづけていくのである。

昔話や民話を「創作」した近代作家は、数え切れないほど多く存在するが、そうして書かれた物語が、民話として土着化したという例を、わたしはハーン以外に見たことがない。ハーンがこうした短い怪談にそそぎこんだものが、世紀末の英語作家としての洗練された芸術性だけでなくて、フォークロアとしての根源的な生命力であったことに、わたしたちはもっと注意を向けていい。

注

1 遠田勝「ラフカディオ・ハーン「貉」とノッペラボウ物語の誕生――「日本」を語るオリエンタリズムと近代日本における「民話」の創出」神戸大学近代発行会『近代』、第一一五号、二〇一六(平成二八)年一二月、一九―三九頁。
2 遠田勝『〈転生〉する物語――小泉八雲と「怪談」の世界』新曜社、二〇一一(平成二三)年六月。
3 「ずんべら坊」(第一四〇話)、巌谷小波編『大語園 第五巻』平凡社、一九三五(昭和一〇)年、四八五―八六頁。
4 遠俊之介「諸国怪談雑考」『旅』一九三二(昭和七)年四月号、一六―一八頁。
5 「玉子」という言葉は、『狂歌百物語』の中で一度だけノッペラボウについて使われる。「口もとや目もとは言はず玉子ぞとのつぺらぼうの子を褒むる母」(京極夏彦・多田克己『妖怪画本・狂歌百物語』国書刊行会、二〇〇八(平成二〇)年、二四二頁)というのだが、これは、玉子と子褒めする母心をよんだものだろうから、ハーンの「貉」の描写とは趣旨がだいぶ異なる。英語圏の文学にはハンプティ・ダンプティのような玉子の擬人化もあり、ハーンの描写には、こうした文学的伝統が関係しているのかもしれない。
6 田畑英勝編『徳之島の昔話』私家版、一九七二(昭和四七)年、二六五―六七頁。なお同じ話を再録する田畑英勝編『奄美大島昔話集 全国昔話資料集成 十五』岩崎美術社、一九七五(昭和五〇)年、三五〇頁には、話者の兼雪円を明治二五年生まれとしている。
7 *The Writings of Lafcadio Hearn*, Boston & New York, 1922, vol. XI, 206–207.
8 中野区教育委員会編『口承文芸調査報告書 中野の昔話・伝説・世間話』一九八七(昭和六二)年、二二一―二二三頁。
9 稲田和子・立石憲利編『日本の民話9山陽』ぎょうせい、一九七九(昭和五四)年、一七九―一八〇頁。ここでは岡山県真庭郡の三浦志げ代(明治三〇年生)の話とされているが、同じ話は立石憲利編『首のない影――賀島飛左の昔話・補遺編その三――』私家版、一九八一(昭和五六)年、三八―三九頁にも収録されている。
10 杉原丈夫『越前の民話』福井県郷土誌懇談会、一九六六(昭和四一)年、九〇頁。
11 稲田浩二・小沢俊夫編『日本昔話通観 第一〇巻 新潟』同朋社、一九八四(昭和五九)年、八〇四―八〇五頁。
12 真鍋博『愛媛の昔語り』朝日出版、一九六〇(昭和三五)年、一五八頁。

13 窪田明治『江戸民話物語』雄山閣出版、一九七二（昭和四七）年、一六二―六三頁。
14 窪田明治『江戸民話物語』一二八頁。
15 遠田勝『〈転生〉する物語――小泉八雲と「怪談」の世界』。
16 荒木精之編『肥後の民話』未來社、一九六〇（昭和三五）年、一四四―四七頁。
17 寺本直彦『源氏物語受容史論考続編』風間書房、一九八四（昭和五九）年。とくに「第四節　朱の盤物語考」と「第五節　朱の盤物語追考」参照。
18 木村祐章『肥後昔話集　全国昔話資料集成6』岩崎美術社、一九七四（昭和四九）年、九〇頁。
19 稲田浩二・小沢俊夫編『日本昔話通観　第二巻　青森』同朋社、一九八二（昭和五七）年、一七一頁。
20 稲田浩二・小沢俊夫編『日本昔話通観　第四巻　宮城』同朋社、一九八二（昭和五七）年、三二九頁。
21 稲田浩二・小沢俊夫編『日本昔話通観　第六巻　山形』同朋社、一九八六（昭和六一）年、二六九頁。
22 稲田浩二・小沢俊夫編『日本昔話通観　第二四巻　長崎・熊本・宮崎』同朋社、一九八〇（昭和五五）年、二六七頁。
23 この変更は日本の民話世界ではあまり歓迎されていないようだ。明らかにハーンに依拠した物語でも、ノッペラボウははじめからノッペラボウであることが多い。その理由が、民話の語りにおける仕草の問題なのか、この妖怪の伝統的理解のためなのかは今のところ判然としない。
24 *The Writings of Lafcadio Hearn*, Boston & New York, 1922, vol. XI, 206–207.

謝辞
本研究はJSPS科研費（15K02302）の助成を受けたものです。

T・S・エリオットと幽霊

野谷　啓二

T・S・エリオットは『二十年詩集』に収められた佳篇「不死のささやき」("Whispers of Immortality")の冒頭で、ジョン・ウェブスターは「死にひどく囚われていた」、「皮膚の下に髑髏を見ていた」と劇作家の特質を抉り、「目玉ではなく水仙の球根が眼窩から見つめていた」という印象的な死人のイメージを提示している。明日ともわからない人間の肉体の滅びやすさ、memento mori を読者に思わせる。エリオットもまた若き日から死に囚われ、不死について思考をめぐらす人間であった。ウェブスターは生きた人間がすでに胚胎する未来の死を見ていたが、死者がわれわれ生者の前に現前すれば、それは幽霊である。今を生きる人間の前に過去を共有する死者が幽霊となって現れ出るような場面に着目し、幽霊とエリオットとの関係について考えてみたい。

本論の射程に含まれる「幽霊」として、どのような存在が想定されるか。劇・詩のなかの何らかの存在が実際に（もしくは比喩的に）死に、その後蘇って別の登場人物あるいは読者の前に現前する客体としたい。エリオットの作品にはそのような幽霊がかなり登場するように思われる。不自然、超自然的な現象は何もキリスト教徒になった後で描かれるわけではない。エリオットの詩で最初に公刊された一六歳の時の作品「祝宴を張る者たちのための寓話」("A Fable for Feasters")を見るとよい。そこですでに、中世の腐敗した修道院に現れる幽霊を登場させている。詩論、詩、詩劇、そして博士論文にすら幽霊が出没する。エリオット詩の到達点と言ってよい『リトル・ギディング』にも「複合霊」("a familiar compound ghost")が現れる。これは人間の時間と地平、本稿で言う横軸のみを関心の対象とする啓蒙期以降の西洋近代人の規範的世俗文化では、実に特異なことではないだろうか。幽霊を登場させる何らかの必然性があったと認めなければならない。現時点で推測できるのは、若き日に心酔し、博士論文の対象でもあったF・H・ブラッドレーの認識論、そして歴史感覚なくして詩人たり得ないと喝破した伝統論に支えられた文学観、さらには信仰とキリスト教神学が関与しているということである。

エリオット文学の魅力は十字架イメージにある。すなわち、人間的時空という横軸に超自然的な作用の縦軸が交差する、その一点("The point of intersection of the timeless / With time")のドラマを追及するところにある。幽霊は過去からこの横軸を伝って現在にやってくる。その動きは縦軸と無関係ではないはずである。幽霊は縦軸が提供するモーメントによって動くからだ。「劇詩についての対話」("A Dialogue on Dramatic Poetry")で「幽霊に増して劇的な存在はない」と記したエリオットのことである。幽霊について考えることは彼の文学論、それを支える哲学の認識論、そしてそれらを超える、すべてに勝る信仰論を論じることに通じていくであろう。

I

『オックスフォード英語辞典』で"ghost"を引くと、まず"Pre-Teu. Sense 'fury, anger'"とあり、チュートン語に入る前の段階では「憤激、怒り」の意味であったことがわかる。ここには日本における幽霊がこの世に恨みを残し、後ろ髪を引かれる思いで死んだ、いまだ成仏しない、鎮魂の対象である霊魂を思わせるものがある。OEDは続いて、その主要な意味として(a)「生命の本質としての魂」、(b)「息」、(c)「人間の肉体とは区別される霊」、(d)「聖霊」、(e)「見えない世界に住むとされる死者の魂」、そして最後に(f)(今日の一般的意味)と付言し「目に見える形で生者に現れるとされる死者の魂」を挙げている。エリオットとの関係で重要なのは、(d)(e)(f)であろう。聖霊を幽霊と規定するのは感覚的に抵抗を覚えるかもしれないが、エリオットの属したイングランド教会では三位一体の神の一つのペルソナとして"Holy Ghost"が特に使われ、なおかつ『リトル・ギディング』で最重要存在となっている以上、考察に含めざるを得ない。(e)はエリオットが心酔したダンテの『神曲』で詩聖が遭遇する霊たちであり、(f)はエリオットの二つの詩劇に欠かせない存在となっている。

以上の定義からもわかるが、とにもかくにも人が死に異界に赴かなければ幽霊になれない。幽霊の存在要件はまず人が死ぬということにある。死ねば、生きていた時の時間と経験が過去の時間に封じ込められてしまうようにも思われるが、幽霊の特性として、過去の時間から現在の生きている人間に現前するのである。幽霊の蘇りによって、過去もまた蘇り、生者が救済される契機が訪れるのである。本論の終わりで確認したいことであるが、幽霊は生者とともに一つの共同体を形成するのである。

以下、順次、エリオットの幽霊について見ていくことにしよう。

最初の幽霊詩である「祝宴を張る者たちのための寓話」は、中世イングランドの修道院がどれほど腐敗していたか暴露する、プロテスタント史観に忠実なスミス・アカデミーの優等生の作品にふさわしい教訓詩である。聖ベネディクトの「祈りかつ働け」（ora et labora）とは名ばかり、修道士たちは修道院で楽しく時を過ごしている。ところが宴会に興じているときまって幽霊が出る。その正体は「邪悪な異端者で、罪ゆえに幽閉されていた者」らしい。この幽霊は太った牛をかっさらい、修道院長を尖塔の天辺に座らせ人々を驚かせる。主の降誕を祝うに際し、院長は幽霊を遠ざけようと、自費で聖遺物を購入し、ワイン以外のものはすべて聖水で祝別する。このあたりの詩句、カトリック教会の「摩訶不思議、魔術的な」信仰を巧みに描いている。安心した修道士たちは、たらふく食べて飲む。ところが蝋燭の光が青く燃える時、院長は幽霊に首根っこを掴まれて姿を消す。残された修道士たち、聖ペトロが天に連れて行ったのだと言う者もあれば、地獄に落とされたという者もある。教会は直ちに消えた院長に聖人の名を与え、醜聞が流れるのを防いだ。その後、修道士は皆回心、その地方の称賛を勝ち取り、幽霊も現れなくなった。詩の最後が伝えるには、この寓話の典拠は破壊された修道院から見つかった記録文書だと言う。

この詩では、幽霊はただ中世のカトリック教会の攻撃、風刺の道具として使われている。聖遺物、聖水、聖人、また修道院制度自体が批判に晒されているとも読める。寓話が依拠する資料が、ヘンリ八世の宗教改革によって破壊された修道院で発見された手稿となっているのも詩の枠組みとして面白い。一八世紀後半のゴシック趣味の常套手段が使われているとも言える。しかし、ここでの幽霊は堕落した修道士たちに〈悔悛を迫る存在〉という幽霊一般に認められる機能を有してはいるものの、いたずら好きな生徒のような存在にとどまっている印象を受ける。

教会の歴史を知らなければ書けない寓話詩を書いていたエリオットであるが、ハーヴァードで哲学を専攻、一年間のオックスフォード留学中に書き上げた博士論文が示すのは、認識論に捕縛されたエリオットの姿である。論文の題目は「F・H・ブラッドリーの哲学における経験と知識の対象」である。この時期の、人間の知の認識に関わる思考経験は、後の信仰経験とその文学的表現、本論にそって言えば、経験と知識の対象物として幽霊はどのように規定されるか、という問題把握と無関係ではないだろう。

若きエリオットが心酔した哲学者ブラッドレーは、イギリス観念論を代表する存在と目されている。観念論とは何か、きわめて簡単に説明すれば、認識の対象（object）は経験する主体（subject）に依存し、形成されるとする立場と言えよう。これに対立するのは、実在論（実念論）であるが、これは普遍的概念の実在性を主張する。類、種などの普遍は、個物から独立し、個物に先立って実在すると説くのである。さらに個物のみが実在すると説く唯名論がこれに対立する。

この時期のエリオットにとって喫緊の問題だったのは、普遍的概念としての人間の問題というより、自分自身の個我を含む個人が唯名論的に孤立する事態であった。プルフロックの "overwhelming question" が暗示するように、感覚の直接所与が個物としての自分と無関係だという不安意識に悩まされていた。とは言っても、強烈な自我意識のせいで認識論の袋小路に入り込んでも、自己の置かれた状況を知的に解析、説明してくれるという意味で、この思考体験にはある種の喜びも伴った。ヒュー・ケナーによると、エリオットがブラッドレーに見出したのは「直接経験」（"immediate experience"）という鍵概念で、博士論文で「感覚のなかに主体と客体が一つとなって存在する」ことと説明されているものである。「いついかなる時も、われわれが経験し、行うこと、そしてわれわれの存在の様態のすべては、一つの心理的全体を構成している。それらはすべてが共存する一つの塊として経験され、共存しているという関係によってすらも、分けられたり合体させられたりしたものだと認識されるものではない。それはあらゆる関係と区別、そしてその瞬間に魂のなかに存在している観念的対象をすべて含む」。[1] すべてを飲み込む観念のバケモノのような「心理的全体」の原語は"psychical totality"である。"psychical"には「心霊の」という意味もあるため一層興味深い。哲学的分析によって一時的ではあるが精神の安定を得、何よりも感覚の一瞬間に自分と対象が一体となるという「直接経験」は、芸術的志向の持ち主にとって一種の神秘的和合体験とも言え、きわめて魅力的であったと思われる。また、「精神の一部が経験し、別の部分がその経験について考えると言うのは、おそらく作り話を語ることになる。しかし、自己の熱情を客観化し、受動的な目撃者として喜びと苦しみを観想することができるように高度に組織化された人間は、また最も鋭く経験し、楽しむことができるということをわれわれは知っている」[2] という言葉は、エリオットの「経験する人」(the man who suffers) と「創造する精神」(the mind which creates) とを「区別することができればできるほど、芸術家は完璧に近づく」という詩人論が想起される。

しかし、ブラッドレーの哲学から顔を覗かせる観念のお化けは確かに一時的な癒しとなるが、結局は、絶望に向かう考え方である。感覚は常に一貫しているものでなく、常に揺らぎのなかにあり、「いかなる経験もその経験の外に存在する実在に根拠を求める」[3] ものだからである。ここから例の「客観的相関物」("objective correlative") の理論が引き出される。エリオットはブラッドレーの観念論哲学から次第に距離を取りはじめるが、それは彼がキリスト教に――受肉を認めないエリオット家のユニタリアニズムではない――正統キリスト教に接近することと深く関係する。

認識をめぐる思索によって精神を疲弊させたエリオットがロンドンに見出した『荒地』の住人たちはどのように解釈されようとも、大都会を彷徨する幽霊のように描かれていることは否定できない。

Under the brown fog of a winter dawn,
A crowd flowed over London Bridge, so many,
I had not thought death had undone so many.
Sighs, short and infrequent, were exhaled,
And each man fixed his eyes before his feet.

「死者の埋葬」（"The Burial of the Dead"）と題された第一部からの引用であるが、ダンテの『神曲』のイメージを使って非人間化された二〇世紀の亡霊（ある種の能動的作用をもたらす幽霊とは区別したい）たちがロンドン橋の上を流されていく。このような内実を持たない死人であっても人間として復活できるというテーマは、キリスト教詩人としてのエリオットの主たる関心となる。

この『荒地』にもブラッドレーが登場している（本としての厚みが足りないということで書き足されたエリオット自身の注に現れる）。荒地の状態からいかに脱出するかが問われる最終部に、"We think of the key, each in his prison / Thinking of the key, each confirms a prison" という二行があるが、その注としてブラッドレーの「魂のなかに現れる存在としてみなされる時、個々人にとっての全世界は、その魂に特有かつ私的なものである」が引用されているのである。独房のイメージは、最初に見た修道院に現れる幽霊（彼もまた異端の罪のために幽閉されていた）を彷彿させる。だが、ここでは深刻度がかなり増し、個人の世界が牢獄と表象され、「脱出の鍵のことを考えてかえって不自由な状態を確かにする」と、多分にエリオット自身の状況を反映させていることに注意したい。ブラッドレーからの引用は先に見た「直接経験」という観念と共鳴しながら個人の孤立を浮かび上がらせる。

青年期から救済への関心を抱いていたエリオットにとって、観念論は牢獄に閉じ込められるだけであった。解放には、観念論から実在論に向かわなければならない。そうした示唆を受けたのは、正統キリスト教の聖体論からではないだろうか。元々ブラッドレーの観念論自体が、「経験は経験の外に根拠を求める」ことを認めるものであった。救済は自己という独房の外に実体を持って存在する何ものかに依存しなければならない。[4]「あるもの、ありてあるもの」としての神が日常世界に実在することを信仰者が体験するのは聖体の秘跡を通してである。イエスの受肉は歴史的に一回限りのものであるが、ミサで行われる聖体の秘跡は、司祭が特別な祈りを唱えることにより、物としてのパンと葡萄酒がイエスの体と血に変化し、このイエスの体が受難の時と同様、信者の罪を贖うために生贄として捧げられる。このパン、すなわちイエスの聖体を共に食することがミサで行われる最も重要な祭儀なのである。信者は聖体を共有することにより、一つの共同体（community of saints、「聖徒の交わり」）に参画し、天上にある者とこの世にある者との交わりが、聖霊の賜物の共有によって成立するからである。自分の外に実在する神、神自身である聖体を中心に集まる教会が、ブラッドレーの観念論の桎梏から解放される道を示したと考えられる。目に見えない幽霊である聖霊、歴史を超えて存在するキリストの実在性が確認できるのは「実体変化」（transubstantiation）という人間の理性的理解を超えた——エリオットの「アングロ・カトリック」を含め——カトリック教会の玄義だからである。

しかし、エリオットは単に教会の権威に依り頼み、いわゆる“cheap grace”を掴み取って満足するような性格ではなかった。[5] エリオットは亡き祖父の、西部を知的に開拓したと言っていい偉大な祖父ウィリアム・グリーンリフの存在を感じて育った多感な少年だった。物心がついてからずっと祖父の霊魂の存在を肌で感じていた。彼がピューリタン的道徳気質を保持し、罪意識から解放されることがほとんどなかったのは、生まれる前に死去していたグリーンリフが幽霊のように所選ばず、いつでも倫理道徳の準拠規定を提供していたからであろう。祖父はエマソンが妻に書き送った手紙のなかで「エリオット氏はユニタリアン派の牧師で、西部の聖人なのだ」と言及するような人物であり、禁酒運動、女性の権利拡大、教育の振興に尽くしたのであった。[6] パスカルの『パンセ』を推奨するエリオットに、ヤンセニストの相貌を見ることは決して的外れなことではない。[7]

Ⅱ

文学的表象としての幽霊がどのようにエリオットの救済に関わるのか。プルフロック、ゲロンチョン、うつろな人々、こうした荒地の住人達にどのようにして実体を与えて蘇らせるのか。救済ヴィジョンを詩に表現する際に、幽霊が神と人との仲立ちとして使われる、というのが本論の仮説である。幽霊は徐々にエリオットの救済文学に不可欠なものとして登場し始める。幽霊を認めることは縦軸の存在を認めることであり、縦軸は必ず人間の救済となるのであるから、幽霊の認識学は正統キリスト教の救済論に結びつく。縦軸を意識化し、横軸との交点を中心に生きることが救済への希望と見るエリオットにとって、幽霊の出現は信仰と文学の両方にとって当然の要請であったと言えよう。

幽霊は観念的なものに留まれば救済の助け手にはならない。幽霊は客観的な実在でなければならない。このことは、文学の技法として、幽霊は実体を持ったものとして登場しなければならないことを意味する。この問題をエリオットはどのように認識していたかを知るために、彼の能体験に触れてみたい。

一九一六年の春、本来なら博士口頭試験のためにアメリカに帰国しているはずであったエリオットは、ロンドンで詩人として身を立てる決意であった。イェイツの秘書のような仕事をしていたパウンドに引き連れられ、イェイツの『鷹の井』の上演を見た。伊藤道夫の鷹の演技である。この日本の能に強い影響を受けた劇に深い感銘を受けたエリオットであるが、すでにそれ以前にフェノロサが残した原稿を整理し、パウンドなりに翻訳した本の書評を行い、日本の舞台芸術に強い関心を抱いていた。[8] 鎮魂の対象である幽霊が主人公である能を読み、エリオットは何を発見しただろうか。

一般的にいって、文学が「写実的」でない場合には、それだけになおさら視覚にうったえねばならぬといっていいだろう。『高慢と偏見』や『鳩の翼』を読むとき、ぼくたちはほとんど心像をつくってみる必要を感じない。ところがダンテを読むときには、常に心像をつくってみなければならぬ。夢は、現実のものとなるためには、見られねばならないのだ。

僕たちが能を夢のようなものだというとき、感情が希薄だとか、夢の感情と覚醒は感情とは本質的に違うものだとかということを、少しも意味してはいない。感情は、数も少ないし、世界のどこでも同じものだ。愛と戦いとが能の主題となっている。しかし、こういう感情に至る道は多種多様にある。日本的な手法は、ぼくたちに親しいものとは正反対の道をとっている。オレステースやマクベスの幻覚心理は、葵のそれと同じく秀れたものだが、幽霊を現実化する手法が違っている。前者の場合では、幽霊は憑かれた男の精神のなかに存在するのだし、後者の場合には、幽霊の現実性から悩むものの精神をおしはかるのである。幽霊が実際に登場し、夢にうなされ、熱病にやむ葵は「赤いキモノ」であらわされる。実際、現実的なものは幽霊たちだけなのだ。行動的な情熱の世界は、別な世界から薄い膜をとおしてながめられている。[9]

能の新鮮さは舞台に置かれた着物が葵の代替物や象徴でなく、それ自体、実在性を備えた実体であるという点にある。教会の聖伝が保証する聖体の実質性と同様、赤い着物は葵を表象するものであると同時に葵そのものなのである。幽霊は「現実のものとなるためには、見られねばならない」。エリオットは『ハムレット』でも、幽霊を舞台に登場させない演出法に反対であった。ただのシンボルであれば、そのシンボルに実体性がなくてもよい。しかし、エリオットが求めるのは、シンボルの表象しているものが現実に存在することなのである。表象が表象でありつつ実体となること。哲学者の道を棄て、パウンドを頼りにモダニスト詩人の道を歩き始めたばかりのエリオットに、能に現れる幽霊、特に葵の赤い着物は強い印象を残したようである。舞台正面手前に置かれた一枚の小袖が、物の怪に取りつかれて苦しんでいる葵上を表象する。葵上はまだ死んでいないのだが、幽霊に近い存在としてみなされる。幽霊が「見られる」という条件を満たすのは極めて困難なことであるが、後で見るように、エリオットは最後の詩劇の『長老政治家』でそれを達成する。

　幽霊の存在を承認する感覚は、エリオットの縦軸重視の姿勢に由来すると言えるであろう。彼は世俗化の流れにまったく背を向けていた。だからこそ、新婚生活を物心両面で大いに助けてくれた恩義ある哲学者バートランド・ラッセルの著書『幸福の征服』を、「凡庸の福音書」（"a gospel of mediocrity"）と一蹴する。[10]理由は、そもそも「キリスト教の啓示を受け入れる人々と拒否する人々に分けるのが人間を分ける最も深遠な区別」だと告白するエリオットが、[11]一般の人々は「人間の運命」についてそう真面目に考えるものでなく、「物質的環境と家族や周囲の人々との関係で決まる、幸福と不幸の間を揺れ動く」とするラッセルの見方に到底同調することができないからである。さらに文壇の大御所で社会主義者であったバーナード・ショーとH・G・ウェルズの「人生哲学」については、「不死の欲求をまったく感じないほど幸運で、休むことなく楽しみを得られるほど才能に恵まれれば、満足するのは実にたやすい」と、横軸の人生のつまらなさに不平を漏らしている。単なる現世的な基準で測られる幸福はまったく問題にならないのである。

それではD・H・ロレンスはどうであろうか。彼ならば物質主義を拒否し、精神の価値を認めるのではないか。ところが『異神を追いて』の場合と同様に、ロレンスの人格を全否定するような言葉で批判するのである。いわく、たとえ知識と情報をずっと多く身につけていたとしても、ロレンスはやはり無教養のままに留まっていたであろう、と。エリオットの「教養ある」というのは、「過去に書かれたものを示す地図の輪郭を理解し、すべての作品がどこに属するのか、新しい作品がおおよそどこに入るのか、直観的にわかる」という意味である。ロレンスにはこの意味で教養がない。[12] 続けて、ロレンスの文学がキリスト教徒の信仰を試す良い判断基準であり得ると述べ、「キリスト教は世俗的精神にとって、ぎょっとさせ、恐ろしく、恥ずべきもの」だと断言するのである。[13]

ロレンス批判は「伝統と個人の才能」で喧伝された「歴史感覚」の重要性を再述したものである。ケナーに従えば、このエリオットの文学論で最も有名な文章の基層にもブラッドリー哲学がある。博士論文に現れる、地質学者が地球のこれまでの変化を想像するためには実際に「肉体と神経組織を持って目にしたように」提示しなければならない、という部分を取り上げ、ケナーは「われわれと無関係な過去は想像できない」こと、「われわれが過去について知っていることはすべて、われわれの現在の経験の一部である」こと、さらに、「意識される現在は、過去が過去自体を知覚するのでは示せない方法と程度で、過去を知覚したものである」という意味を引き出している。[14] 幽霊が過去から「記憶と欲望を混ぜつつ」(“mixing memory and desire”)現れる時、過去の経験は新しい境地となって露になる。過去の作品を自らの作品にアルージョンとして取り込むのは、過去の過去性ばかりではなく現在性をも認識する感覚であり、詩人を伝統的たらしめる歴史的感覚の実践であった。幽霊との関係を念頭にエリオットの「伝統と個人の才能」を再読すれば、永遠の縦軸と、歴史を包含する現在である横軸の両方を意識化する伝統詩人エリオットの姿が浮かび上がる。

Ⅲ

"I am Lazarus, come from the dead / Come back to tell you all, I shall tell you all"

幽霊が登場するエリオットの詩劇として『一族再会』と『長老政治家』が思い出される。以下、この二つの劇を読んでいくが、エリオットの哲学的反省に基づく文学観とキリスト教の救済論の観点からは、幽霊の実体化の成否が劇の成功と失敗を分ける基準となる。

『一族再会』の幽霊は、アイスキュロスの『オレステイア』に倣ってこの劇が構想されたことでわかるように、過去の罪のゆえに迫りくる復讐の女神たちである。ただ、主人公のハリーが彼女たちを目にする時にはエウメニデスと表現されており、北イングランドの貴族の一家に現れる超自然的な存在は、最初から「慈愛の女神たち」ということになる。エウメニデスの登場は宗教に根差す共通文化が存在した古代ギリシアでは無理なく受け入れられたであろうが、現代の観客の反応はいきおい、リアリティのない話と受け止められてしまうだろう。

ウィッシュウッド（wish/would）と名付けられた屋敷には、この家の過去の住人たちが残した「思い、願望」を背負う亡霊が住む。現当主のエイミーはハリーの留守中、邸宅を何一つ変えずに守り、あたかも時間が止まったように息子のハリーの帰りを待つ。彼女の問題は時間を止めようとするエゴにある。まさに屋敷の名前の通り、人を思いやると信じつつ実際は自分の願望を優先させる。『バーント・ノートン』の冒頭の二行、"If all time is eternally present / All time is unredeemable." をエイミーに当てはめれば、過去の一点を永遠に現在化しようとする試みでは、過去も現在も未来も贖われないのである。イエスの受肉がなければ、縦軸である神の永遠は永遠の時間に留まり、横軸の人間の時間と交差しないため、救済もないということである。

この屋敷はなぜ呪われているのだろうか。まず、主人公のハリーの問題はスウィーニーのように、航海中の船のデッキから妻を突き落とした（"doing a girl in"）という過去の「記憶」に苛まれており、この「殺人」のせいで復讐の女神に追われていると感じている。しかし、真の原因はエイミーの夫、すなわちハリーの父親とエイミーの妹のアガサにある。二人は不貞関係にあり、ハリーを妊娠中のエイミーを殺す計画を立てたのである。G・スミスの指摘の通り、ハムレットが外国から帰国し、父の幽霊に道徳的責務を果たすよう促されるように、この詩劇ではエウメニデスがハムレットの父の役割を果たしている。[15] 確かに、実父と叔母との関係を知らされるハリーの状況は、ハムレットのそれと酷似している。

しかし、ハリーの責務はオレステイアやハムレットのように仇を討つことではなく、エウメニデスを目にするという体験から自己の再生の道を歩み始めることである。実体のない過去の自分を彼女たちに導かれて克服することである。エイミーはハリーのことを「満たされることがない亡霊」（"a discontented ghost"）、あるいは英語の語源をより反映させれば「内容、実体を剥奪された亡霊」と呼ぶ。それが何も起こらなかったように保たれたウィッシュウッドに絡み取られていた七年間のハリーの実存であった。実体のない存在であった人間が、自身の人生の歴史のすべてを知るとき、実体を持った人間となる。ただし、アガサがメアリに言うには、決定を下すのは「時々姿を現す人間を超えた力」である。アガサは屋敷に「慈愛の女神の眼差しが注がれる」感覚を抱く。これはウィッシュウッドに秩序が回復する兆しと解釈できるが、アガサの不貞の罪も許されるのだろうか。この点は劇の終わりまで曖昧なまま解決されていないように思われる。キリストの受難と復活の春の記述から始まるつぎの言葉は、あたかも『荒地』の変奏曲のようである。

Spring is an issue of blood
A season of sacrifice
And the wail of the new full tide
Returning the ghosts of the dead
Those whom the winter drowned
Do not the ghosts of the drowned
Return to land in the spring?
Do the dead want to return?

キリストの生贄が捧げられて春が回帰するとともに、過去の溺死者たちの幽霊がこの世に戻される。それには溺死させたとハリーが信じている妻も含まれている。アガサが描写する彼女は、「生きていた時は不安な厚化粧の影、死んだら影にもならない」という哀しさである。これにはエリオットの最初の妻ヴィヴィアンの姿が投影されている。[16] ハリーが幽霊（phantoms）の実体を認識して述べる言葉、「実体を持つと思っていたものは影であり、自分だけの影だと思っていたものが実体である」は認識と価値が完全に転倒し、ハリーの観念のなかではあるが、幽霊が実体を持つと認識されたのである。

そうした境地に立ったハリーのエウメニデスに向かって言う言葉は注目に値する。「今度は本当にいるのですね。今は私の外にいる。だから耐えることができる」。主観のなかに内在している観念上の幽霊は、逃れずにはいられない恐怖の存在であったが、今自分の外に客体化されると耐えることができる。見えない女神たちからは逃げるばかりであったが、ウィッシュウッドで見えると彼女たちはエウメニデスになり、結局は、ハリーの言葉「光り輝く天使たちについて行かなければならない」に明らかなように、保護の天使となる。このようにしてハリーは欲望が巣食うウィッシュウッドを去る決心をするのだが、ようやく帰宅したばかりのハリーがすぐに出発すると聞いて、エイミーはアガサの入れ知恵を疑う。そこでハリーは「助言はまったく違う場所から来たのです」と述べ、幽霊の導きであることを示唆する。

幽霊の客体化の観点から見た『一族再会』の文学的課題はつぎの点である。ハリーはエウメニデスを見るが、それはハリーの観念に照射される、実体のない主観的存在である。アガサ、メアリには見える可能性が開かれているが、ハリーの周囲のすべての人に見えるというものではない。そうした意味で客観性が欠如している。ただ、正統キリスト教の信仰者エリオットの立場からすれば、人間の地平で個人が当然抱く欲望、願望、希望、恐怖をすべて捨て去る、「自然を超える」十字架の聖ヨハネの「否定の道」の選択、それを価値として世俗社会に提示する方法としての意味があると言えよう。

つぎに『長老政治家』について考察したい。幽霊が最も生かされていると思われる作品はこの劇であろう。主人公のクラヴァトン卿は、真実の自分を生きるというより、与えられた、あるいは利己的な判断で自身に有利なように選択した「役割」を演じてきた、実体を持たない亡霊のような存在である。手帳を見ながら「予定のないページがどこまで続く」と述懐し、引退し社会的役割を終えた彼には、空白のページのように中身のない“hollow man”の実質しかないことが暴露される。それでも彼は達観した賢人の如く「シティや上院で私の亡霊を見たいとは思わないだろう。自分を亡霊と思っている私も姿を見られたくはない」と述べる。知人たちは社会的生命を終えた自分を死者と見なし、姿を現せば亡霊だと、深く反省もせずに語るのだが、皮肉なことに、実体なき亡霊という彼の実相が無自覚のままに露になる。

この劇には過去から蘇り生身の肉体を備えた幽霊が二人登場する。この二人がクラヴァトンという亡霊を再生させ、さらには彼の息子のマイケルをも救済する。一人は、オックスフォードで知り合った地方のグラマースクール出身の秀才フレッド・カルヴァウェルである。クラヴァトンの影響を受けた彼は身分違いの趣味を身に着け、金欲しさに偽造犯罪に手を染め、服役までしてしまう。出所後、中米に移住した彼は現地女性と結婚、イギリスの常識からすればかなり危ない橋を渡って、ひとまず豊かな生活を送っている。名前も現地風に改めゴメスと名乗っている。もう一人、クラヴァトンの前に現れるのはカーギル婦人という、かつてはメイジー・モントジョイという名でレヴュー女優として成功した女性である。実は、クラヴァトンは彼女と結婚寸前までの関係だったのだが、出世のためにメイジーとの関係を断ったのだった。

この二人の幽霊の共通点はともに名前を変えている点である。二人はクラヴァトンの過去の秘密を持って現前する。ゴメスは、自分をいいように操ったのだと責めるだけでなく、クラヴァトンが車で人を轢いた時に停車せず、そのままやり過ごしたことを消し去ることができない記憶として保持している。実は轢かれた人はその前に死んでいて、クラヴァトンが轢き殺したわけではないのだが、「お前は止まらなかった」と言うカルヴァウェルの声を、自分の意識のなかで聞きながら人生を送ってきたとクラヴァトンは後に告白する。『一族再会』のハリーの、妻を海に突き落としたという良心の呵責――実際に実行したかどうか関わりなく、思いにそのことが胚胎すれば罪となる、その意味ではハリーの父のエイミー殺しの計画もまた罪である――に苛まれて来たというわけである。

ゴメスが今頃になってクラヴァトンの前に現れる理由は、彼を幽霊と考えれば興味深い。カルヴァウェルとゴメスの両方を受け入れ、カルヴァウェルをゴメスと、ゴメスをカルヴァウェルとして理解してくれる信頼できる古き友人が欲しいのだと、要するにゴメスは「自分に実体を与えるために、君が必要なのだ」と懇願するのである。幽霊もまた実体を持ちたいと願い、他者の存在を求める存在なのである。このことは後にチャールズ・ウィリアムズの神学概念を援用するときに重要になる。

ゴメスとクラヴァトンはゴメスに言わせれば、ともに失敗者である。彼ら二人は実体なき存在であって一緒になれる仲間である。予定が書き込まれることのない手帳を眺めるクラヴァトンの姿が示すように、どれほど世間的成功を収めたとしても、社会的階梯を上るために他者を切り捨ててきたのだから、失敗者の烙印を押されても仕方がないのである。縦軸を不可欠とするエリオットにとって、横軸の世俗的成功はほとんど意味を持たないという確信が垣間見える。

一方のカーギル婦人であるが、クラヴァトンと付き合っていた頃、親友が「あの男はうつろ（hollow）」と見抜き、信頼が置けないと言っていたと彼に実像を突きつける。「男は忘れることによって生き、女は思い出によって生きる」と、気のきいたセリフを吐いて過去からの幽霊としてクラヴァトンの前に現れる。しかも、その思い出は毎晩読む彼からのラブレターによって常に現在化されるのである。彼との愛が終わった後、"It's Not Too Late For You To Love Me" という歌で人気が出る。その時の気持ちをクラヴァトンに尋ねるが、彼は「良心に一点の曇りもなかった」と言って、すぐには罪を認めない。カーギル婦人は元女優らしく、今はどのような役を演じているのかと、クラヴァトンに尋ねる。「おそらく、長老政治家の役でしょうよ。長老政治家であることと、長老政治家として上手に見せかけることの違いは実際上ほとんどないに等しいのよ」と、観念では対象の実体性は認識できないことを暗示しつつ、「あなたはいつだってどのような役にも似つかわしかった」とクラヴァトンの生き方を揶揄する。

息子のマイケルもクラヴァトンの強力な自己保全意識の犠牲者である。彼は実生活で失敗続きであるが、「お父さんの経験を引き延ばしたようなもの」と自己を把握するように、父の亡霊と言ってもよい存在である。実際、女性と軽く付き合っているし、投機に失敗して多額の負債を抱えている。そんな彼をクラヴァトンは「ただの現実からの逃避者」と決めつける。しかしこの言葉は彼にこそよく当てはまるものである。

しかし、二人の幽霊との対話によって自己のこれまでの在り方と罪を理解させられたクラヴァトンは、娘のモニカの婚約者のチャールズに、過去の幽霊の脅迫に対処できないのであれば彼等から逃れればよいと勧められるが、彼等と向き合う覚悟を決め、そうしない理由をつぎのように説明する。

Because they are not real, Charles. They are merely ghosts:
Spectres from my past.
They've always been with me
Though it was not till lately that I found the living beings,
Malicious, petty, and I see myself emerging
From my spectral existence into something like reality.

ゴメスとカーギル婦人が自分の過去からやってきた幽霊であると認識し、彼等と人間的に向き合う時、クラヴァトン自身が人間としての実体を獲得する、そのような救済物語が『長老政治家』であると了解されよう。それを最も雄弁に語るのがつぎの一文である。「死者は生者に祝福を注ぐ」(“The dead has poured out a blessing on the living.")。「ゲロンチョン」に潜まされた一行、「私には幽霊がいない」("I have no ghosts")とは救いのなさを暗示しているのではないだろうか。逆説的ではあるが、現れ出る過去の幽霊もいないような生は、そもそも生きる価値のない生であるのかもしれないのである。ボードレールについてエリオットが述べたことを思い出してみよう。「人間である限り、私たちのすることは善か悪かである。……何もしないより、悪をなした方がいいのである。少なくても私たちは存在していることになる」。[17] カーギル婦人に張り子の長老政治家だと見破られたクラヴァトンが、真の長老政治家になることができたのは、過去から二人の幽霊が登場することによって、自らの生きざまを再び生き直したからなのである。生きた証として、幽霊が現前するということがあるのである。

"I am Lazarus, come from the dead, / Come back to tell you all, I shall tell you all"。幽霊の役割を言い当てたものとして、このプルフロックの意識のなかの一つの自分(常に移り変わるアイデンティティの一つ)は極めて示唆的である。もちろん、ラザロはイエスの恵みによって蘇ったのであり幽霊ではない。そうであるにせよ、エリオット文学に登場する様々な幽霊の存在役割は、このラザロのように、現在に生きる者にその過去の生をすべて語り、生に秩序を取り戻すことにある。幽霊は過去の一点で生を終えた存在ではあるが、現在に生き続けているのである。幽霊は、幽霊と出会う人に記憶も歴史もなく罪もなければ、決して現前しない存在である。ハリーやクラヴァトンのように、恐れずに幽霊と対面する人間と幽霊の協働によって、今を生きる人間が糺され、正されるのである。死者と生者はまさに一体なのである。

最後に、幽霊が出る作品の白眉である『リトル・ギディング』について考えてみたい。この詩にはダンテの『神曲』を模した「複合霊」が登場する(Imitatio Dantis)。[18] 前出のロレンス批判の文章で確認された伝統論からもわかるように、エリオットはこの世を去った過去の詩人たちとの生きた交流関係を重視する詩人であった。キリスト教詩人としての救済ヴィジョンを描く『リトル・ギディング』で、詩人の生に秩序を与える複合霊に出会うのも当然と言えよう。この詩では人間的地平における幽霊の役割が、聖霊の働きとして機能していることが示される。

『四つの四重奏』ではそれまで書かれたエリオットの全詩を総括するように、聖霊のほかにも人間の幽霊、もしくは超自然的な経験による救済を暗示するような句が散りばめられている。たとえば、小さな子供たちのあげる声である。『バーント・ノートン』には影に隠れて笑い声を押し殺す子供たちが現れる。その原型は小編「ニューハンプシャー」の一行目、"Children's voices in the orchard / Between the blossom—and fruit-time" であり、さらには『リトル・ギディング』の "the children in the apple-tree" の声とも共鳴する。おそらくは兄弟従妹たちと遊んだ純真無垢な子供時代のエリオットが幽霊となり、救済のイメージとしてエリオットを再訪しているのであろう。これら姿は目に見えないが子供たちの確かな存在は、『リトル・ギディング』の最後で否定の道による救済条件である「完全な純心」("complete simplicity") を表している。エリオットが愛読したキプリングの短編 "They" に現れる子供たちの幽霊も背景に意識されているのかもしれない。また『イースト・コーカー』では、先祖の居住地であったこの小村を訪れたエリオットが目撃したのは、篝火の周りを踊る霊たちであった。村人たちの幽霊は彼を歓迎し、先祖の過去と自身の現在を結び合わせる。

しかし、この詩の中心的幽霊は、正統キリスト教の神の位格の一つである聖霊 (Holy Ghost) であると言わなければならない。聖霊は「炎の舌を持ち」("tongued with fire")、イエスの昇天後、聖霊降臨の日に天から下った鳩として表象される。

The dove descending breaks the air

With flame of incandescent terror
Of which the tongues declare
The one discharge from sin and error.
The only hope, or else despair
Lies in the choice of pyre or pyre—
To be redeemed from fire by fire.

鳩は聖霊であると同時に、ドイツ軍のロンドン空襲実行部隊と二重性を帯びている。受肉した聖体の食卓を囲むキリスト教徒の集まりである教会を成立維持する聖霊の炎、この世で犯した罪を償う煉獄の炎、地獄の永遠の業火に空爆の炎が重なる。教会人エリオットと深くかかわる聖霊は、祝福の炎として神の愛そのものであり、バベルの塔のエピソードが示唆する意思の疎通不全を修復する。バベル状況の回復と救済が、言葉の匠エリオットの関心事であった。聖霊の炎によって地獄の炎から贖われるには、正しい薪の選択にかかっている。

以上のような救いと破滅の炎が同時に見える空襲後のロンドンに複合霊が現れるのである。エリオット自身が述べているように、この幽霊について最も重要なことは、地獄に落とされた霊ではなく煉獄から現れた幽霊であるという点である。[19] 含まれているのはイェイツ、スウィフト、マラルメ、ポー、その他ヒューマニズムの教師の面影もあるとのことであるから、アーヴィング・バビットの霊も含まれているようである。また複合霊ではないが、『リトル・ギディング』にはジョージ・ハーバート、ジョン・ダン、リチャード・クラッショー、チャールズ一世、共同体のリーダーであるニコラス・フェラー、ピューリタンの手にかかり殉教したウィリアム・ロード大主教、ジョン・ミルトンも登場している。ダンテを模した複合霊との対話は、伝統詩人エリオットの詩業を先行詩人たちが承認するものとなっており、この詩の終わりに置かれたノリッジのジュリアンの、"All Shall be well" という信仰表明の先触れとなっている。
『リトル・ギディング』に登場する人々は、リトル・ギディング共同体以外の者を含めて、その全員が幽霊だと言える。詩人たちのみが複合霊を構成しているわけではない。死んで幽霊となったからこそ先行詩人は生者エリオットに思うところを異なった位相で伝えることができる。幽霊との意思疎通には障害がない。

…what the dead had no speech for, when living,
They can tell you, being dead: the communication
Of the dead is tongued with fire beyond the language of the living.

ゴメスがクラヴァトンを求めたように幽霊は生きた人間を求める。幽霊は常に真実を語るため、人が過去を生き直すためには必須の存在である。死者と生者は相互に求めあう関係にある。しかも、幽霊は煉獄の存在であるので、天上の勝利の教会からの恩寵と地上を旅する教会の功徳によって、ゆくゆくは天国に入ることができる。死者も生者もすべて「聖徒の交わり」(community of saints) に加わり一つの共同体、教会を形成する。幽霊との交流によって、地上の人間は救いへと足を踏み出す契機が与えられ、普遍の教会に招かれる。バベル以後の言葉の混乱状況に詩人としての課題を見ているエリオットは、伝統――過去の詩人たちの共同体――に意識的に参入しようとし、自らの救霊を委ねる教会の神秘的共同体と伝統とを重ね合わせる。そうであればこそ、エリオットは「私たちは死者とともに生まれる。見よ、彼らは戻ってくる、私たちを一緒に連れて」（"We are born with the dead: / See, they return, and bring us with them."）と歌うことができるのである。幽霊は生者にとって、聖霊と同様、真実を啓示する存在である。[20]

このように考察してくると、エリオットはなぜ幽霊を登場させるのか、幽霊にどのような意味を見出しているのか、幽霊と詩人との関係の本質が徐々に見えてきたのではないだろうか。目に見えないもの、恩恵を受領する契機をもたらす幽霊をいかに可視化するか、反キリスト教的な同時代人にも受け入れられるような提示の方法はないものか。このような反省が十字架モデルを信条とするエリオットの関心となる。カトリック詩人、美術家でエリオットとも交流のあったデイヴィッド・ジョーンズはすべての芸術は秘跡だと言う。[21]秘跡とは本来、不可視である神の恩寵が伝統的な教会の儀式を通して可視化され信者に渡されることを言う。代表的なものとしては、本論でも取り上げた聖体がある。「おとずれ」として現れる幽霊は、あたかもこの秘跡のようである。彼らは縦軸の愛の発動により横軸を伝って過去から現在に、苦悩するハリー、クラヴァトン、そしてキリスト教詩人エリオットに現前する。秘跡的効能を有する幽霊は恩寵をもたらし、訪問を受け容れた人を苦悩から解放し、その生は再生される。そうした意味で、日本の怨霊（生霊、死霊）とはかなりかけ離れた存在である。この秘跡を可能にするものは、イエスが昇天した後の教会を見守る聖霊である。聖霊は言わばイエスの幽霊なのである。聖霊という幽霊によって教会が誕生し、人間が救いに与ることができるようになったのである。

『一族再会』でエリオットは、ギリシア悲劇のエウメニデスを使った。これは観念的な存在に留まった。『長老政治家』ではゴメス、カーギルといった現実の登場人物を創造し、舞台上に実体性を備えた幽霊として動かすことに成功した。エリオットの幽霊を考察して感じられることは、イエスの体を共に食する者たちの神秘体としての教会に、ハリーもクラヴァトンも、そしてゴメスもカーギル婦人も、すべての霊魂が参与するようになっていることである。一七世紀のリトル・ギディングもまたそうした共同体の実例であった。このような教会の神秘的共同性は、一九三一年にオットリーン・モレルの紹介で出会ったアングリカンのチャールズ・ウィリアムズの神学概念、"Co-inherence"（相互内属性）によってうまく説明されるように思われる。[22] 相互内属性とは、存在する者どうしが生得的にそして相互的に相手の存在の構成要素となり、互いに存在を保障しあう関係のことである。たとえば、妊娠している女性と胎児のように、またイエスとマリア"figlia del tuo figlio"（汝が子の娘）のようにである。ウィリアムズはC・S・ルイスらとも交流した、いわゆる「インクリングズ」の一人であった。オックスフォード大学出版局の詩部門の責任者を務め、詩、詩劇、評論の実作者としても知られている。メアリ女王の「カトリック反動」時代のオックスフォードで殉教したクランマーを扱った宗教劇 *Thomas Cranmer of Canterbury* は、エリオットの『司教座聖堂の殺人』に続いてマーティン・ブラウンの演出によって上演された。エリオットとの共通点として重要なのはダンテを尊敬する点である。彼らは世俗化の時代のアングリカン信徒として、人間が今一度 imago Dei の身分を回復し、神、聖霊を中心とする共同体に秩序を見出したと言えよう。

バーバラ・ニューマンの主張によると、エリオットのキリスト教詩の問題点は、「否定の道」（negative way）はあるが「肯定の道」（affirmative way）が見られない点にあると言う。しかし、『リトル・ギディング』にノリッジのジュリアンを登場させることによってようやく肯定の道を表現することができた。カルヴァン派的な罪意識から抜け出ることができなかったエリオットがジュリアンの[23]「すべてはよくなる」（"All shall be well"）という詩句を引用することができたのは、まさにウィリアムズのおかげであるというのがニューマンの所説である。しかしニューマンが続けて指摘するように、ジュリアンの信仰が是とされるのは、付帯条件を明示するようにカッコに入れられた「すべてを犠牲にし」（"Costing not less than everything"）、ニューハンプシャーのリンゴ園で聞こえた子供たちの声が示すような「完全な純心状態」に到達した時であることに注意する必要があるだろう。[24]エリオットという人間の特質はあくまで残るのである。

エリオットの幽霊は『ハムレット』のそれではなく、キリスト教的な赦しと和解、再生へと向かう。能舞台にも常に幽霊と僧との葛藤があるが、霊は皆異界に帰って行く。語る言葉が受け止められ、魂が鎮められ、和解して去る。現世に残された者は生きるベクトルを変えられ、希望を生きることになる。

Quick now, here, now, always—
A condition of complete simplicity
(Costing not less than everything)
And all shall be well and
All manner of thing shall be well
When the tongues of flames are in-folded
Into the crowned knot of fire
And the fire and the rose are one.

死に憑りつかれたウェブスター、死を思うことは世俗社会で暮らす人間にとって、縦軸を意識する貴重な機会となる。死を思うことは「不死のささやき」に耳を傾けることであり、縦軸に貫かれた横軸を観照することでもある。

注

1 Hugh Kenner, *The Invisible Poet: T.S. Eliot* (Methuen, 1965), 42–43.

2 Ibid., 23.

3 Ibid., 21.

4 こうした考えは文学論としては「伝統と個人の才能」の補完、応用篇と言える「批評の機能」（“The Function of Criticism”）でつぎのような言葉に現れる。“There is…something outside of the artist to which he owes allegiance, a devotion to which he must surrender and sacrifice himself in order to earn and to obtain his unique position. *Selected Essays*, 3rd ed. (Faber and Faber, 1951), 24. この something はやがて Christian God となる。

5 書簡集第五巻の序文によれば、エリオットのアングロ・カトリシズム信仰がもたらしたのは「喜び、いやし」ではなく、十字架のヨハネの「魂の暗夜」に似た道徳と霊魂の闘争であったという。エリオットはすべてを棄てる否定の道に傾く。“…religion has brought…not happiness, but the sense of something above happiness and therefore more terrifying than ordinary pain and misery: the very dark night and the desert”. Valerie Eliot and John Haffenden eds., *The Letters of T.S. Eliot: Volume 5*: 1930–1931 (Faber and Faber, 2014), xiii.

6 Christopher Ricks and Jim McCue eds, *The Poems of T.S. Eliot Volume I: Collected and Uncollected Poems* (Johns Hopkins University Press, 2015), 534.

7 Grover Smith, *T.S. Eliot and the Use of Memory* (Bucknell University Press, 1996), 26.

8 書評は「プルフロック」が現れたわずか二か月後に発表された。

9 「『能』と心像」（“The Noh and the Image: a Review of ‘*Noh or Accomplishment: a Study of the Classical Stage of Japan*’”）高松雄一訳（『エリオット選集』第一巻、彌生書房、一九五九年）、207.

10 T. S. Eliot, “Revelation” in David Edwards ed, *The Idea of a Christian Society and Other Writings* (Faber and Faber, 1982), 174.

11 Ibid., 168.

12 Ibid., 185.

13 Ibid., 188.

14 Kenner, op. cit., 50.

15 Smith, op. cit., 62.

16 ヴィヴィアンの伝記として Carole Seymour-Jones, *Painted Shadow: The Life of Vivienne Eliot* (Doubleday, 2002) がある。

17 "So far as we are human, what we do must be either evil or good; …and it is better, in a paradoxical way, to do evil than to do nothing: at least, we exist." "Baudelaire" in *Selected Essays*, 429.

18 Luciano Anceschi, "T.S. Eliot and Philosophical Poetry" in *T.S. Eliot: A Symposium* comp. by R. March and Tambimuttu, 161.

19 *The Poems of T.S. Eliot Volume I*, 1005.

20 ニケア信経 "I believe in the Holy Ghost, the Lord and Giver of Life; who proceeds from the Father [and the Son]; who with the Father and the Son together is worshipped and glorified; who spoke by the prophets." 「聖霊は命を与うる主、父と子よりいで、父と子とともに拝みあがめられ、預言者によりて語りたまいし主なり。」『日本聖公会祈祷書（一九五九年版）』。この「預言者」を幽霊と読み替えることもできよう。

21 Cf. David Jones, "An Enquiry Concerning the Arts of Man and the Christian Commitment to Sacrament in Relation to Contemporary Technocracy" in Elizabeth Pakenham ed, *Catholic Approaches* (Weidenfeld and Nicolson, 1955).

22 この概念の理解にはウィリアムズの教会史である *The Descent of the Dove: A Short History of the Holy Spirit in the Church* (Pellegrini and Cudahy, 1939) が参考になる。

23 ピューリタン的な気質は彼自身が「賢人としてのゲーテ」で告白している通りである。Cf. "…myself, who combines a Catholic cast of mind, a Calvinistic heritage, and a Puritanical temperament…" "Goethe as the Sage" in *On Poetry and Poets* (Faber and Faber, 1957), 209.

24 Barbara Newman, "Eliot's Affirmative Way: Julian of Norwich, Charles Williams, and Little Gidding" *Modern Philology*, Vol. 108, No. 3 (February 2011), 427-461. この論文によれば、エリオットはノートン教授としてハーヴァード滞在中に出席した早朝ミサの聖体拝領後、腹ばいに倒れてしばらく動かなくなるという「霊的体験」をしたとのことである。

チョーサーの誓言に関する覚書*

――「学僧の物語」五四七―五〇行の解釈を手掛かりに――

西村　秀夫

一　はじめに

「学僧の物語」(*The Clerk's Tale*)は「SM的、DV的お話」(田尻雅士)である。[1] カンタベリー詣での巡礼の一人、オックスフォードの学僧が宿の主人の求めに応じて語る「パドゥアで、あるすぐれた学者から学んだ話」[2] は次のように展開する。

前口上(一―五六行)

第一部(五七―一九六行)　独身を謳歌するサリュースの侯爵ワルテルは、領民たちの要請を容れて結婚することに同意する。

第二部(一九七―四四八行)　ワルテルは村の中で最も貧しい臣下ジャニキュラの娘グリゼルダを娶る。結婚に際してワルテルは、いかなる場合にも自分の意志に従うことをグリゼルダに誓わせる。やがて二人の間に女の子が生まれる。

第三部（四四九—六〇九行）　ワルテルはグリゼルダの忍耐心を試そうと[3]、腹心の部下を送って娘を連れ去らせる（ワルテルがグリゼルダに課す第一の試練）。

第四部（六一〇—七八四行）　四年後に男の子が生まれ、その子が二歳になったとき、ワルテルは娘の時と同じようにその子を連れ去らせる（第二の試練）。さらに、偽造させたローマ教皇の勅書を基にグリゼルダを離縁して別の女性と結婚することを公表する。

第五部（七八五—九三八行）　ワルテルはグリゼルダを父親のもとに帰らせる（第三の試練）。

第六部（九三九—一一七六行）　ワルテルはグリゼルダを呼び出し、婚礼の準備を手伝わせる（第四の試練）。グリゼルダの変わらぬ忍耐心、従順さに満足したワルテルは事情をすべて説明し、グリゼルダは子どもたちと再会する。

結　句（一一七七—一二一二行）

「学僧の物語」の主人公グリゼルダは、「弁護士の物語」（*The Man of Law's Tale*）の主人公コンスタンスとともに「苦難と信仰（trial and faith）」を主題とする中英語韻文物語（特にロマンス）群、'Eustace-Constance-Florence-Griselda Legends'[4]に名を留めるが、グリゼルダは、出自が貧しい、また常に従順であるという点で他の作品の主人公たちとは異なる。[5]

二　「学僧の物語」五四七—五〇行

本稿で取り上げる箇所が含まれる第三部を、チョーサーの原文をたどりながら少し詳しく見ておきたい。ワルテルとグリゼルダの間に娘が生まれて間もなく、ワルテルはグリゼルダの忍耐心のほどを知るべく、彼女に試練を与えようという欲望に駆られる。

（1）　This markys in his herte longeth so
To tempte his wyf, hir sadnesse for to knowe,
That he ne myghte out of his herte throwe
This merveillous desir his wyf t'assaye; (451–54)

ワルテルは、貧しい生まれのグリゼルダに仕えることを臣下の者の多くが快く思っていないこと、特に娘が生まれてからはその声がいっそう大きくなっているので、言外に娘を殺害することをほのめかしながら、事態の収拾を図るつもりであると彼女に伝える。

（2）　I may nat in this caas be reccheleess;
I moot doon with thy doghter for the beste,
Nat as I wolde, but as my peple leste. (488–90)

これを聞いたグリゼルダは動揺する様子を一切見せず、ワルテルの意志に従うと答えるのみである。

(3)

Whan she had herd al this, she noght ameved
Neither in word, or chiere, or contenaunce,
For, as it semed, she was nat agreved.
She seyde, "Lord, al lyth in youre plesaunce.
My child and I, with hertely obeisaunce,
Been youres al, and ye mowe save or spille
Youre owene thyng; werketh after youre wille.
(498–504)

グリゼルダの答えに満足したワルテルは、娘を連れ去るため、グリゼルダの許に腹心の部下 (sergeant) を送る。今にも娘の命を奪わんばかりの冷酷非道なこの男の仕打ちを目の当たりにしながらも、グリゼルダは子羊のようにおとなしく身動きもせずじっと耐えるだけである。

(4)

Grisildis moot al suffre and al consente,
And as a lamb she sitteth meke and stille,
And leet this crueel sergeant doon his wille.
(537–39)

ワルテルの意のままに進む事態を前に、泣くことも溜め息をつくこともしなかった[6]グリゼルダがついに口を開く。

(5)
But atte laste to speken she bigan,
And mekely she to the sergeant preyde,
So as he was a worthy gentil man,
That she moste kisse hire child er that it deyde. (547–50)

この箇所に対応する日本語訳は次のようになっている。

(6)
a. 最後に、夫人はその下士官に向かって、相手が立派な紳士でもあるように、しとやかに願った、「殺すまえに、一度その子に接吻させていただきたい」と。(西脇順三郎訳)

b. が、とうとう、彼女は口をきりました。そしてその家来を立派な気高い人間とみて、優しく彼女は彼に願いました。どうか自分の子供が死ぬ前に口づけさせてくれるように、と。(桝井迪夫訳)

c. しかしとうとう彼女は話し始めた。
従士が立派な貴人であるかのごとく、
彼女は彼に対して穏やかに頼んだ。
殺す前にわが子にキスをさせてくれと。(笹本長敬訳)

これらの訳文は、すべて五四九行目 "So as he was a worthy gentil man" の解釈に問題があるように思われる（各訳文の傍線部参照）。

この行は誰の視点から述べられているのであろうか。グリゼルダの娘を連れ去りに来たこの男を語り手は、五三九行目で "this crueel sergeant" と評し（(4)の引用）、さらに続けて次のように描写する。

(7)　Suspecious was the diffame of this man,
　　Suspect his face, suspect his word also;
　　Suspect the tyme in which he this bigan.　(540–42)

ここで語り手は、ともに'exciting suspicion'を意味する supecious, suspect で始まる節を繰り返して畳み掛ける、いわゆる repetitio の技巧を用いてこの男の胡散臭さを強調しており、worthy, gentil が語り手の評価であるとは考えられない。ではグリゼルダの視点からの記述であるかと言えば、それも疑問である。

この男はワルテルの腹心の部下であり、彼がどのような人間であるかをグリゼルダが全く知らないとは考えにくい。しかも

(8)　A maner sergeant was this privee man,
　　The which that feithful ofte he founden hadde
　　In thynges grete, and eek swich folk wel kan
　　Doon execucioun in thynges badde.　(519–22)

とあるように、悪事も平気でやってのける人物をグリゼルダが本気で“a worthy gentil man”と思っているとは考えられない。

ここは、子どもを自分の手から奪われ、その子が今にも殺されそうになっている状況にあってもじっと耐え、言葉を発することのなかったグリゼルダがついに発した言葉の一部と考えるのが妥当ではないか。“So as he was a worthy gentil man”は、最後に何としてもわが子に口づけしたいという強い気持ちを相手に伝えるための誓言（asseveration）を間接話法で表現したもので、翻訳を試みれば直接話法的に「立派な〔気高い〕あなた様に免じて、どうかこの子が死ぬ前に口づけをさせてください」となるであろう。ちなみに、eChaucer のサイトに上がっている現代英語訳では次のようになっている。

(9)　But at last she began to speak, and meekly prayed the office that, as he was a worthy man and of gentle stock, she might kiss her before it died.[7]

三　チョーサーの言語表現の特性

前述の訳文に至るためにはチョーサーの言語表現に関して二つのことに留意しなければならない。一つは誓言として用いられる as 節の用法、もう一つは桝井が「語の遊離性（separability）」の一例として指摘し、後に Roscow が‘displacement’として取り上げた現象である。

三・一　誓言としての as 節

『カンタベリー物語』には、主節において示される行為（陳述、命令・忠告、約束、願望など）を、as 節中の主語が行うにふさわしい、あるいはその資格があることを強調的に表明する表現が見いだされる。みずからの行為を正当化する一人称主語の例が最も多い。

(10)　a.　And this bihote I yow withouten faille,
　　　　Upon my trouthe, and *as I am a knyght*,
　　　　That wheither of yow bothe that hath myght—　(KnT 1854–56)

　　b.　Gerveys answerde, "Certes, were it gold,
　　　　Or in a poke nobles alle untold,
　　　　Thou sholdest have, *as I am trewe smyth*.　(MilT 3779–81)

　　c.　And *as I am a kynges doghter trewe*,
　　　　If that I verraily the cause knewe
　　　　Of youre disese, if it lay in my myght,
　　　　I wolde amenden it er that it were nyght,　(SqT 465–68)

d. Oure Hooste seyde, "*As I am feithful man*,
And by that precious corpus Madrian,
I hadde levere than a barel ale
That Goodelief, my wyf, hadde herd this tale!

(MkT 1891–94)

⑽ b. ⑽ d. は as 節中の名詞に trewe, feithful という形容詞が伴い、それらが一種の epithet として当該の名詞が備える属性を際立たせる役割を果たしていること、また⑽ a. では "as I am a knyght" が "upon my trouthe"、⑽ d. では "As I am feithful man" が "by that precious corpus Madrian" という誓言と並置されていることを考えあわせると、as 節が文字通りの理由・根拠を表す意味から、as 節で述べる事柄を話者が真実であると強く認識しており、それを根拠に主節で述べる内容を強調する誓言へと推移（文法化）していると考えることができよう。

次は二人称主語の例である。エミリーをめぐって激しくわたりあうパラモンとアルシーテを止めに入ったセシウス公に対し、パラモンが以下のように申し出る。

⑾ And *as thou art a rightful lord and juge*,
Ne yif us neither mercy ne refuge,
But sle me first, for seinte charitee!
But sle my felawe eek as wel as me;

Or sle hym first, for though thow knowest it lite,
This is thy mortal foo, this is Arcite,
That fro thy lond is banysshed on his heed,
For which he hath deserved to be deed. (KnT 1719–26)

パラモンとアルシーテはセシウス公の捕虜となり塔に幽閉されていた。アルシーテは二度とアテネに近寄らないという条件で解放されたもののアテネに戻り、名を偽って小姓としてエミリーに仕えていた。それに対しパラモンは牢を破って逃げ出した身であった。したがってパラモンがセシウス公の姿を認めたとき、観念して自分とアルシーテの生殺与奪をセシウス公に "as thou art a rightful lord and juge" と委ねるのは当然のことであり、その意味でこの as 節は理由を表すと解することができる。しかし、一七二〇行以下で命令節が立て続けに四つ用いられており（しかもそのうち三つが sle で始まる）、as 節が主節が示す行為を行うことを権威づけるために強意的に用いられていることも確かである。

次例は三人称主語である。被伝達節の始まりを示す接続詞 that が現れていないが、間接話法と考えてよいものである。

(12) And swoor his ooth, *as he was trewe knyght,*
He wolde doon so ferforthly his myght
Upon the tiraunt Creon hem to wreke (KnT 959–61)

桝井訳では次のようになっている。

⒀　そして真実の騎士にふさわしい誓いをたてて申されました。「暴君クレオンに対し彼女らの仇をうつために力を尽くして攻め撃ってやるぞ。」

確かに "as he was trewe knyght" の掛かり方は曖昧であり、九五九行単独で見れば、先行する "swoor his ooth" の様態を表すと解釈することも可能である。しかし、後続の文脈が主語（セシウス公）の強い決意を表していること、また knyght が trewe を伴っていることを考えると "as he was trewe knyght" は誓言として用いられており、"his ooth" の内容を具体的に表現していると解釈するのがこの箇所にはふさわしい。ちなみに、eChaucer のサイトにおける現代英語訳では次のようになっている。

⒁　and swore an oath that, as he was a true knight, he would strive to take such vengeance upon the tyrant Creon [8]

この種の定型的な表現は、実は中英語の韻文ロマンス作品にもしばしば見られるものである。

⒂　a.　He said, "*Als I am trew knyght,*
I sal be redy forto fyght
To-morn with tham al thre,
Leman, for the luf of the.　(*Ywain and Gawain* 2189–92)

b. And *as i am a true lady*
Thy counsayl shall i neuer dyscry; (*The Squire of Low Degree* 109–10)

c. Tho lough Launfal full style
And seyde, *as he was gentyl knyght*,
Thylke day a fourtenyght,
He wold wyth hym play. (*Sir Launfal* 540–43)

⒂ c.は⑿同様、間接話法の例である。

これらの例から中英語韻文ロマンスからチョーサーへの連続性を見ることができる。チョーサーの詩作がvernacular な伝統の上に成り立っていたことを示す一例である。なおこの as 節の使用は韻文に限定されない。*MED* はマロリーから以下の例を引用している（s.v. **as** conj. 6.)。

⒃ **1485 (a1470) Malory Wks. (Caxton:Vinaver) 8/38:** Ye wil be sworn unto me, *as ye be a true kynge enoynted*, to fulfille my desyre.

またフランツはこのような構造で用いられる as は “as sure as” の意味であるとし、次のような例を挙げている。[9]

(17)　*As I am a gentleman,* I will live to be thankful to thee for't.　(Tw. IV.2.79)

三・二　語の遊離性

桝井は、チョーサーの韻文には「韻律上の制約」では説明しきれないほどの語順の自由さがあることを指摘し、それを「語の遊離性」と呼ぶ。[10] 桝井が豊富に挙げる実例の中で本稿に関わると思われるのは、以下(18)(19)に示す、従属節中の語（句）が接続詞を越えて前置される例である。

(18)　*Out of this prisoun* help that we may scapen.　(KnT 1107)

(19)　*In Southwerk at the Tabarad* as I lay
　　Redy to wenden on my pylgrimage　(GP 20–21)

Roscow はこの現象を 'displacement' と呼び、韻文ロマンスでも広く見られたことを指摘して以下のような例を挙げている。[11]

(20)　a. *In to þe palais* when þai were gon　(*Amis and Amiloun* 1381)

b. *þurh a wildernes* as y ʒede (*Sir Orfeo* A 536)

c. *In thy blys* that we may wone (*Emaré* 5)

桝井もRoscowも副詞句が遊離した例を挙げるのみであるが、本稿で取り上げたas節の移動はその延長線上にあると考えてよいであろう。以下に(21)として再掲する。

(21) But atte laste to speken she bigan,
And mekely she to the sergeant preyde,
So as he was a worthy gentil man,
That she moste kisse hire child er that it deyde. (ClT 547–50)

五四九行目 "So as he was a worthy gentil man" は、前行末の動詞 preyde 'prayed' の持つ意味の強さが、本来ならば従属節に収まるべきas以下を明確にグリゼルダの肉声として引っ張り出し、さらに韻律調整のために節頭にsoを添えた結果生じたと考えられるのではないだろうか。[12]

四　おわりに

本稿では「学僧の物語」五四七—五〇行の解釈を手掛かりに、「誓言としてのas節」および「語の遊離性」

という二つの観点からチョーサーの英語の特性について考察した。韻文ロマンスの伝統に連なる表現形式を用いながらもそこに留まらず、柔軟に詩句を配置することによって、韻文の統語法のあらたな可能性を追求しようとするチョーサーの姿勢の一端が明らかになったように思う。

*本稿は PHILOLOGIA 四六号（三重大学英語研究会、二〇一五年）に発表した「グリゼルダの声――*The Clerk's Tale* 547–50 の解釈をめぐって――」を改稿したものである。

注

1 『二〇〇七年度授業科目履修案内』（大阪外国語大学大学院言語社会研究科）六一ページ。

2 I wol yow telle a tale which that I
Lerned at Padowe of a worthy clerk, (26–27)

3 桝井迪夫『チョーサーの世界』（岩波新書、一九七六年）一八四ページの訳語による。原語は sadnesse で *MED* はこれに 'steadfastness, constancy; firmness of mind; a state of constancy' といった語義を与えている（s.v. **sadnesse** n. 2.(a)）。西脇、桝井、笹本の翻訳はそれぞれ「どれほど我慢強いか」「一貫した誠実さ」「節操」となっているが、どれも sadnesse の意味を十分に伝えているとは言い難い。

4 Lilian H. Hornstein, "Eustace-Constance-Florence-Griselda Legends," *A Manual of the Writings in Middle English 1050–1500. Fascicule 1*, gen ed. J. B. Severs (New Haven: The Connecticut Academy of Arts and Sciences, 1967) 120–22.

5 Andrew King, *The Faerie Queene and Middle English Romance: The Matter of Jus Memory* (Oxford: Clarendon Press, 2000) 83; Tajiri Masaji, *Studies in the Middle English Didactic Tail-rhyme Romances* (Tokyo: Eihōsha, 2002) 192.

6 But natheless she neither weep ne syked,

Conformynge hire to that the markys lyked.　(545–46)

7　eChaucer (http://ummutility.umm.maine.edu/necastro/chaucer/translation/ct/10clt.html) 二〇一七年五月二八日

8　eChaucer (http://ummutility.umm.maine.edu/necastro/chaucer/translation/ct/02kt.html) 二〇一七年五月二八日

9　ヴィルヘルム・フランツ『シェークスピアの英語：詩と散文（改訂増補版）』斎藤静、山口秀夫、太田朗訳（篠崎書林、一九八二年）七八五ページ。

10　桝井迪夫『チョーサー研究（増補版）』（研究社、一九七三年）一八一―八七ページ。

11　Gregory Roscow, *Syntax and Style in Chaucer's Poetry* (Cambridge: D. S. Brewer) 19–21.

12　J. Kerkhof, *Studies in the Language of Geoffrey Chaucer*, 2nd ed. (Leiden: E. J. Brill / Leiden UP, 1982) 470 を参照。

付記

二〇一七年十一月の時点で eChaucer のサイトは http://echaucer.machias.edu/ に移動した上に、コンテンツが大幅に削除されている。現代英語訳で入手可能なのは「総序の歌」と「騎士の物語」だけである。

引用文献

テキスト

Benson, Larry D, ed. *Riverside Chaucer: Third Edition Based on The Works of Geoffrey Chaucer Edited by F. N. Robinson*. Boston: Houghton Mifflin Company, 1987.

Bliss, A. J, ed. *Sir Orfeo*. 2nd ed. Oxford: Clarendon Press, 1966.

French, Walter H. and Charles B. Hale, eds. *Middle English Metrical Romances*. Reprint. New York: Russell & Russell, 1966.

Friedman, Albert B. and Norman T. Harrington, eds. *Ywain and Gawain*. EETS OS 254. Reprint. London: Oxford UP, 1981.

Leach, MacEdward, ed. *Amis and Amiloun*. EETS OS 203. Reprint. London: Oxford UP, 1960.

翻訳

笹本長敬訳『カンタベリー物語（全訳）』（英宝社、二〇〇二年）
西脇順三郎訳『カンタベリ物語　上』（ちくま文庫、一九八七年）
桝井迪夫訳『完訳　カンタベリー物語（上）（中）』（岩波文庫、一九九五年）

『プーブリリウス・シュルスの警句集』（抄）

山沢　孝至・編訳

［解説］プーブリリウス・シュルス（Publilius Syrus）は紀元前一世紀のイタリアで活躍した、ミームス劇の作者兼俳優で、「シュルス（シリアの人）」の名が示すとおり、元はシリア（恐らくはアンティオキア）の生まれ。前八三年頃、若年奴隷としてイタリアに連れて来られ、その才気煥発によって自由人の身分を得てのち、ミームス劇で大評判をとり、かのカエサルからローマに呼び寄せられたほどであったという。ミームス劇とは、市井日常に材をとった内容を、悲劇・喜劇につきものの仮面を用いずに演じるくだけた芝居のことで、残念ながら今日には一作も伝わっていない。その代わり、多くの人の口の端にのぼった名台詞を集めた『プーブリリウス・シュルスの警句集（*Publilii Syri Sententiae*）』なる書物がいつの頃か編まれ、爾来ラテン語の教科書として大いに活用された。収録された台詞はすべて、独立した一行の短い警句ばかりである。これが、冒頭の語の最初のアルファベットによりざっくりとAからVまでに仕分けされていて、版によって異なるが、その数七〇〇以上。ただし、どこまでがプーブリリウス・シュルスの真作なのか判然としないところは、いわゆる「イソップ寓話」なるものが、イソップ（ギリシア語ではアイソーポス）を名乗る寓話作

者が実在したことは間違いないが、現在に伝わる話のどれが真作でどれが偽作かとなると判別に窮するのと同じ事情である。

ここでは、二五〇の台詞を選び、これをキー・ワードめいたものによって一〇〇に分類した。翻訳の底本には、参照の容易なロウブ版（J. Wight Duff and Arnold M. Duff (edd.), *Minor Latin Poets*, Cambridge, Ma./London 1968）を用いた。行頭の数字は、これによる番号である。

＊＊＊＊＊＊＊

敢えて行なう（Audere）

四三．敢えて行なうことによって勇気が、ためらうことによって恐怖が増す。

悪意（Malitia）

四〇四．一人の人間の悪意がたちまち全員の悪口となる。

四〇九．悪意は、立ち現われたときに悪どさが増すよう、善意を装う。

四一〇．邪悪な心は引き籠るといっそうひどいことを考える。

悪人（Malus）

三五八．悪人は、善人のふりをするときが最も悪どい。

三七七．良からぬことをしようと考える者が理由を見出さないためしはない。

四四五．悪人が善人の真似をするときは、何かしら企んでいる。

あなたのせい（Tua culpa）

三四三．一度転んで、もう一度つまずいたなら、それはあなたのせいだと思いなさい。

過ちを犯す（Peccare）

四一六．自分が何を知らないかを知っていれば、過ちも少なくなる。

七〇三．年上が過ちを犯すと、年下が疎なことを学ばない。

七二六．全員が過ちを犯すと、不平を言う望みはなくなる。

七三一．過ちがただちに改められれば噂も大目に見てくれるのがふつうだ。

憐れみ（Misericordia）

四〇八．憐れみ深い市民は祖国の慰めなのだ。

怒り（Ira）

八八．怒りの記憶はできるだけ短くあるべし。

一二七．何度も怒りたくない相手には、一度だけ怒るがよい。

二九〇．怒りに打ち勝つ者は最大の敵を克服する。

三〇一．立腹した者は企てを所業とまで考える。

三一一．立腹した者が我に帰ると、今度は自分に腹を立てる。
三一九．立腹した者は何事を語るにも非難せずにはおかない。
五五〇．遅くになってから一度だけ怒るのが賢者というものだ。
六二八．遅滞は何の役にも立たないが、怒りには役立つ。

愛の営み（ウェヌス）（Venus）

六九．命令ではなくこびへつらいで愛の営みが甘美なものになる。
三一四．愛の営みにおいては正気をなくすことが常に心地よい。

上の者（Superior）

二二八．上位の者が決めれば偽りでさえも真（まこと）となる。
二六九．上の者がどんな過ちを犯そうと、下の者がそれを見つけ出す。

運（Fortuna）

一九七．運が甘い言葉を使うときは、つかまえに来たのだ。
二〇三．運はあまりに贔屓（ひいき）する相手を愚かにする。
二一三．運は誰の邪魔も一度しただけでは満足しない。
二一九．運はガラスでできていて、きらきら輝くときに毀れる。
二五三．人間と運の女神は常に別々のことを考える。

三三五．運の女神は軽薄だ。与えたものを返せとすぐに言う。
四二九．文句のつけようがないほど良い運というものはない。
六〇二．運が飾り立てるものはすべて、たちまち蔑まれる。
六四八．愚か者は運を恐れ、賢者は運に耐える。
六七一．運の女神は滅ぼそうと思う人間を愚かにする。

王（Rex）

六三五．無慈悲でありたいがために王になりたくはない。

恐れる（Timere）

五五九．期待することよりも危惧することの方が早く起こる。
七〇四．恐れるものがないときには、恐れるためのものが生まれる。

落とし穴（Insidiae）

六三六．事柄は大きければ大きいほど落とし穴も多い。

おべっか（Blanditia）

五五八．苦しくなっておべっかを使う者は、知恵の巡りが遅すぎる。
七一八．武勇では獲得できぬものをおべっかが獲得する。

親（Parens）

八．親が公正なら愛しなさい。そうでなければ耐えなさい。

恩恵・親切（Beneficium）

五七．必要なものを頼まれぬうちに差し出したなら、二倍有難がられる。
五九．恩恵を与えることを知らぬ者がこれを求めるのは不当だ。
六一．恩恵を受けることは自由を売ることだ。
六四．恩恵を返すことを知る者は、より多くの恩恵を受ける。
六八．恩恵を与えることで恩恵を受けるのは、ふさわしい相手に与えた人だ。
七一．自分が恩恵を与えたと吹聴する者は、恩恵を求めている。
七三．恩恵をしばしば与えることは、お返しをすることを教えることだ。
七八．親切な人間は与える理由まで考える。
九三．恩恵は与えてもらうものだと考えているのは碌でなしか愚か者だ。
一〇三．常に与えていた相手に断わると、奪えと命じることになる。
三〇八．恐怖がついてくる恩恵は有難くないものだ。
四八四．善意の務めには終わりがない。
五一五．憶えてもらわなければ与える者は与えるのでなく、失くすのだ。
六八三．憶えていてもらうことは善行にとって十分大きな利子だ。

女（Mulier, Femina）

六．女がするのは愛するか憎むかのどちらかだ。三つめはない。
二〇．女は大っぴらに悪いとき、初めて善良なのだ。
三六．貞淑な女は目でなく心で夫を選ぶ。
一〇八．夫に貞淑な主婦は従うことで支配する。
二一七．女の性（さが）を支配することは閑暇を諦めることだ。
三六五．良からぬ考えでは女は男に勝る。
三七六．女は一人で考えていると碌なことを考えない。
五八四．美しいと見られたがりすぎる女は誰にも嫌と言わない。

害をなす（Nocere）

五五四．害をなすことを学んだ者は誰しも、それができるようになれば思い出す。
六〇四．害をなす力のある者は、その場にいなくてさえ恐れられる。
六一〇．害をなそうとやって来る者は常によく考えた上で来る。

買う（Emere）

七三〇．他人のものを買うときには自分のものを売らないように気をつけなさい。

隠す（Celare）

五六四．あなたがどんな隠し事をしようと、あなた自身が恐怖の的になる。

影（Umbra）

一八六．一本の髪の毛にすら影がある。

借りがある（Debere）

六四七．誰に借りがあるかを憶えていることは一番尊いことだ。

変わる（Mutari）

四二四．変わる可能性のあるものはすべて自分のものと考えてはならない。

危惧（Metus）

三九八．邪悪な者たちを思いとどまらせるのは危惧であって温情ではない。

危険（Periclum）

一〇七．危険は侮ったとき、いっそう速やかにやって来る。

四二八．危険を冒さずして危険は克服されない。

五〇〇．臆病者は存在しない危険まで見る。

六八四．危険のさなかに助言を求めても遅すぎる。

期待する（Exspectare）

二．他人にあなたがしたことを他人から期待しなさい。

金銭（Pecunia）

六一八．もし使えないのなら、なぜあなたに金銭が必要なのか。

苦しみ（Dolor）

九四．苦しみも同じように消えるのなら、喜びを失うのも良いことだ。
一五二．苦しみは大きくなる場所がないと小さくなる。
一七四．苦しみは、罪なき者にさえ嘘をつくことを強いる。
三三四．傷ついた者の苦しみを癒す薬は敵の苦しみだ。
三四九．損をして苦しみを消せるのなら、それは利得だ。
五〇五．もの言わぬ苦しみははるかに良くないことを考える。
五一一．苦しみを消す苦しみは薬の代わりになる。
六一一．苦しみが言葉をもたなければ、誰が哀れな者を知ろう。

群衆（Turba）

四八〇. 犯罪には群衆の中ほど隠れやすいところはない。

計画（Consilium）

四〇三. 変更できない計画は碌なものではない。

欠点（Vitium）

一〇〇. 我々は馴染んだ欠点は我慢し、新たな欠点は批判する。

欠乏（Inopia）

四一八. 潤沢から生まれる欠乏は碌なものではない。

賢者（Sapiens）

一七七. 賢者は他人の欠点から自分の欠点を直す。

七二二. 賢そうなのが顔だけなのか本性なのかは大違いだ。

恋（Amor）

五. 恋は意のままに始まるが、意のままには捨てられない。

一五. 恋する者は自分が何をしたいかは知っているが、どんな知恵があるかは分かっていない。

一八. 恋はねじ切ることはできないが、滑り落ちることはある。

二二．恋をして分別をもつことは、神にもほとんど許されない。
二九．恋をすることは若者には実りで、老人には罪だ。
三一．恋の傷は、それをつけたのと同じ人間が癒す。
三七．恋する人間の誓いには罰がない。
三八．恋する者は松明（たいまつ）と同じで、振り回されるとますます燃え上がる。
三九．恋は涙と同じで、眼から湧き出て胸に落ちる。
四二．恋を終わらせるのは時間であって、心ではない。
一二一．愛してもらいたければ恋人を怒らせなさい。
一三一．恋をするときは分別がなく、分別があるときは恋をしない。
四七八．死も恋も誰もが免れることができない。

好機（Occasio）

一六三．じっくり考えることで好機が台無しになることが多い。
四九六．好機はなかなか提供されないが、失うのはたやすい。

告発（Crimen）

一五六．告発には簡単に耳を藉（か）してはならない。
二九一．黙っていると、投げつけられた告発をいっそう鋭いものにする。

断わる（Negare）

三七四．速やかに断わられれば騙されることも少なくて済む。

四八一．あっさりと断わる人は小さからぬ恩恵を与える。

五一七．求められたことを丁寧に断わるなら、それも親切のうちに入る。

六五四．賢者は求めを、黙っていることで手短に断わる。

猜疑（Suspicio）

六七八．猜疑は自ずと競争相手を生む。

歳月（Aetas）

四六七．永の年月が丸くしたり矯めたりしないものはない。

五六六．歳月がもたらした欠点は歳月が取り去ってくれる。

六六八．永の歳月で失ったものが一時間で戻って来ることがよくある。

最上位（Summus locus）

四七六．階段を守るのでなければ最上位は誰にとっても安全でない。

災難（Calamitas）

二九五．災難に遭った人の場合、笑うことでさえも侮辱になる。

三八三．災難につける薬は心の平静だ。
三八九．災難の威力を知らない者はいっそうの力をもつ。

裁判（Iudicium）

二〇四．裁判から逃げる者は犯罪の自白をしている。
六九八．裁判人は被告人と同じく自身についても裁きを下す。

死（Mors）

三六〇．死ぬのは必然だが、あなたが望むほど度々必然なのではない。
四〇一．死は幼児には幸い、若者には辛く、老人には遅すぎる。
四七五．悪いことが何もなければ死には良いことがありすぎる。
六七二．貧しい者は希望が、貪欲な者は財産が、哀れな者は死が楽にしてやる。

叱りつける（Obiurgare）

一四七．援助が必要なときに叱りつけるのは断罪することになる。
四八六．災難に遭って叱られるのは災難よりも深刻だ。

借金（Aes alienum）

一一．借金は真っ当な人間にはひどい隷属だ。

五八五．借金のある者は貸し手の敷居を好まない。

習慣（Consuetudo）

二三六．習慣の支配は圧政の極みだ。

羞恥（Pudor）

五〇一．羞恥は生まれもってのもので、教えることはできない。

熟考する（Deliberare）

一五五．熟考は何度でもせよ。決断は一度だけせよ。

称賛（Laus）

三三三．新たな称賛が起こらなければ古い称賛も失われる。

商売女（Meretrix）

三九九．商売女が優しい気持ちになるのは贈り物のせいであって、涙のせいではない。

勝利（Victoria）

七七．勝利に際して已れに打ち勝つ者は二度勝つことになる。

三二五．一致団結のあるところ、常に勝利がある。
六三三．勝利は仲間争いを好まない。
六六五．勝利とともに耐えねばならない傷は痛みがない。

助言(Consilium)

六五三．助言は最も必要なときにいつも欠けている。

所有する(Possidere)

六〇三．必要以上に所有しているものはどれも圧迫する。

信義(Fides)

二〇九．信義を台無しにした者は、それ以上台無しにできるものがない。

真実(Verum)

三四八．真実を求めるときには舌に自由にしゃべらせなさい。
四六一．口論が過ぎると真実が失われる。
七〇六．身の安全のために生まれる嘘は真実なのだ。

人生(Vita)

九二．人生は元来短いが、災難のせいで長くなる。
二四九．ああ、長生きすることで何とたくさん後悔の種が生じることか。
二五七．人間は生へと貸し出されたのであって、与えられたのではない。
三七一．自分がいつまでも生きると思っている人間は碌な人生を送らない。
四八五．おお、人生は惨めな者には長く、幸いな者には短いことよ。

酸っぱい（Acerbus）

四四一．熟す前に酸っぱくなかったものはない。

祖国（Patria）

七〇五．離れていても仲間と一緒なら祖国が恋しくはならないだろう。
七三二．無実の者が断罪されるとき、祖国の一部が追放される。

損失（Dimissum）

一六一．知られることのない損失は失われてはいない。

大胆さ（Audacia）

二九八．形勢危うい場合は大胆さが最も価値がある。

助けになる（Iuvare）

五五三．いかに正しくなくとも、助けになることは正しいことと考えなさい。

五六三．常に備えのできているものが常に助けになるとは限らない。

愉しみ事（Voluptas）

七二〇．秘めやかな愉しみ事は喜びというより恐怖だ。

黙っている（Tacere）

三五五．語りたいことを黙っていろと強いられるのは惨めだ。

賜物（Donum）

五二八．神の賜物が何かを理解するのは少数の人間にしかできない。

知恵（Sapientia）

三二〇．心が定まらないのは知恵の半ばだ。

四五一．自分が愚かだと知っている者は知恵なしではあり得ない。

四七三．あなた自身に知恵がなければ、知恵ある人の言うことに耳を傾けても無駄だ。

六九三．寡黙が愚かな人間には知恵の代わりになる。

遅滞（Mora）

三五二．遅滞はすべて憎まれるが、知恵をつくる。

忠告する（Monere）

六二五．君の愛する者に正しく忠告しなければ、それは憎んでいるのだ。

六二〇．忠告をする者はいかに辛辣でも誰をも害さない。

ツイている（Felix）

一三五．ツイている人間に対しては神もほとんど無力だ。

敵（Inimicus）

二三五．胸中に潜む敵は手強い。

二八八．怒った人間は少しの間避けなさい。敵は永く避けなさい。

六八六．敵は屈服させれば十分であって、滅ぼすのはやりすぎだ。

咎める（Accusare）

五二．習いとなることを許していては咎めるのが難しい。

三三一．また難破したからといって海神(ネプトゥーヌス)を咎めるのは間違いだ。

時（Hora）

六二．他人に悪い時なくしては誰にも良い時はない。

棘（Spina）

六六九．薔薇が眺められれば棘でさえ心地よい。

取り戻す（Recipere）

二三八．上機嫌で与えたものを塞いだ気分で取り戻すのは困難だ。

貪欲（Avaritia）

二三．貪欲な人間は死ぬときのほか正しいことを何もしない。
三五．誰も貪欲であってはならない。老人は決して。
四六．貪欲な人間には自分の性格が厳罰になっている。
二七五．欠乏には多くが欠けているが、貪欲にはすべてが欠けている。
六九四．貪欲な人間には持っているものが持っていないものと同じくらい足りない。

涙（Lacrima）

一二八．無慈悲な者は涙で養われるのであって、挫かれるのではない。
二五八．相続人の涙は仮面をかぶった笑いなのだ。

三八四．女の涙は悪意に添えた薬味だ。
五三六．用意された涙は悲しみではなく計略を表わす。

忍耐（Patientia）

一一一．辛抱はどのような苦しみにも薬になる。
二〇六．変えることができないものは耐えなさい。批判してはいけない。
二〇八．忍耐もあまり度々傷つけられると狂気になる。
二一八．困難に耐えなさい。容易なものに耐え抜くために。
五三五．辛抱することで辛抱のできないことが山とやって来る。

眠る（Dormire）

八〇．いかに眠れていないかに気づかぬ人はよく眠る。

罰（Poena）

五二六．邪悪な人間は罰を遅らせているだけで、免れているわけではない。
五五二．傷を負わせた張本人が低姿勢でやって来たときは十分な罰になっている。

日（Dies）

一一九．日々、あとへ行くほど悪い日になる。

一四六．あとの日はさきの日の教え子だ。
一六〇．その日が与えてくれるものを恐れなさい。すぐに奪いに来るから。

火（Ignis）

三四七．火は何も焼かずして遠くまで照らすことはできない。
四三四．火が長くあったところに煙がなかったためしはない。

悲惨（Miseria）

二二三．質素とは評判の良い悲惨だ。
四七七．自分がしたことを恥ずかしく思うときほど惨めなことはない。
五〇二．惨めに生きることを許すのは罰以上だ。
六一二．いったん熄んだ災厄が息を吹き返すときは、何と悲惨なことか。

他人（ひと）のもの（Alienum）

一．願って生ずることは何であれすべて他人のものだ。
二八．他人のものが我々には気に入るが、我々のものがそれ以上に他人の気に入っている。

病人（Aeger）

一〇四．我慢のきかない病人が医者を無慈悲にする。

評判（Fama）

八三．良き評判は闇の中で独自の輝きをもつ。

復讐する（Ulcisci）

五八〇．復讐をためらう者は悪人の数を増やす。

六六二．他人に復讐しようとして自分が罰を受けるのは愚かなことだ。

六七〇．近所の者に報復したいからといって火をつけるのは愚かなことだ。

不正（Iniuria）

二八九．不正に対する薬は忘却だ。

三〇四．不正には眼よりも耳の方が耐えやすい。

三一八．不正は耐えるよりも働く方が簡単だ。

三二三．不正を罰しないと自分が不正を働くことになる。

三五一．一人に不正を働く者は多くの者を脅かす。

七一五．古い不正に耐えることで新たな不正を招く。

法律（Lex）

三四四．法は腹を立てた人間を見るが、腹を立てた人間は法を見ない。

三四六．人里離れた所に隠棲すれば自分が法律だ。

欲しがる（Velle）

一四五．順当以上に許された人間は許された以上を欲しがる。

六二六．十分なだけを欲することのできる者は、欲するだけを持つことができる。

負ける（Superari）

六八九．格上の者に負けるのは名誉に属する。

真似る（Imitari）

七一四．貧乏人が金持ちの真似を始めると、身を滅ぼす。

守る（Custodire, Defendere）

三六七．多くの人の気に入るものを守るには最大の危険が伴う。

六九六．たった一人が守られるとき、全員が安全なのだ。

道連れ（Comes）

一一六．話上手な道連れは乗り物の代わりになる。

無知（Ignorantia）

一九三. 何を過ったかを知らないのは、たしかに深刻な無知だ。

眼（Oculus）

一二九. 心が他のことにかまけていると、眼は見えていない。

四二三. 心が眼を支配しているなら眼が過ちを犯すことはない。

儲け（Lucrum）

一五八. 悪評まみれの儲けは、損と呼ぶべきだ。

三三七. 他人の損なしに儲けが生じることはあり得ない。

四二六. あなたが持っているものを無しですませることほど安全な儲けはない。

五二七. 汚い金を受け取るくらいなら残り一文にまで落ちぶれた方がましだ。

友人（Amicus）

一〇. 友人の欠点を我慢すれば自分の欠点になる。

四一. あなたのもっているのが友人か、名ばかりかは、災難が明らかにしてくれる。

五六. 友人の性格は心得ておくこと。憎んではいけない。

二八四. 友人は、容易に敵になり得ると考えてもちなさい。

五二二. 友人の過ちは自分の過ちと考えるのが正しい。

五四九．気持ちより御馳走の方が多くの友を引きつける。

赦す（Parcere, Ignoscere）

一四四．何度も赦してやることで、愚か者を悪人にしてしまう。
二六一．正しい者を赦すために不正な者を赦すのは正当だ。
三八六．善人も一緒に滅びることになるのなら、悪人すら赦してやりなさい。
三九一．多くを赦すことで権力はいっそう強力になる。
五八七．一つの罪を赦す者はたくさんの罪を唆（そその）かす。
六六四．味方を赦すことを知らぬ者は敵を利する。
七三三．勝つは立派なこと、抑えつけるは厳しいこと、赦すは美（うる）わしいこと。

容姿（Facies）

一九九．美しい容姿は言葉のない推薦状だ。

忘れる（Oblivisci）

一七九．自分が何者かを忘れることすら、時に有用だ。

悪口（Maledictum）

一四九．人を恩知らずだと言えば、悪口のすべてを言ったことになる。

三七二．悪口は説明することでいっそう酷いものになる。

ミセラニとは何だったのか

水口　志乃扶

序

ミセラニがいつ始まったのかは知らない。赴任した時にはすでにあり、研究会も年数回開かれていたように思う。四月に赴任してすぐに「何か話しなさい」と風呂本先生に言われたように記憶している。当時は教養部でみなが英語を教えており、ほとんどが文学のご専門の見るからに見識の高い先生方ばかりで、言語学を専攻している、といっただけで「へー」という反応が返ってくることは珍しくなかった。その「へー」には多分いろいろな意味があったろうが、当時大学院を修了したての私には分かる由もない。

そのような空気の中で、「何か話しなさい」と言われても何を話していいのか皆目見当がつかない。先生方に伺っても「miscellaneous だからなんでもいいんだよ」との答え。そうか、ミセラニというのは miscellaneous のことなのか、とようやく分かるお粗末さ。しかしそれがどういう意味なのかには繋がらない。思わず辞書を引いたが、辞書なんて literal meaning（トランプさんが大統領になってから流行りの言葉になりましたが）が書いてあるだけで、自分の知りたいことはやっぱり分からない。なんとも雲をつかむような気分になったのを覚えている。

こんなふうに神戸での英語教師としての生活が始まりました。余談ですが、当時の写真が出てきたので、皆さんにもご披露します。集合写真も雰囲気が今とは随分と違っています。女性教官（「教官」と呼ばれていました）も少なく、私は教養部で雇用された五人目の女性教官でした。

英語教師として三十五年

もう三十五回も「あっ、また新年度が始まる」と言い続け、気がつけば退官まであと二年になった。定年の年齢が近年何度も延長されたのでこれまでの先生方より長く働いているはずなのに、この三十五年間何をしてきたのかあまり記憶にない。覚えているのは、改組、改組の連続で、何度も文部省、文科省に提出する山のような書類を短時間で書いたこと、それに関する会議が途方もなく多かったこと、などなどで、肝心の授業のこと、何を教えて、何を学生から教えてもらったのかはぼんやりとしている。ああ困った、これまでの人生の半分は神戸で教師をしてきたのに、何にも残っていないのか、反面教師以外に役にたつことはなかったのか、と悲しい思いになった。

そんな気持ちでぼんやり研究室に座っていたら、ふと今までの成績をとってあったことに気がついた。別に強い意志をもって保存しようとしていたわけではなく、教師には成績を所定の間保管しなくてはならないという保管義務がありそれに従っていただけで、保管期間を過ぎても何も処分しなかった結果、三十五年分の成績報告書がキャビネットに放置してある、というのが真相である。ミセラニが解散するので何か書かねばならないし、これを機にこの「資料」を整理してみる気になった。以下はその結果で、一教師が三十五年間どれくらい成績をつけてきたか、という資料にはなる。虎ではないので皮は残せないが、数字くらいは残せるかもしれない、という淡い期待があり、とりあえずエクセルに人数を打ち込むことにした。

いざ作業を始めると、すぐに後悔。たいした作業量ではないだろう、と思ったのが甘かった。一番近い過去の年度、つまり平成二十八年度から始めたのだが、いつまでたっても昭和にな

赴任して二年目か三年目の年度末の集合写真。雨が降って室内での撮影になったことを覚えています。なつかしいお顔が一杯です。それにしても集合写真というのはこんなふうにピシッととる時代だったのだな、と改めて思います。

らない。「昭和は遠くなりにけり」と巷ではよく言われているが、変なところで実感することになった。しかし考えてみれば当然で、平成だけでも二十八年分もある。そうすると三十五年のこれまでの教師生活は、昭和が七年間、平成が二十八年間となる。これはある意味自分の中では発見で、実は教養部時代は十年間だけで、平成四年に新設された学部、続いて設置された大学院での教師生活の方がずっと長い。これは計算上は至極当然のことであるのに、しかし心的には最初に職を得た教養部の語学教師としての経験がずっと鮮烈でいつまでも語学教師をやっている気分でいる。実際、私の所属は研究科ではあるが、今は国際教養院と呼ばれている組織の下部組織である英語部会で英語をずっと教えているのだから、そういう気持ちになるのもうなずける。いまさらながら最初に就く職の大事さを思う。

この作業をして気づいたことその二。英語の授業は提供している母体が、この三十五年間に教養部英語科、英語教科集団、英語部会とその名を変えている。もっと変わっているのが教科名で、教養部時代はシンプルに「英語1，2，3，4」で、教養部から教科集団に代わる頃から「人文、社会、自然」という科目名となり、次いで短期間ではあるが、「リーディング、リスニング、プロダクティブ、アドバンスト」という科目名になった時期があった。この時期が実は一番英語を教えていて楽しかった思い出がある。次いで「リーディング1~3、オーラル1~3」が登場し、今の「リテラシーA・B、コミュニケーションA・B」にやっとたどり着く。よくこんなに教科名を変えたものだと思う。入力作業がはかどらなかった大きな一因が、科目名がコロコロ変わっていたことにあって、エクセルの列を増やしたり変更したりの作業がかなりの頻度で発生し、変更する数年間は科目の読み替えが必然的に起こるので、どういう科目を教えていたのか、把握するまでに時間がかかってしまったというのが実情である。入力作業は一日で終わるかな、と初めは思っていたが、実際に終わったのは、途中でいやになりかけて作業を中断していたこともあるが、二週間後であった。その間に思ったことは、ひょっとしてこの作業はただ単に数字を追っているのではない、ということであった。

なんと一万三千人

というわけでこの三十五年間に担当した授業のコマ数、人数を数える作業をした。その結果が次の表である。なぜか一年分だけ記録が見つからなかったが、英語で三十四年間につけた成績が一万一千四百八十九人、学部・大学院でつけた成績が千六百七十三人、計一万三千百六十二人。成績を出しも出したり、と自分でもびっくりした。ただこの数字は正確ではない。大学院の担当は人数が少なく記録がでてこないものもあったからである。ここでまた自分の中での発見は、学部ができて優に二十年がたったいるということであった。実感としてはそんなに長く教えている感覚がない。しかし、である。二十年と言えばこどもが生まれて成人する期間ではないか、なぜこのような気持ちになっているかつらつら考えるに、やはりこれは英語で担当する人数があまりに多く、英語担当人数が今まで担当した学生の八十七パーセントであることに原因があると思い至った。

担当した人数もさることながら、英語科目が猫の目のように変わったことにも改めて驚いた。教養部時代は「英語1～4」で、これは数字が進むにつれて学習も進むという方針でつけられた科目名であると思う。ただ内容は教員（当時は「教官」）まかせで、各自勝手に内容を決めていたように思う。なんせ駆け出しの身としては、知識、経験、知恵のかたまりの先生方に習うしかなく、ない引き出しからなんとか教えられる素材を探し出していたことを思い出す。

次の時期は「人文・社会・自然」という科目名になった。この変更は教養部英語科に対する学部内の圧力によるものではなかったかと思う。英語科は文学部の出身者ばかりであったので、勢い授業で扱う領域は人文系となり、理系学部からもうすこし自分たちの専門につながる英語を教えてほしいという希望がずっとあり、科目名の変更になったと記憶している。ただ変更はしたものの、英語集団が各教員（注　まだ「教官」時代です）が教える内容をチェックすることはなく、自分の好きなものを好きなふうに教えるスタイルは踏襲されていた。さすがに「自然」という英語の授業で詩の教科書を指定する猛者はいなかったが、しかし学生の側からは複雑だったようで、ある理系の学生が、「卒業してから思い出すのは教養の英語で読んだ文学作品です」と言っていたのが印象的だった。確かにかなり高度な内容のものを先生方は自分の専門知識を披露しながら講義に近い授業をしておられた。今のアクティブ・ラーニングの対極にあるような授業であるが、ただ当時の学生は（言葉は悪いが）つっかかってくる人が多く、授業が途

年	英語科目名	担当クラス数（年間）	人数	人数／クラス		学部・大学院
1983-1992 （教養部　英語集団）	英語１～４（選択制）	10	5305	54	夜間主（B, E）	
1992-2000 （大学共通教育機構）	人文・社会・自然（指定クラス）	6.4	2789	48		国際文化学部（1995-2016） 総合人間修士（1999-2006）
2002-2005	Reading, Listening（指定クラス） *Speaking, *Productive（選択制クラス）	5.8	984	39		総合人間博士（2001-2006）
2006-2014 （SOLAC、英語部会）	Reading Oral（指定クラス） *Advanced（選択制クラス）	6	1992	39		国際文化学研究科（2007-）
2015- （国際教養教育院）	Communication A, B（指定クラス） Literacy,*Productive,*GSE（*選択制クラス） Autonomous（2016-　指定クラス）	6	419	38	Autonomous 5限開講 （2016-）	一部英語で提供する授業あり 国際人間科学部（2017-）
合計			11489			1673
総計						13162

科目名の変遷もさることながら、一クラスの人数も変わりました。平均人数は表の記載のとおりですが、教養部時代の一クラスの最高人数は八十人。それも文学部。どうやって授業をしていたのか記憶にありません。七十人を超すクラスも稀ではありませんでした。ある意味鍛えられました。あと教養部には経済、経営学部の「夜間主」というクラスがありました。社会人の人が夜二コマ授業を受けるというコースです。当時は本当に「社会人」だったので、英語の予習はあまり望めず、授業ではじめて英語を目にする学生も少なくはなかったですが、味のある人が多く、六限が終わるのは九時近くでしたが、昼間部とは違う魅力がありました。いまだに年賀状をくれる人もあります。

中で中断し、議論が始まることも珍しくなく、教師にとっては大変でもあり楽しくもあった。

急に英語を実際に使いましょう、という風潮になったのは英語の科目名が「リーディング、リスニング、プロダクティブ、アドバンスト」とカタカナ表記になった頃からである。この変更も外圧、今度は社会からの外圧によるもので、当時の文部省のかなり強い指導があったのではないかと推測している。

「推測」というのは、当時は総合人間の博士課程の新設に伴い、当時の文部省の指導があったと思われるからである。今でもそうであるが、文部省や文科省との交渉は大学のトップの仕事となっており、一般の教員の窺い知るところではない。長い会議をいくらしたところで、鶴の一声で全く違った組織が生まれてしまう。無力感を感じながらも、英語の授業の内容が変化したことは、以前の科目名での授業が積み上げ式でないことに閉塞感を感じていた私には、うれしい変化であった。また、英語の一クラスの人数が平均で四十八人から三十九人と十人も少なくなったのも、格段の違いであった。この時期が一番楽しい時期だった、と前で書いたのはこのような事情による。学生の反応もよく、一部選択制の授業であったこともあり、意思をもって授業に臨む学生が多かった。ただこの時期は長くは続かなかった。

神戸大学が全学に英語の授業を供給する組織が英語教科集団から英語集団になった。国際コミュニケーションセンター（通称ＳＯＬＡＣ）の誕生である。この時期に自分の所属も国際文化学研究科となる。これは大学組織の大改革で、今まで改組、改組の連続で改組に慣れていた私たちも、「またか」「なぜだ？」という気持ちになった。今まで一緒の組織に所属していた人も一部ＳＯＬＡＣに移り、神戸商船大学と神戸大学が合併し、海事科学部が誕生する。神戸商船大学の先生がたもＳＯＬＡＣの所属となり、随分と違う組織でご苦労されていた。この時期二〇〇四年に英語教科集団代表であった私は、たくさん集団会議を招聘したのを覚えている。ただこの会議は組織に関することに時間を割かざるを得ず、実質の英語の授業の内容を議論した記憶はない。

この組織の大変革に英語の科目名が「リーディング・オーラル」となった。希望してオーラルをずっと担当していたが、直近の「リーディング、リスニング、プロダクティブ、アドバンスト」に比べると内容の見えない授業名となっている。この時期から使用する教科書の発注がネット上で行われるようになり、誰がどの教科書を使っておられるのかが公開状態となる（注　教科書会社の人が大変喜んでおられました。それまでは全く全体の情報が手に入らなかったそうです）。「TOEICなどの英語外部試験用のテキストは使わない」という申し合わせがある以外は相変わらず何を使ってもよく、オーラルはABC、BBC、CNN、AFP、VOAなどニュース番組の教科書を指定する教員が多く、私もその例外ではなかった。学生に日本以外のあるいは日本のニュース英語を知ってほしい、聞けるようになり、自分も英語を話せるようになってほしい、という思いからである。この時期になると教養部時代のように議論を吹っかけてくる学生は皆無で、一点、二点の点数にこだわる学生が増えたように思う（注　レポート、試験は三十五年間ずっと全員に採点後返却しているが、この時期になると内容ではなく点数だけが学生の関心事になった、ということです）。授業評価もWEB上で行うようになり、顔の見えないレベルの低いコメント、例えば「休講がなかったから悪い授業だった」とか「学生の名前を間違えた」「レポートを返してもらっていない」（注　私は授業、WEB上で返却しています。学生が休んでいて、後からも取りにこなかっただけで、それは授業でも伝えています）とかというコメントは心地よいものではなかった。もう一万人以上に英語の授業で接しているのだから、全員の名前を覚えろ、と言われてもそれは一個人の能力を超えますよ、自分でやってごらんなさいよ、と言っても仕方のないことを言いたくなるくらいのコメントに付き合わされるのは、正直気が進まない。教養部時代は学生の名前を憶えないことに美学を感じておられる先生がおられたのを思えば、社会も変わった感がある。

またまた英語の授業が変わった。今回はグローバル化に伴う英語に対する社会の期待、それに対する文科省の指導、それに応えようとする大学トップの思惑がからんだ結果である。大学共通教育推進機構が国際教養院という組織になり、共通教育がようやく全学で供給されるようになった。教養部解体から国際文化学部が全学共通のかなりの部分を供給している時代が正式に終わるはずである。ただ完全にそうなるのは、他部局の抵抗が強く、まだまだ時間がかかる様子であり、自分の学部にどのような新入生が入ってきているのかを把握している部局は少ない（注　国際文化学部時代から「基礎ゼミ」を一回生に導入している現国際人間科学部の教師は学生との距離が近いです）。

英語に関しては、英語科目が細分化され、必修科目のリテラシー、コミュニケーションと、GSEと言われる短期・長期留学をめざすための選択制英語クラスができた。英語部会の教師は、日本語を母語とするものは指定クラスの担当で、希望するGSEクラスに入れなかった学生同様、なんだか差別化されている気がする。英語部会が複数の組織から成ることによる内部亀裂が見え隠れするのは否めない。果たしてこの英語の枠組みが効果をもつものであるのかどうかは今後の判断に委ねるしかない。ましてやCALL教室がその使命を近い将来に終える。今後はタブレット端末を使ったアクティブラーニングを中心としたクラスになる構想があるという。それが成功するか否かは、個人的には一クラスの人数をどこまで減らせるか、というハード面を整える必要があると思っている。一クラスの人数は十五年くらい前から四十人弱でずっと変化せず、この人数でアクティブラーニングをする図が私には描けない。一番解決しなければならない問題であり、一番解決することが困難な問題である。これからの神戸の力量が問われる。

以上自分が神戸で奉職した三十五年間を英語という教科を軸に振り返ってみた。自由闊達な雰囲気の教養部から、随分と締め付けが厳しい組織に変化している。教養部に属したのは前述したように十年間ではあるが、担当クラスが多かったことと一クラスの人数が多かったことから、英語で成績を出した人数でなんと四六%が教養部時代に担当した学生である。英語の授業は学生との関係が概して希薄であるが、三十五年の英語教師の中で思い出すのは、圧倒的に教養部に触れあった学生である。WEB入力になってからの学生は、近い過去に触れあったにもかかわらず印象に残っている人は少ない。

組織は随分と変わった。英語の科目名もそれにつれて変化した。ラベルが違うとおのずと内容が違うことは、自分の専門の言語学的に考えると当然のことであるが、この組織の弱みは自らの意図で変化してきたとは言えないことにあろう。組織替え、社会からの要請に答えてきたと言えば聞こえはいいが、これをやりたいからこう変える、という態度はあまり見られなかった。その中でSOLACができてからCALL室が設置され、授業以外で少人数のPresentation, Writingという学生自らの意思で選択するクラスの設置は今までとは違う流れを作り、その意義は大きい。ただ、指定制のクラスは授業のラベルから内容があまりに大きく逸脱しないようにするのが精一杯で、内容までには踏み込めていない、というのが現状である。外部試験用のテキストを使わない、という方針が堅持されているのは慧眼である。教科書会社の人には怪訝な顔をされるが、なんとかここで「大学の英語」を保っている気がする。

では、内容に踏み込むとはどういうことか。指定教科書を使うのか、達成目標を立てるのか。いずれも神戸大学の土壌には合わない、前者は教師の個性が今も強く、極めて強い抵抗がある。達成目標設定はプラス・

マイナス両方の面があり、何度も英語部会で議論したが、マイナス面の方が強いという結論に至っている。ではどうするのか。各教員（注「教官」という言葉は死語になりました）の見識に委ねる、という結論を英語部会では出したのだと私は理解している。

神戸の英語は miscellaneous で始まった。雑多なものをすべて受け入れる懐の深さとも、統一性のなさとも解釈することが可能であろうが、私にとっては前者である。赴任した時に「神戸で勤まらなければどこでも勤まらないよ」と津田先生に言われた。今は「神戸で勤められればどこでも勤められる」と私は思っている。外圧によって組織が何度も変わり、教える教科も変化した。神戸大は旧帝大ではなく、学生数が一万を超える総合大学であるので、文部省、文科省にとっては「実験」をしやすい大学であると聞いたことがある。実際三十五年の間に四回も文部省、文科省の審査を受けた。こんなにお上に査定される教員集団も少ないと思うが、神戸は変化し続けた。それも教員の個性を殺すことなく、である。雑多で統一感のないように見えて、実はしなやかでたおやかなのである。

最近は大学内の管理が強くなっている。これは神戸のこれまでの伝統とは真逆であり、ここから何か新しいものが生まれるとは私には思えない。神戸は「来るものは拒まず去る者は追わず」という港町である。大学も然りで、ここにいる人たちは雑多を好み、他を受け入れる度量の広さがある。まさに今グローバル化で求められる intercultural の精神をずっと以前から持っている自由人と言える。それを効率性の名を借りた管理でつぶしてはならない。

すべては miscellaneous から始まった。「ミセラニ」という組織はここで一旦終止符を打つことになるが、精神はこれからも生きていくと思うし、生き続けてほしいと願っている。個人的にもそうありたい。

あとがき

神戸大学英米文学会は昭和二九年一一月に、文学部、教育学部、のちに教養部となる御影分校と姫路分校の英語教員によって結成され、年に数回の研究発表会（例会）を開催している。その後会員の研究成果公表のための雑誌の発行に向けて、昭和三三年から会費の徴収を始めている。手元の資料によると、当時の会費は月に二百円であった。そして、昭和三四年七月に *Kobe Miscellany* 第一号が刊行されることになる。創刊号の「あとがき」には次のように書かれている。

神戸大学は学舎が未統合のいわゆる「タコの足大学」なので、この雑誌の同人は御影と姫路と住吉の三方面にわかれて勤務している。われわれの会は、会員が専攻分野をほぼ同じくしながら勤務地のちがうことから生じる種々の問題をよい方向へ処理しようとするためのものである。すなわち、この会では数年来約三ヶ月毎に研究発表を主とする例会を持ってきた。そして今度、ずいぶんてまどったがやっと、われわれ自身の雑誌を持つこととなった。もちろん事はとかく志と異なるもので、われわれは決してその出来栄えに満足するものではない。しかし何とか出発したことだけでも意味のあることと思う。せっかく全会員を同人としているのであるから、全会員は会費と同時に寄稿にもせいぜい精を出していただき、少しでもよりよい雑誌にしていきたい。

この文章には『ミセラニ』という雑誌の基本理念が凝縮されているように思われる。創刊当時の目次を見るとわかるように、研究論文、最近の研究の動向、書評など様々なジャンルのものが掲載されており、名前の通り「ミセレイニアス」な雑誌である。当時のある会員は「こんなもの誰にもミセラレネエ」と言ったという話（伝説）を聞いたことがある。しかし、これは決して自虐的な冗談ではなく、この雑誌の融通無碍な自由さ、懐の深さを表すものである。私自身も神戸大学に来たばかりの頃、ある先生から「会費を払っているのだから何を書いてもいい。論文じゃなくても、小説でも詩でもいい。何なら会費の分だけ白紙の原稿を出してもいい」と言われたことがある。

このように、『ミセラニ』は堅苦しい学術雑誌ではなく、日頃研究していること、考えていること、最近読んだ本のことなどを気軽に発表して、そのあときちんとした研究成果にまとめていくための場として役立ってきた。したがって、最近はやりの「査読」などというものもなく、形ばかりの査読によって業績の点数を稼ぐための場ではなかったのだ。

昭和三八年に教養部が正式に発足してからも、文学部、教育学部の教員と共に英米文学会の活動は維持され、例会も活発に行われ、『ミセラニ』も、毎年とはいかないまでも、定期的に刊行されている。私は昭和五六年頃から編集の手伝いをするようになったが、その後の数年間がこの雑誌の黄金時代であったのかも知れない。しかし、本書の「はしがき」にもあるように、教養部が解体され国際文化学部となった頃から雲行きが怪しくなってきた。新しくできた学部の人事では専門科目が優先され、「英語なんか誰でも教えられる」という聞き捨てならぬ掛け声の下、英語学・英米文学の専門家は採用されなくなった。しかし、「誰でも教えられる」というのは、今の英語教育の状況を考えてみると、ある意味では正しいのかも知れない。コミュニケーション能力重視の現在の授業では、すぐに役立つ実用的な英語が求められており、英語学や文学についての学識など必要がなく、学生もそんなものは望んでいないからである。かくして、神戸大学英米文学会は解散し、『ミセラニ』はその役目を終えることとなった。

本論集『教養主義の残照』は、これまでこの会の活動に関わってきた会員に広く執筆を呼び掛け、『ミセラニ』の最終号として刊行するものである。たまたま執筆者はすべて教養部の頃からの会員となり、内容も文字通りミセレイニアスであって、教養主義の伝統を受け継いできた雑誌の最後を飾るにふさわしいものになったのではないかと思う。巻末には資料として「既刊号目次」と「会員名簿」を掲載した。「会員名簿」は、これまでこの会に属していた人々の名前をほぼ年代順に並べたもので、既刊号の目次や奥付ページ、『神戸大学部局史』などに基づいて作成した。

最後になったが、本論集の刊行を快く引き受けて下さった、開文社出版の安居洋一氏に心から御礼を申し上げたい。

二〇一八年一月

米本弘一

会員名簿

荻野目博道
竹内　義郎
池田　薫
多田　英次
中村　隆
二宮　尊道
濱田政二郎
米田　一彦
植木　敏一
才野　重雄
横田　國男
寺田建比古
前野　繁
工藤　好美
谷口　陸男
神津　東雄
山本　忠雄
松島　健
飯盛　亨
松浪　有
松田　實矩
山田　祥一
宮崎　芳三
吉村　毅
和泉　一
福田　勗
青木　庸效
永嶋　大典
佐野　哲郎
三浦　常司
田中　禮

金関　寿夫
黒田健二郎
森　晴秀
松本　啓
千葉兼太郎
津田　義夫
風呂本武敏
筧　寿雄
辻元　一郎
海老根静江
小林　萬治
中川　努
中川ゆきこ
田中　雅男
稲生　幹雄
柏木　俊和
藪下　卓郎
米澤　清寛
吉田　一彦
川端柳太郎
木村　守雄
西光　義弘
渡邊　孔二
松原　良治
稲積　包昭
高橋　渉
森本まゆみ
柴谷　方良
木村　正史
井上　健
米本　弘一

水口志乃扶
笹江　修
菱川　英一
若島　正
遠田　勝
野谷　啓二
沖原　勝昭
辻本　義幸
西谷　拓哉
石塚　裕子
北村　結花
高田　茂樹
植田　和文
齊藤　重信
加藤　雅之
松家　理恵
新納　卓也
鵜飼　信光
山澤　孝至
小紫　重徳
西村　秀夫
川村みちよ
田中　順子
井口　淳
瓜田　澄夫
島津　厚久
石川慎一郎

アリステア・シートン
デイヴィッド・ジャック
マイケル・デイ

田中順子　「第二言語としての英語冠詞の習得について――研究手法探索への一考察」

井口淳教授略歴・業績一覧
井口先生との思い出（瓜田澄夫）

第32号（2009）　小紫重徳教授退職記念号

米本弘一　「ストーリーテラーとしてのスコット――『アイヴァンホー』の語りの技法」
野谷啓二　「『カリタス』に見られるニューマンの教会観」
加藤雅之　「12年ぶりに「とばりの彼方（The Lifted Veil）」を読み直す」

小紫重徳教授略歴・業績一覧
小紫先生（加藤雅之）

第33号（2010）　瓜田澄夫教授・沖原勝昭教授退職記念号

野谷啓二　「カトリック者にとっての死――ニューマン『ゲロンシアスの夢』を読む」
西谷拓哉　「1920年代のメルヴィル・リバイバル再考」
山澤孝至　「山村暮鳥のギリシア詩翻訳」

瓜田澄夫教授略歴・業績一覧
沖原勝昭教授略歴・業績一覧
瓜田先生を送ることば（島津厚久）
野球とPEPとTボーンステーキの頃、あるいはなぜ私たちは沖原先生の退職を鐘や太鼓でにぎにぎしくお祝いすることができないのか（加藤雅之）

齊藤重信教授追悼
齊藤さんの笑顔（西谷拓哉）
齊藤重信先生を悼む（加藤雅之）

第34号（2012）　笹江修教授退職記念号

笹江　修　「夫婦というもののさびしさ――上林暁の短篇」
野谷啓二　「神の恩寵の現われとしてのマリア――T. S. エリオット『マリーナ』」

中川ゆきこ教授略歴・業績一覧
津田義夫教授略歴・業績一覧
中川ゆきこ先生を送る（沖原勝昭）
二番・ショート・津田君（風呂本武敏）

第26号（2001）　渡邊孔二教授退官記念号

齊藤重信　「モンテーニュの『エセー』――その英訳の諸相」
石塚裕子　「Dickensのジェノヴァ滞在記――催眠術の日々」
笹江　修　「続「生の閾」を越えた男」
菱川英一　「Very中期の中核詩群」
野谷啓二　「ヒレア・ベロックの『奴隷国家』とカトリックのイングランド史観」

渡邊孔二教授略歴・業績一覧
ありがとう、渡邊さん。（齊藤重信）

第27号（2002）　植田和文教授・松原良治教授退官記念号

小紫重徳　「ルネサンス期ヨーロッパの伝統と模倣の系譜」
米本弘一　「ジェイン・オースティンの『説得』のレトリック」
石塚裕子　「Victoria女王とDickens」
野谷啓二　「『情事の終わり』における摂理のドラマ」
森本まゆみ　「インディアンの贈り物」
（書評）
西谷拓哉　「文学としての都市、都市としての文学――植田和文著『群衆の風景』に寄せて」

植田和文教授略歴・業績一覧
松原良治教授略歴・業績一覧
植田和文さんのご退官に寄せて（柏木俊和）
松原良治さんと私――送る言葉に代えて（稲積包昭）

第28号（2003）　稲積包昭教授退官記念号

米本弘一　「スコットの短篇小説の技法――「ハイランドの寡婦」と「二人の牛追い」」
石塚裕子　「コスモポリタン画家ジョン・シンガー・サージェントのこと」
笹江　修　「航跡を見つめる男――ジョウゼフ・コンラッドの「潟」」

齊藤重信　「『この世からあの世への旅』──フィールディングの架空旅行譚」
米本弘一　「コミュニケーション行為としての小説の技法──ウェイン・ブースとデイヴィッド・ロッジの小説論」
森本まゆみ　「アメリカの大学における創作授業について」
松原良治　「ANNOTATIONS ON OCTAVIAN, A MIDDLE ENGLISH METRICAL ROMANCE（1）」

森晴秀教授略歴・業績一覧
森晴秀先生の親切と誠意（青木庸效）

第21号（1995）　木村正史教授・吉田一彦教授退官記念号

小紫重徳　「スペンサーの『4つの賛歌』管見（その2）」
Masayuki Kato　'Latimer the Interpreter: The Genesis of Secrecy in 'The Lifted Veil''
石塚裕子　「ホモセクシュアル英国人と地中海── E. M. フォースターの場合」
笹江　修　「泥へのノスタルジア──『チャタレー夫人の恋人』への一考察」
菱川英一　「1911年、ギーセンの夏──パウンドとフォード」
T. Furomoto　'Yeats's Sense of Time'
野谷啓二　「政治・宗教によって分裂する社会と文化──北アイルランド問題とシェイマス・ヒーニー」
中川ゆきこ　「発話の伝達モード── TV ニュースの場合」

木村正史教授略歴・業績一覧
吉田一彦教授略歴・業績一覧
木村正史先生（青木庸效）
語法の達人、吉田一彦氏との出会い（植田和文）

第22号（1997）　青木庸效教授・田中雅男教授退官記念号

齊藤重信　「『トム・ジョウンズ』における手紙」
Hiroko Ishizuka　'What's Fortune in *David Copperfield?*'
笹江　修　「「生の閾」を越えた男──コンラッドの「マラタ島の農園主」」
西村秀夫　「Helsinki Corpus ──現状と展望」

青木庸效教授略歴・業績一覧
田中雅男教授略歴・業績一覧
青木庸效君の手（森　晴秀）
田中さん（渡邊孔二）

井上　健　　「Rosemary Jackson, *Fantasy: The Literature of Subversion*」

黒田健二郎教授略歴・業績一覧
黒田先生（中川 ゆきこ）

第 14 号（1988）　宮崎芳三教授退官記念号

宮崎芳三　　「ラキントンの方法」
西谷拓哉　　「「煙突の構造」――メルヴィルの "I and My Chimney"」
石塚裕子　　「*Hard Times* 再考」
辻本義幸　　「イギリス 17・18 世紀の Book Prospectus」
辻元一郎　　「Homosexual Novel としての *Giovanni's Room* について」
笹江　修　　「*Sons and Lovers* ―― Paul の「楽園」喪失」
森　晴秀　　「D. H. ロレンスの喜劇性―― 新発見の長編 *Mr. Noon*（1920 ~ 21）をめぐって」
野谷啓二　　「T. S. エリオット「公爵夫人の死」を読む」
菱川英一　　「*The Spirit of Romance* 第 2 章訳解」
T. Furomoto　'A Reading of Seamus Heaney's "Kinship" '

宮崎芳三教授略歴・業績一覧
宮崎芳三先生のこと（田中雅男）

第 15 号（1989）

和泉　一　　「William Godwin 試論――「名誉心」への視点」
石塚裕子　　「執念の果て―― *Great Expectations*」
辻本義幸　　「ヘンリィ・デル『当今倫敦書籍商寸描』（1766）を読む」
稲積包昭　　「メルヴィルの複合語について」

第 16 号（1990）　松田実矩教授退官記念号

松田実矩　　「*Paradise Lost* と *Metamorphoses*」
米澤清寛　　「E. M. Forster における善悪と魂の救済をめぐって（I）」
木村正史　　「ニュー・イングランド 6 州におけるカウンティ名について」
笹江　修　　「『虹』に見るノスタルジア」

松田実矩教授略歴・業績一覧
松田さんのこと（吉村　毅）

第 7 号（1975）

飯盛　亨	「話から芝居へ——芝居から話へ（話法と時制の転移）」
三浦常司	「*The Romaunt of the Rose* における 'gin' と 'do' の用法」
渡辺孔二	「スウィフト私選（Ⅰ）」
藪下卓郎	「訳注　キーツ「ハイペリオン失墜」」
森　晴秀	「孔雀のゆくえ—— *The White Peacock* 論」
松島　健	「観念小説の構成—— Aldous Huxley の場合」
青木庸效	'What's Happening in Huxley Studies?'
川端柳太郎	「現代小説における時間批評の諸段階」
風呂本武敏	「日本における W. H. オーデン研究書誌」

第 8 号（1978）

Yoshihiro Nishimitsu	'How to Get the Valid: Grammaticality Judgements'
中川ゆきこ	「*The Golden Bowl* の言語と構造」
Mayumi Morimoto	'*The Awkward Age* and Dramatic Technique'
松島　健	「Aldous Huxley の *Island* について」
風呂本武敏	「ヒュー・マクダーミッド」

第 9 号（1980）　寺田建比古教授退官記念号

寺田建比古	「定年に臨んでの随想」
飯盛　亨	「隠語」
風呂本武敏	「言語表象の手ざわり——アングロ・アイリッシュのもう一つの側面」
松原良治	「*Havelok the Dane* における分詞—— Malory の分詞との比較を中心に」
稲積包昭	「Ascham における関係詞節構造」
高橋　渉	「鼻音の母音への影響に関する覚え書き」
	寺田建比古教授略歴
	寺田建比古教授著作目録

第 10 号（1981）　飯盛亨教授・竹内義郎教授退官記念号

飯盛　亨	「Jabberwocky ——迷語解」
宮崎芳三	「ラルフの生活」
松田実矩	「ミルトンのラテン詩 *Epitaphilium Damonis* における pastoral convention と personal note」
柏木俊和	「無垢なる眼—— Traherne とイノセンス」

Kobe Miscellany 既刊号目次

第 1 号（1959）

三浦常司　「Chaucer の英語に於ける関係代名詞について」
飯盛　亨　「聖書劇における群衆について」
松田実矩　「Milton の Style——批評史要約」
中村　隆　「“The Beggar’s Opera” について」
横田国男　「ディケンズ文学の限界」
松島　健　「Aldous Huxley の長篇小説の書題について」
多田英次　「生命力と英文学」
濱田政二郎　「Hawthorn の劇的手法」
荻野目博道　「*Pierre* について——紹介と紹介の歴史」
竹内義郎　「技法の研究——「ガラスの動物園」」
前野　繁　‘Queequeg is Stubb’s Harpooner in UMD’

第 2 号（1963）

飯盛　亨　「邪言の効用——中世宗教劇に於ける俗語と外国語の使用に就て」
佐野哲郎　「イェイツの神話の形成と塔のイメージ」
二宮尊道　「二つの「非学究的」ローレンス論——ヘンリー・ミラーとアナイス・ニン」
永嶋大典　「自由化のすすめ」
（書評）
三浦常司　「『英米文学史講座第 1 巻中世』について」
米田一彦　「『Jane Austen 論考』について」

第 3 号（1965）

飯盛　亨　「クリスマス・プレゼント——サイクル・プレイの交流」
中村　隆　「十七世紀の English Opera」
森　晴秀　「D. H. ロレンスの表現形式」
田中　礼　「*U. S. A.* における二つのアメリカ」
竹内義郎　「技法の研究—— Willy Loman の人間像」
（書評）
三浦常司　‘Michio Masui: *The Structure of Chaucer’s Rime Words: An Exploration into the Poetic Language of Chaucer*’

教養主義の残照
―― *Kobe Miscellany* 終刊記念論集 ――　　　　（検印廃止）

2018年3月31日　初版発行

編　　者　　神戸大学英米文学会
発 行 者　　安　居　洋　一
印刷・製本　　創 栄 図 書 印 刷

162-0065　東京都新宿区住吉町 8-9
発行所　開文社出版株式会社
TEL 03-3358-6288 FAX 03-3358-6287
www.kaibunsha.co.jp

ISBN978-4-87571-882-6　C3098